Jerusalem Beach
Iddo Gefen

耶路撒冷没有海滩

〔以〕伊多·格芬 著　　郑晓阳 译

新经典文化股份有限公司
www.readinglife.com
出 品

献给我的父母

目 录
Contents

1	老兵排
84	出口
148	耶路撒冷海滩
160	海王星
189	住在太阳附近的女孩
214	黛比的梦想小屋
225	调频 101.3
241	人生意义有限公司
255	柏林外三小时
290	如何记住一片沙漠
310	安妮塔·沙卜泰
322	列侬在中央车站
337	苍蝇和豪猪
342	客服培训手册

老兵排

1.

爷爷八十岁时加入了戈兰尼步兵旅[①]。这是六个月前的事，那时米丽娅姆奶奶去世不久。她在淋浴时中风了，当时人就不行了。一个半月后，爷爷收拾了一个背包，里面塞得满满当当的，装了四件汗衫、五条内裤、一个手电筒、两罐沙丁鱼罐头、一本摩西·夏里特[②]的传记和一瓶防擦伤膏。他又往包里加了一件毛衣，这倒不是因为他怕冷，而是因为，即使他所爱的女人不在这个世界了，他仍然怕她会担心。然后，爷爷取消了在列夫电影院预订的电影票，付清了记在肉铺账上的钱，还打电话给弗兰克尔说他要退出每周五上午的那个集会，让他们邀请约斯克·科恩来接替他的位置。

[①] 以色列国防军五个步兵旅之一，成立于1948年，参加过以色列自建国以来几乎所有重要战争和行动。——译者注（本书脚注若无特殊说明，均为译注）
[②] 摩西·夏里特（1894—1965），以色列政治家，曾任以色列第二任总理，也是首任外交部长。

爸爸觉得爷爷疯了,说这可不是正常人排解的方式。在爷爷参军的前一天晚上,爸爸冲他抱怨:"去加勒比海巡个航什么的多好。没必要急着找死吧。"

爷爷说恰恰相反,他是想跟死神赛跑。但爸爸压根儿不听,而是从口袋里掏出一支钢笔和一本黑色笔记本,开始写写画画。"八十岁的士兵。在军队服役 1095 天。月薪 893 谢克尔[①]。"然后他喃喃自语,念了一堆只有他自己才明白的复杂公式。爸爸一生都在做人寿保险精算师,是"决定一个人生命价值的人"——就像他曾经对我解释的那样。对他来说,这不仅仅是一份职业。这是一类世界观,近乎一种宗教信仰。他生活的每个部分都被转换成图表和数字,阿尔玛总是开玩笑说,他可能有一个计算他们爱情价值的方程式。

爸爸写完了,字写得很潦草,笔迹难以辨认。他看着爷爷。"根据平均寿命、你的遗传背景和健康状况,你还有四年可活,或许再短一点,"他这样断言道,神情冷漠得令人窒息,"把这些岁月白白浪费在打扫厕所和值班上,纯粹是脑子有毛病,没其他解释了。"

爷爷反驳不了儿子的复杂公式。即使在曾经经营杂货店的时候,管钱的人也是米丽娅姆奶奶。他试图解释说,他的同龄人有许多都在回归军队,南部局势比以往任何时候都更紧张,得有人出来保卫这个国家,不能指望那些逃避征兵,挤在特拉维夫的咖啡馆里游手好闲的家伙。他还说我们根本不必担心,

---

① 旧谢克尔在 1980 年取代以色列镑成为以色列的流通货币,又自 1985 年起被新谢克尔取代,1 新谢克尔约为 1.94 元人民币。

他会像医生办公室里的耶胡达那样,去普通新兵营,然后在陆军总部谋一份文职。

爷爷说:"薪水不算很高,不过即便就挣几谢克尔也有价值。这样我也就能帮到你了,耶米。"刚说完这话,他就意识到自己说得有点多了。

"这当然只是个建议,"爷爷说着,想减轻刚才造成的伤害,"你不必……"

"我不会要你一个谢克尔,"爸爸说道,不再讨论债务的话题,"要是妈妈还活着,你可不敢去参军。"

"没错,"爷爷承认,"但她不在了。"

爸爸离开了房间,爷爷回去收拾他的包。他试图拉上拉链,但双手颤抖,包从床上滑落下来,米丽娅姆奶奶的照片散落一地。我帮他把东西都放回包里,没想到过了一会儿,他又把东西全倒在了床上。

他不停地说有什么东西不见了,但又不知道是什么不见了。

2.

alman1964@gmail.com

2009 年 7 月 16 日,04:45:02

主题:尤里你好

你过得好吗?

看到这封邮件的时候给我回个信。

祝好,

阿尔玛·罗森布鲁姆

以色列驻新德里犹太事务局特使

3.

第二天,我和爷爷前往接待与分组基地。在路上我们听了《以色列之声》广播,主持人采访了一名徒步穿越以色列国家步道的男子,他只带着口袋里的一百谢克尔和两双袜子。

"我应该把这放进我的清单里。"爷爷清了清嗓子。

意识到我不打算提问,他说:"你知道我后悔没有做什么吗?"

"什么?"我不情愿地问。于是他用枯燥乏味的声音缓缓列出了这些活动:

徒步穿越以色列国家步道。

再吃一次妈妈做的鱼丸冻。

参观阿拉德会客中心。

找到旧杂货店的招牌。也许在雅法跳蚤市场。

追寻塔马·魏茨曼的踪迹,她是我高中时期的第一个女友,去美国后就无影无踪了。

抽一支古巴雪茄。

跟果尔达[①]说:转念一想,这场战争不该归咎于她。

[①] 果尔达·梅厄(1898—1978),以色列政治家,曾任以色列第四任总理,是以色列第一位以及目前唯一一位女性政府首脑。她曾被抨击对赎罪日战争应对不足,于战争次年辞去总理职务。

爷爷陷入沉默，等待我的回应，而我还静静地看着外面的路。我没有心情再聊这份我已熟记在心的清单，上面记录着所有他从未做过、以后也不会做的事。从我记事起，爷爷总在谈论关于他去世那天的事。他让每个人都知道他很快就会离开这个世界。他还喜欢跟人说他具体会在什么时间、以何种方式去世，包括葬礼上悼词的详细安排。米丽娅姆奶奶不听他说这些。她常说，如果他胆敢把他的死亡话题带进家里，她会杀了他，要么用煎锅，要么用擀面杖，哪个趁手就用哪个。所以在奶奶面前他就保持沉默。在我小的时候，每当周六早上爷爷带我去看电影，他都会重启这个话题。他说只有我能信得过了。我默默地听着，听他一直讲，一直讲，直到我对他在地球上最后一天的生活倒背如流，就像我熟背卡法萨巴工人足球俱乐部全体球员的名字，或者我最喜欢的电影《哈依弗离地不回答》中所有的对白一样。我背负着这个重担，让爷爷活下来。

4.

接待基地的入口处站着一位戴圆边眼镜的下士，他问我："拿到征召文件了吗？"我还没来得及开口，爷爷就颤抖着双手把他的征召通知递给了下士。渔夫帽遮住了爷爷的半张脸，他几乎什么也看不到。士兵看了看征兵单，目光又转向爷爷。"货真价实，真男人！"他拍了拍爷爷的肩膀，"多亏了像你这样的家伙，以色列人还撑得住。尤查，来瞧瞧这个，"他冲旁边的一名士兵喊道,"又有个老人加入了。跟你说,这些人真是好家伙!"

周围的人都看向爷爷,爷爷尴尬地缩起身子,然后迎来一阵掌声。我把他拉进基地内的广场,我们坐在长椅上,等待着叫到他的名字。我给他买了一罐健怡可乐,但他不想喝。他显得有点失落,好像即将面临某种精神创伤。一位老人似乎将他的整个大家庭一起带了过来,站在我们身边。爷爷看着老人的孩子、孙子和妻子都趴在他的肩膀上哭泣。我希望他不要再看了,于是让他检查一下包,看看有没有落下什么东西。他似乎很高兴有人给他指示,立即开始在包里翻找,末了说他忘记带毛巾了。

"别担心,跟CSM说几句好话,他很快就会帮你准备好毛巾的。"

爷爷点了点头,然后问:"CSM是什么?"我告诉他,这是"连军士长"的缩写。他回答说,六十年前他在科学队服役时,他们的称呼还是"中士"。过了一会儿,他又说:"我已经好几年没在家以外的地方睡过觉了。"

"你现在还可以改主意。只要你说一声,我们就立马开车回拉马特甘,在格鲁吉亚餐厅吃顿炸豆丸子①。"

他挤出一丝微笑。五分钟后,大电子板上亮起"兹维·纽曼"这个名字。人群里出现一个戴绿色贝雷帽的士兵,他拿起爷爷的包,要爷爷跟着他。爷爷拍了拍我的肩膀,然后转过身朝那辆公交车走去。他甚至没有说"再见"。他不喜欢道别,也不知道该怎

---

① 中东美食,由鹰嘴豆或蚕豆泥制成,常与皮塔饼一起吃。

么道别。医院的医生让他去和米丽娅姆奶奶做最后的告别时,他盯着她看了几分钟,然后说要去买包椒盐卷饼。他再没有回来。

我跟着他走到公交车旁。他费力地爬上阶梯,笨拙缓慢地走向后座。我冲他挥了挥双手。他瞥了我一眼,然后迅速移开视线。

"他们老得太快了,是吧?"站在我旁边的一个女人说。她嗓音很尖,听起来有点烦人,有一头漂亮的鬈发,身穿蓝色连衣裙,脚上蹬着一双黑色橡胶靴。

"是的。"我回应。

"你的理由是什么?"她问,"你为什么让他入伍?"

"我们没让他去,是他自己想去的。"公交车上,有位老人坐到窗边,挡住了我看向爷爷的视线。

"他为什么想去?"

"他说特拉维夫有太多逃避征兵的人。"我说道,希望她赶快离开。

"你他妈的在耍我。"她说。

"你说什么?"我看着她。她自鸣得意地笑了,颇为得意自己终于吸引了我的注意力。

"老人可不会因为特拉维夫那些逃避征兵的人就报名参军。"她从包里掏出一盒口香糖,递给我一块。

"我讨厌口香糖。"

公交车缓慢启动,车上的老顽固们都向家人挥手道别,除了我爷爷，他躲在这些老人中间。这辆公交车离开了站点，立马又有另一辆驶来同样的位置。我开始感到自己被包围了。每个人都站得离彼此太近，离我太近了。

"我说啊，"那个女人又开始了，不让我有片刻安宁，"你为什么任由他入伍呢？是受够了要照顾他吗？"

"你是检查站监察组织①的人吗？你想从我这里知道些什么？"我问她。我喉咙发干。空气抵触着，拒绝进入我的身体。

"我来自检查站监察组织和米兹拉希反老年征兵联盟，"她一边说一边窃笑，"开个玩笑而已，亲爱的。干吗这么严肃啊？我只是说你不必费心照顾你爷爷了。没关系，真的，你知我知，我们都是一群混蛋。"

我深吸了一口气。

"嘿，你没事吧？"她语气里没了那种嘲讽的锋芒，"你脸色真的很差。"

"我没事，"我回答道，声音憋闷着，"只是有点哮喘。"

"你没带吸入器？"她问。我翻了翻口袋，找了一会儿才意识到确实没带。

"我得走了。"我冲她说道，然后一路奔向出口。她喊了些什么，但我没听见。转眼我已经来到接待基地的外面，去停车场的路比我记忆里的要漫长。我上了车，发现后座上平放着一瓶水，已被太阳烤热。我一饮而尽，然后把空调开到最大。一个路过的

---

① 由以色列妇女组成的人权组织，负责监视、记录约旦河西岸检查站的士兵和警察的行为。

士兵敲了敲我的窗户，比画着问我是否一切都好。我做了个"是"的手势，然后松开手刹。我只是想离开那里。从停车场出来，我在第一个公交站停了车。那里空无一人。好一会儿我才喘过气来。刚缓过劲儿，我就向市里的客服中心赶去。值班经理高中时比我低两届，他说，下次我再未经请示上班迟到，他就不会给我机会了。

5.

alman1964@gmail.com

2009年7月17日，02:12:35

主题：回复：尤里你好

有位以色列旅客路过我们的办公室，留下了一份两个月前的《新消息报》。不知道这份报纸他怎么会带着这么久。不管怎么说，我在讣告栏中看到了米丽娅姆的名字。真让人难过。她是个可爱的女人。有时我们确实相处得不太融洽，但她绝对是一个很好的人。

希望你和你父亲都没事。你换号码了吗？我打过电话，但那个号码打不通了。老实说，我甚至不确定这个邮箱地址是否正确。

祝好，

阿尔玛·罗森布鲁姆

以色列驻新德里犹太事务局特使

6.

alman1964@gmail.com

2009年7月17日，11:56:20

主题：回复：尤里你好

向以下收件人发送的寄件永久失败：

yuli.neuerman@gmail.com

永久性故障的技术细节：

Google尝试递送您的邮件，但收件人域名gmail.com的服务器gmail-smtp-in.l.google.com未接受我们的请求。[2607:f8b0:4001:c1b::1a].

其他服务器反馈的错误是：

550-5.1.1 您尝试访问的电子邮件账户不存在。请尝试

550-5.1.1 仔细检查收件人的电子邮件地址是否存在拼写错误或

550-5.1.1 不必要的空格。了解更多信息，请访问

550-5.1.1 http://support.google.com/mail/bin/answer.py?answer=6596q18si1996584ico.33—gsmtp

7.

alman1964@gmail.com

2009年7月17日，11:56:20

主题：回复：尤里你好

为什么邮件没有送达？？？我需要和你谈谈。

祝好，

阿尔玛·罗森布鲁姆

以色列驻新德里犹太事务局特使

8.

alman1964@gmail.com

2009 年 7 月 17 日，12:16:34

主题：回复：尤里你好

向以下收件人发送的寄件永久失败：

yuli.neuerman@gmail.com

永久性故障的技术细节：

Google 尝试递送您的邮件，但收件人域名 gmail.com 的服务器 gmail-smtp-in.l.google.com 未接受我们的请求。[2607:f8b0:4001:c1b::1a].

其他服务器反馈的错误是：

550-5.1.1 您尝试访问的电子邮件账户不存在。请尝试

550-5.1.1 仔细检查收件人的电子邮件地址是否存在拼写错误或

550-5.1.1 不必要的空格。了解更多信息，请访问

550-5.1.1 http://support.google.com/mail/bin/answer.py?answer=6596q18si1996584ico.33—gsmtp

9.

周末爷爷回家了。我和爸爸去看望他，发现他正一个人坐在屋顶上。他脱了所有外衣，只穿着内裤和白色 T 恤，他的黑

色军靴放在阳台入口处，军装挂在晾衣绳上。他一手拿着IWI塔沃尔步枪，另一手端着一杯黑咖啡。

"我看他们装备给得很慷慨嘛。"我对爷爷说。爷爷转过头来，满足地点了点头。爸爸拉过一把椅子，默默地坐在他身边。

"嗯，"我问，"感觉怎么样？"

"让人精疲力尽，"他回答，"尤其是在接待基地。相信我，他们比社保办公室还差劲。光是在分组人员那儿填表就花了我四个小时。"

"什么表？"爸爸问。爷爷笑了。"我猜到你会想看复印件，"说着，他从口袋里掏出几张折好的纸，"别担心，分组人员说这是例行公事。确保你不是为了省养老院的钱才把我送去军队里。"

爸爸匆匆浏览了一下文件。"恭喜你，看来你签了一份绝妙的合同。"

"其实我连看都没看。"

"我可以告诉你，"爸爸说，"是这样的，要是你碰巧在我们说话的时候离世，或者得了老年痴呆，军队连一谢克尔都不必付。真是一个正派的组织啊，你的以色列国防军。"他转向我说，并叹了口气。即使在我退伍两年后，对爸爸来说，我仍然是总司令的官方代表。爸爸拉开了他的黑色腰包，掏出几张纸。"就像我想的那样，"他说，"我们必须得买个人健康保险了。"他递给爷爷一支笔和几张折叠的表格。

我对爷爷说："你儿子比新兵训练营的班长还要无情，对吧？"之后，爸爸也把几张表格塞进我手里。

"怎么,我又被征召了?据我所知,我已经在戈兰尼服过兵役了。"我说。

"这是就业和银行的表格,"他解释,"我猜你自己没注意到,你已经两个月没拿到工资了。"

"你这是什么意思?"

"你的工资还没到账。你一直在客服中心做志愿服务呢,这很好心,但不利于你的财务稳健。赶紧写吧,担心什么,填填表格总是不错的。"他这么说,而且真心实意。爸爸是世界上唯一喜欢官僚主义的人。我的意思不是他学会了忍受。他喜欢官僚主义就像他喜欢开心果冰激凌和组团去凯法布鲁姆集体农场旅游一样,缜密严谨的秩序、明确无误的问题都让他感到宽慰。我几秒钟就把表上的所有内容都填好了,爷爷却很把爸爸的指责当回事,仔细研究着每一条表述。

"这份表格涵盖了在军事行动时遭受的伤害吗?"爷爷问,"战争、秘密任务等。"

"我不确定生锈的订书机属不属于军事行动。"爸爸笑着说。

"什么订书机?"爷爷不解地将目光转向我,"参加戈兰尼旅可不是开玩笑。你应该比任何人都清楚!"

我和爸爸笑了。爷爷不明就里。

"谁会征募你去戈兰尼?"

"他们已经这么做了,还开设了一个新的培训课程。"他回答道,然后又去填表格。

"你在说什么?"我问他,希望他能在爸爸发飙之前给出合理的解释。爷爷告诉我们，他签完所有表格后，分组人员拍了拍他的背，说像他这样的人可以做出更大的贡献。并不是每天都能征召到状态这么好的老兵的。

"你是在跟我说你答应了？"

"当然啦。有人召唤我为我们的国家服务，我又有什么资格拒绝呢？那个和蔼可亲的家伙说，我生来就是当步兵的料。还说我有做军官的潜质。你敢信吗，尤里？我们俩可能最终都是排长！"

"你这是在说巴哈德1号①吗？军官学校？"爸爸打断了爷爷的话，目光转向我，"你能不能跟我解释一下，老年人是怎么加入戈兰尼旅的，还是只有我一个人觉得这个世界疯了？"

爷爷喝了一口咖啡。他努力转移话题，说冰箱里还有一些米丽娅奶奶留下的汤，欢迎我们留下来吃晚饭。

"现在豌豆汤可帮不了你。"爸爸说道，脸涨得通红。说实话，那一刻我同意他的看法。我也觉得这次征兵的整件事太过火了，但又不想让爷爷独自承受风暴。

"他们也不会明天就把他调到黎巴嫩，"我说道，想让事情平息下来，"他们说不定会给他安排个合适的职位，适合他这个年龄段的人的，不是吗？"

爷爷点了点头。

"不管在什么情况下，让一个八十岁的老人去戈兰尼旅合

---

① 以色列国防军军官学校。

适吗？"

"他们知道自己在做什么。我敢打赌，他们肯定为老人们调整了训练课程。如今老人们做的事可疯狂着呢。就在昨天，我还读到一位九十岁的日本老人跑了一场全程马拉松。跟他相比，爷爷还小呢。"

"你真的不明白马拉松和训练营的区别吗？"爸爸喊道，"军队不该为无聊的鳏夫提供就业机会。你打过仗，怎么会不明白这一点？"

"就因为你在特拉维夫总部当过学生兵，你就真的明白吗？"我厉声质问他，"有什么大不了的？他会承担一点警卫的任务。这总比整天躺在床上等着中风要强多了。"

爷爷咳嗽了几声。我能从他的表情中看出，他在设法掩饰自己感到的羞辱，短短几句话，我们都快让他入土了。

"我不知道你俩要怎样，"他说，"反正我是要好好地喝碗汤。"爷爷站起来，朝楼梯走了几步，就被一块松动的瓷砖绊了一下。他的杯子差点掉了，喝剩的咖啡洒在白色T恤上，潮湿的黑色颗粒粘了上去。爸爸跑过去，小心地扶住他，从口袋里掏出一张撕过的纸巾给他擦擦手。然后爸爸去楼下厨房拿湿毛巾，我向爷爷提议扶他下楼。

"不用。到了八十岁，人应该学会自理了。"他宣告说，然后自己走下全部楼梯，结果却因为将步枪落在了屋顶上又折返回来。

15

10.

alman1964@gmail.com

2009年7月27日，03:52:48

主题：回复：尤里你好

你不会收到我的邮件。我知道。我收到了那些自动回复。但我还会继续写给你。好吗？我真的无法解释。我觉得我需要这么做，即使你不会看到。实际上，也许正因为你不会看到。我知道这样很蠢。相信我，我知道，但自从看到米丽娅姆的讣告以来，我一直有些想法，却没人可以分享。很可悲，这我也知道。但我能说什么呢？这是事实。我能跟谁说？印第安人？二十岁的背包客？还是那位每周一、周四都会来我们办公室的哈巴德拉比[①]？他至今也不理解一位母亲怎么能抛下一切，独自搬来印度。

所以我会给你写邮件，稍微写一点。我总是把自己放在第一位，这是我最大的缺点，对吧？上次我们通电话时你亲口这么说。你说在我登机那天，你意识到我总是把自己放在第一位。你一直有所察觉，而我去印度这件事彻底证明了这一点。相信我，如果我知道三个月后你不会再接我的电话，当时我根本就不会想着挂断。

我给你打过电话，你肯定知道。单是上周就打了五次。你没有接。这不是指责，只是在陈述事实。令人惊讶的是，你父

[①] 犹太教的经师或精神领袖。

亲接了电话。其实这一点儿都不奇怪，假装一切都好正是他的专长。他告诉我米丽娅姆在淋浴时摔倒了。很奇怪，不是吗？一个人怎么会在淋浴时摔倒，一瞬间，一切都结束了。就是这样。他还告诉我，你爷爷参加了那个老年作战部队（它真的叫"老兵排"吗？这一定是在开玩笑）。听着，我是最不该批评这个国家的人，但这听起来确实有点奇怪……他们到底要让这些老人做什么？要他们和谁作战？哈马斯吗？还是黎巴嫩真主党？你父亲没有解释。他从不解释。他也不愿意谈谈债务的问题。我试着和他沟通，相信我，我试过了。他可能也没跟你说过这事，或者他甚至跟你说已经解决了。听起来像他的风格。我只能告诉你，尤里，我希望他能向你倾诉，哪怕只是一丁点。不是为了你，而是为了他。秘密会腐蚀人的灵魂，这种生活并不健康。

太荒谬了。给收不到的人写邮件。

我要停笔了。

祝好，

阿尔玛·罗森布鲁姆

以色列驻新德里犹太事务局特使

11.

接下来的那个周五，爷爷没有回家，也没有接电话。我联系了几个军队里认识的人，最后找到了在戈兰尼培训基地负责福利事务的军士。她打探了此事后告诉我，爷爷已被官方认定为"孤独士兵"。爷爷说他不能独自生活，于是被安置在了雷霍沃特的老年中心。根据她的说法，爷爷说家人疏于照顾他，她还委婉地询问我们是否接触过社会福利部门。

我真不敢相信他竟然撒这种谎，说这世上仅剩的两个照顾他的人的坏话。米丽娅姆奶奶去世的那天，我辞去了餐厅的工作，在去客服中心之前我一直在那儿工作。爸爸也请了一个月的假，尽管他承担不起请假的后果。尽管在过去的三十年里，他和爷爷只是在假装与彼此交流。我不清楚其中缘由，也许是阿尔玛，也许还有其他原因。事实上，我甚至不确定他们自己是否意识到，他们之间有着令人难以忽视的距离感：他们总是犹犹豫豫地握手，就像两个参加无用会谈的商务人士。爸爸曾试图一笑而过，说这只是德系犹太家庭的相处方式，就这样听之任之。

我走进爸爸的书房。他坐在书桌前，面对着成堆的文件。我一进门，他就把正在读的信纸折了起来。我看不到里面写了什么，只瞥见一家律师事务所的徽标。我选择不去问爸爸信里的内容。

"听着，你是对的。"我不无沮丧地承认，然后把一切都向他和盘托出，"我现在要给他的排长打电话，告诉他们必须送爷爷回家。"

爸爸拉开抽屉，拿出一板药片。"头疼，"他说着就干咽了两片药，"你不能这样做。"

"你疯了吗？现在他们随时会指控我们虐待老人！"

"别这么夸张。"

"听着,我已经和军队里的人谈过了,你不知道爷爷都说了我们些什么。"

"我知道,"他回答,"军士给我打电话了。"

"什么?"

"昨晚有人给我打电话。一名士兵。她说爷爷想搬去一个老年士兵之家,但他们只接受那些得不到家人理解和支持的士兵。"

"嗯,那你把事情跟她说清楚了吗?"

"说清了。我跟她说我们完全没照顾他。"

"你在开玩笑,对吧?"

"当然没有,"爸爸说,"我告诉他们,如果老年士兵之家可以接手照看他,我们会非常高兴。"

"什么?你怎么能这么说?"

"很简单。如果他想要和朋友一起住,我有什么资格阻止他?"他平静地解释道。爸爸一直是我认识的人中最理性的,我不明白他怎么会这么想。

"他想入伍的时候你狠批了他一顿,现在大家都把他当成一个遭到虐待的老人,你就不感到气愤了吗?"

"不会,根本不是这回事。"

"那是什么?"

"问题是,不应该让老人保护我们……"

爸爸沉默了。他注意到我正盯着他桌上的一张财产收回通知单。他把通知单对折,迅速塞进信封里。

"那是什么？"我问。

"不关你的事，"他坚定地回答，"和爷爷的事一样，根本不关你的事。"

"你不觉得是时候向我解释发生什么事了吗？"我问道，但他没有回答。他把几份文件码放整齐，关上灯，走了出去。

12.

星期六早上，我去看爷爷。首先，去责备他，其次，去确认他一切都好。雷霍沃特的老年中心并没有我想象中的那番悲惨景象。那是一座三层建筑，入口处有一个大型透明水族箱。几个老人坐在一楼门厅的黑色真皮扶手椅上，谈论着打靶练习。除谈话的主题之外，这个地方很像养老院。接待员说兹维·纽曼在三楼306室。门开着，我没有敲门就径直走了进去。爷爷和另外两位老人坐在床上，正在下双陆棋。他不会玩双陆棋，但他和旁边的老人似乎都不在意这一点。

"真好，看来这里的人没有疏于照顾你。"我对他说。他用微笑作答，装着没听出我讥讽的口吻。

"哎呀，什么风把你吹来了！见到你真开心。"爷爷说。他穿着制服和T恤，脖子上挂着一个写有他名字的身份牌。他指着自己的朋友说："来见见跟我同一个排的队友纳撒尼尔·夏皮罗，还有教育团历史学方面的军士约西·布扎格洛。"

"这个年轻人是谁啊？"夏皮罗问。爷爷笑了，拍拍我的肩膀。

"你有听说我的心肺复苏测试得了高分吗？"

"你是认真的吗?跟我谈什么心肺复苏测试?你发什么神经跟负责福利事务的军士说我们——"

"整个排里唯一的一位,厉害吗?"他打断了我的话,开始热情地谈论AN/PRC-77电台训练和打靶练习。爷爷说,他一开始有点紧张,但后来就找到乐趣了,连排长瓦克斯曼都称赞他抓地力稳定。

"被分到4厘米靶心组算不算好?"他问。

"这不是问题所在,"我咆哮道,"我真不敢相信你居然说——"

"所以并不是那么好。"他垂下眼帘。

"与这无关。当然,4厘米对于你的第一次打靶练习来说很好。但是听着,你跟他们说的那些话简直莫名其妙。"

"你只是在安慰我。"

"不,说实话,你的第一次尝试已经很棒了。真的。"

"听到了吗,布扎格洛?我孙子以前在戈兰尼旅,他说这个分数很好!怎么样?"

我放弃了。我意识到我无法与他沟通。

"纽曼,别像个新兵一样,"夏皮罗站在门口对他说,"也别再把你的武器绑在胸前了。没人那样做。"

爷爷不高兴了,声称在安全问题上再怎么谨慎也不为过。夏皮罗笑着说爷爷只是"gung-ho"[①],因为他非常想获准参加小

[①] 来自美国军官卡尔逊在抗日战争期间从中国学到的"工合"一词,被卡尔逊作为格言在带领的军队中使用,后在美国广为流传,如今的意思为"过度热情、精力充沛"。

队指挥官的课程。

后来，爷爷悄悄问我"gung-ho"是什么意思，是好是坏。

我撒谎说这取决于你怎么理解它。

爷爷盯着他床头柜上米丽娅姆奶奶的照片，这是六年前他们去尼亚加拉瀑布时拍的。奶奶裹着红色雨衣，面容几乎看不见。爷爷床上的白床单印有老年协会的标志，上方的墙上挂着一张破损的芭芭拉·史翠珊[①]的海报。

"布扎格洛听说我喜欢她，就给我贴了这张海报。"

我告诉他，这张床一看就属于一位真正的战士。爷爷露出满意的微笑，又瞥了一眼奶奶的照片。"如果她能看到我现在的样子就好了，"他说，"她绝对无法相信。"

爷爷让我多待一会儿，和他们一起在餐厅吃午饭，还骄傲地说今天吃牛肉炖菜，但我跟他说我必须得走了。他谢谢我今天来看他，紧紧地拥抱了我。有那么一刹那，我为自己匆忙离开而感到愧疚。爷爷回去掷骰子，接着玩他的双陆棋游戏。

"啊，三连胜！你这个混蛋。"夏皮罗说。爷爷不知道三连胜是什么意思，但他脸上却不住地微笑。

13.
alman1964@gmail.com

2009 年 8 月 8 日，01:31:24

[①] 芭芭拉·史翠珊（1942— ），犹太裔美国歌手，电影演员、导演和制片人。

主题：回复：尤里你好

一个月一封，尤里。我保证一个月只写一封电子邮件，但我做不到不给你写。我试过了。我甚至从那些花哨的日记本中挑了一本带棕色封面的买下，还在那本日记本上给你写过几次信，然而并不奏效。我知道，整件事都很蠢。相信我，我知道。毕竟，这有什么不同呢，对吧？这些电子邮件又不是真的会到你手中。这就像写信给一面墙，但我又能怎么办呢。日记提供不了任何慰藉，而一封甚至无法送达收件人的电子邮件却能给我安慰。我已经决定，无论从何处得到慰藉，都不要去寻找原因。所以我会继续写给你，每个月只写一封，仅此而已。可以吗，尤里？哦，我多喜欢这个名字。你知道吗，我办公室里有个日历，我一直让它停留在七月。① 我一直在想，幸好你父亲坚持给你取名尤里，而不是如我所愿叫你纳达夫。试想一下，我会被困在德里这个臭气熏天的办公室里，还没有任何东西能让我想起你。光是想想就让人受不了。

你知道，我本来就打算在上次谈话中挂断电话。即使只面对我自己，承认这一点也不容易。但我挂断那通电话——就在你说我总是把自己放在第一位之后——是早有预谋的。这不好解释，但是自从我决定和你父亲离婚的那天起，我就知道这场谈话必将到来。那幅画面已经在我脑海中预演过几千次了。你会怎么发泄你的愤怒，冲我大喊大叫。我非常害怕，甚至在镜

---

① "尤里"在希伯来语中是"七月"的意思。

子前演练过这一幕，试图想出我该怎么回答，我能说些什么来安抚你。就像你小时候那样，你父亲弄坏了你的 Game Boy 游戏机，你大发脾气，而我紧紧抱着你说，在我让你像气球一样爆开、泄掉所有愤怒之前，我都不会松手，然后你才笑起来。你还记得吗？

每对离婚的父母都会害怕他们打乱了孩子的生活，并为此感到焦虑。但这样一个干脆利落地放弃了监护权的母亲也会吗？不仅如此，她还让她的前夫独自背负起那些基本上是由她而产生的债务？尤里，我无法向你形容我所必须面对的自我厌恶。我真的没办法。相信我，我非常清楚自己是整个事件中最不值得同情的人。米丽娅姆的声音常常出现在我脑海中，让我不时地想到这一点。我不想说她的坏话，她毕竟是你的奶奶。这样说吧，从我们最初见面的那一刻起，她就不喜欢我。我不能怪她，你知道吗，她一直都是对的。一个三十岁的精算师和一个十八岁的士兵怎么扯得上关系呢？她儿子向来谨慎，甚至从来没闯过红灯。她无法理解怎么会有一天，她儿子在陆军总部服完预备役后，竟带着一名无父无母的文员回来了。一个来自集体农场的女孩，她名下连一谢克尔都没有。我该怎么跟你说呢，尤里？我能理解她。你父亲做了一个奇怪的选择。但他本来就是个怪人。我从见到他的那一刻起就知道了。一个男人挎着腰包，衬衫口袋里装一个计算器四处走动——因为他不知道自己什么时候会用得上，你不能说他很正常。

但我也不能算作正常人，所以我俩才如此般配。耶胡达·阿米亥①的诗里怎么说的来着？人们互相利用。而我们肯定在互相利用。用我们的双手、嘴巴、眼睛，用我们的孤独。我们是人们在街上看到会感到些许遗憾的那种夫妇，因为可以看出两位都不怎么讨人喜欢。大家都确信爱情就是两个人选择与对方在一起。然而我一直知道它还有另一面。爱情是当两个人觉得这是他们唯一的恋爱机会时，他们就紧紧抓住对方不放。紧紧抓着，直到他们的指关节都攥白了。因为他们知道，在这个世界上，只有这一个人他们有机会与之相爱，所以最好不要搞砸了。

你知道我是什么时候意识到我和你父亲是这样一对夫妇的吗？他带我去沙洛姆梅厄大厦的那天。那个周末你去了你的第一次童子军夏令营，还记得吗？你父亲在周五晚上不加解释就把我拖到一栋封闭办公楼的十八层。你敢相信你父亲，那个笨蛋，会做出这样的事吗？我记得他打开了门，而我以为他疯了。我确信他强行闯入了这个地方！他把我拉进办公楼里最漂亮的房间，这是一个可以俯瞰雅法的巨大房间，铺着华丽的镶木地板。他让我站在窗前，宣布："我们是为此而来。"我还没理解他在说什么，那个笨手笨脚的家伙就想吻我，结果脚下绊了一下，把我也带倒了。在医院里，他们给我的腿打了石膏，这时他才在我耳边小声说他把那个地方租了下来，整栋办公

---

① 耶胡达·阿米亥（1924—2000），以色列国宝级诗人，代表作《现在及他日》。

楼。就在那天早上，他辞去了保险公司的工作。他准备和我成立一家我梦寐以求的旅行社。

相信我，我以为他疯了。我不是在开玩笑，尤里。我告诉他，现在还不是谈这件事的时候，这简直是无稽之谈。就在那儿，当着护士的面，我开始冲他大喊大叫，说我们需要申请二次抵押贷款才能租来这样的办公楼，他对国际旅行一无所知，而我自己也才刚刚进入这个行业四年。我们应该表现得更像成年人，好好存钱，这样你就可以像其他人一样上大学。在我对他大喊大叫的时候，你父亲伸出一根手指贴到我嘴唇上说，最坏的情况就是我们会互相指责，而现在我们已经证明了我们非常擅长于此。

哦，要怎么跟你说呢，尤里？这是一个完全不懂浪漫的男人对我说过的最粗俗，也最浪漫的话。（你知道吗，我们第一次约会时，他就宣称自己不会庆祝任何周年纪念日。他说这是浪费时间，浪费金钱。）在那一刻，我意识到了他能为我付出多少。也意识到，我们之间的爱并不完全是爱，而是某种更强烈的东西，更令人痛苦但同时也更具约束力，我甚至不会尝试去界定它。

我干吗告诉你这些呢，尤里。父母不该和孩子分享他们的浪漫逸事。而且，与我们不同的是，你出落得英俊潇洒。你可以选择任何你喜欢的人。

幸好这些话不会传达给任何人。

希望我能有耐心再等一个月，尤里。我真诚地希望。

祝好，

阿尔玛·罗森布鲁姆

以色列驻新德里犹太事务局特使

14.

每次去老年中心，我眼前的爷爷都在变化。他的肚腩越来越小，背也略微挺直了些。他声称，多年来米丽娅姆奶奶的鱼丸冻和炖菜早已把他变成了一名真正的战士，只是他那时不知道。虽然他排里的大多数士兵都享有各种豁免（比如摩西·利维每次值勤的时间都控制在一小时以内，安排给亚历克斯·利伯曼的地方距离卫生间只有三百米），但爷爷在第二天就完成了他的初次步操训练，一次病假都没有请。就连年轻指挥官的戏弄也没影响到他，无论他们是让他承担最差的深夜警卫轮岗，还是派他去连队供应室取"电粉"，他都笑着做了。他甚至不再谈起自己的死亡，话题被瓦克斯曼排长的作战逸事以及"城市战周"中烟熏金枪鱼的惊喜所取代。这让我明白了，也许重新开始永远不嫌老。

爸爸从没主动问过我爷爷的情况，但在我跟他讲的时候，他听得全神贯注；当听到爷爷被选为连队行军的信号员时，他微微一笑；当我告诉他，爷爷因为没刮胡子而被剥夺了安息日休假时，他抑制不住自己的愤怒。他甚至参加了爷爷的宣誓入伍典礼：他戴着白色宽边帽和阿尔玛的旧太阳镜出现，并录下了典礼的整个过程，爷爷接过戈兰尼徽章时，爸爸的手在颤抖。

当爷爷把手放在《圣经》①上宣誓效忠以色列时，他本人看上去并不怎么激动，但在回家的路上，我们停在格鲁吉亚餐厅吃炸豆丸子时，爷爷跟我说他很累，他昨晚根本睡不着。

"嗯，可以理解，入伍确实非常令人兴奋。"我跟他说。他则说与此无关。"今天是我们的周年纪念日。"他说道，但没再多解释。

15.

爷爷打电话来告诉我，他们被派去保护靠近约旦边境的山谷里的一个定居点，这时我才第一次听见他骂人。他们只需坐在那里，连巡逻也不用做。在我看来，他们显然会被分到这种毫无意义的任务，没有人真的期望他们去做任何重要的事。但爷爷很震惊，他没想到会是这样的情形。瓦克斯曼说他们经验不足，还不能去加沙前线执行现役任务，再者，排里有一半的人都佩戴助听器，所以他们不能靠近呼啸而来的迫击炮弹。爷爷驳斥了这种说法。他在电话中告诉我，他们整个排都是一群胆小鬼，只想在周末回家找他们的菲佣，明天他就要去签授权协议书，离开老兵排，加入一支由真正的实战士兵组成的部队。他说，为了能去加沙同一两名恐怖分子作战，他会不惜一切代价，一定要让那该死的军队好好认清他的价值。

"你是真的不知道自己在说什么。"我这样告诉他。

---

① 这里指犹太教的《希伯来圣经》。

"我很清楚我在说什么，别拿我当小孩子。"

"但你说话就像个小孩，"我回答，"你觉得军队是游戏吗？"

"就因为你在黎巴嫩打过仗，因为你看到过几颗子弹从头顶上飞过，你就觉得自己可以教育我了？"爷爷说，"我四八年就来这里了，我比你更了解战争。"他如此宣告，然后挂了电话。

我又给他打了两次电话，他都没接。那天晚上，爸爸告诉我，他跟爷爷通过电话了。爷爷说，他们已经到了鲁瓦，那是约旦边境的一个小莫夏夫①，要去哪个大点的地方都得两小时车程。他们卸下了装备，他被派去执勤，却被人发现他在读摩西·沙米尔的《他行走在田野上》②，瓦克斯曼因此再次取消了他的安息日假期。

"我们别无选择，"爸爸说，"我们得去探望探望那个任性的士兵。"

从那之后，爸爸就全神贯注于出行的准备工作。他买了三本食谱，每晚我回到家都会看到他在灶台旁钻研。爸爸过去经常做饭，但自从阿尔玛离开后，他就尽量不在厨房里待，好像即使阿尔玛离开了，厨房仍然是她的领地。他会在餐厅或咖啡馆吃午饭，晚上则随便从冰箱里拿一杯酸奶或从橱柜里取几颗杏仁，然后迅速逃离厨房，冲去其他房间。

在曾经属于阿尔玛的领地待上这么长时间后，爸爸又开

---

① 以色列的合作定居点，由一些小农场组成。
② 在摩西·沙米尔（1921—2004）1947年的小说《他行走在田野上》中，主人公乌里被描绘为典型的"萨布拉"，即土生土长的犹太人，该小说后被改编为电影。

始谈论她了。虽然没有明确地聊她，但他以随口说出的话把她的身影带回了这个家。（"你知道我们是在法国买的这台搅拌机吗？""她不喜欢大蒜酱。""我还是得修理她的咖啡机。"）

那一整个星期里，我下班回家他都会让我尝尝他当天做的菜品，并从一到十给它打分。辣克莱姆鱼[①]得了五分，蜜汁鸡肉得了六分，蘑菇沙司意大利面得了三分。我建议找一家不错的餐厅给爷爷带外卖，现下很时兴这么做，但爸爸生气了，还是继续自己做饭。我也不知道他基于什么做出了最后选择，最终我们带着两罐越南鸡拌焦糖饭和葡萄叶包饭前往定居点。菜谱原本要求用瑞士甜菜，但我们都不知道那是什么。爸爸开车，我按照他的要求，把用方格花厨房毛巾包起来的罐子牢牢抱在腿上。时不时地，当我们遇到红灯时，爸爸会打开其中一个盖子，闻闻里面的香气，他脸上的那种诚挚就好像孩子在享受大海的气味一样。

16.

alman1964@gmail.com

2009 年 9 月 19 日，01:54:09

主题：回复：尤里你好

我昨天参观了泰姬陵。你能相信我在这里三年了，昨天才第一次看到它吗？所以你问（其实没问），为什么我以前不去参观泰姬陵？我也不知道。毕竟，我还在旅行社工作的时候，最

[①] 来自北非的番茄烩鱼菜式，在中东地区很流行，犹太人在犹太新年时常吃。

喜欢做的就是印度旅行计划,而几乎每个去印度旅游的人都会直奔泰姬陵。我知道那个地方的一切。所有的一切。从阿格拉最好的出租车司机的电话,到如何以本地价进入陵园,我都知道。昨天,有两个以色列人突然走进我的办公室,误以为这里是犹太之家。大卫和塔玛是一对退休夫妇,他们非常可爱。他们只是想问问附近有哪家餐馆不错,结果在我那儿待了两个小时。你问(其实没问)我们谈了什么?应该问有什么没谈!我们聊了在印度旅游有多好、我在印度的三年和大卫的空军服役经历(他以前是飞行员!)。大卫提到,他们来自贝里集体农场,听说我原本来自纳哈尔奥兹集体农场,他们非常高兴,邀请我和他们一起去泰姬陵。起初我拒绝了,以为他们只是出于礼貌,但接着塔玛说不必再争论,因为他们不接受拒绝。他们会在早上七点来接我。我说不准,尤里,她语气里的一些东西,还有坚定的手势,突然让我想起了我的母亲。于是我不假思索地答应了。没有任何改变心意的余地。第二天(昨天)他们接上我,四个小时后我们就站在泰姬陵前了。最有趣的是,尽管我从未去过那儿,但我最终做了三个小时的导游!听起来很怪,是吧?关于泰姬陵的介绍都在我的记忆里!

  回去的路上,我从后视镜看到大卫握着塔玛的手。他们问我是否一直梦想着在国外生活,我也不知道是怎么回事,但我跟他们讲了赎罪日战争[①]的第四天,别人告诉我我父亲被杀了,

---

[①] 也叫斋月战争,指1973年10月6日至10月26日埃及、叙利亚和巴勒斯坦游击队反击以色列的第四次中东战争。

然后我在整个农场里跑来跑去，大喊着我要离开这个臭气熏天的国家，一有机会就搬去斯堪的纳维亚半岛。在斯堪的纳维亚半岛，人们不会死亡，因为寒冷像冰柜一样确保着他们的安全。这很奇怪，尤里，我已经好几年没想起过那天了。我完全忘记了这件事。忘记了我所有的承诺。因为孩子就是这样，许下太多无法兑现的承诺。然而，在从阿格拉到德里的旅途中，所有记忆突然再度浮现。给你写这封信的时候，我意识到我的印度之行也许真是始于我父亲被杀的那天。回想一下，也许印度就是最接近我那份少年叛逆的地方。因为我从没真正叛逆过，你知道吗？当我开始萌生叛逆情绪的时候，我父母都已去世。我的叛逆失败而短暂。在对集体农场发起反叛并搬到特拉维夫的第二天，我就成了一名士兵；在决定对军队发起反叛后不久，我又遇到了你父亲。退伍三周后，我已经是他的妻子，九个月后，则成了你的母亲。成为母亲后，我知道我对世界的反叛已经结束了。一个母亲是不可以反叛的，对吧？至少我曾经这么想。如今我不那么确定了。或许因为我们这家人总把事情倒过来做。看看你爷爷，他终于不必再考虑米丽娅姆，于是去参军了。而你，小时候那么天才，过去的两年里却突然迷失了人生的方向。事实上，我只知道一个绝不会反叛的人，那就是你的父亲。我们或多或少有些懦弱，而他不同，他永远在那里。他永远不会逃去印度或是戈兰尼旅。我敢打赌，心理学家会说他比我们都擅长应对这些情况，但我也认为这狗屁不通。一个人对世界赋予他的角色全然接受，这根本不健康。

一从泰姬陵回来，我就想给你写信，我要赶快与人分享这一切，以免忘了。但是尤里，现在写下了我的阿格拉之旅，所有的事都显得有点怪怪的。并不是因为你会收到这些邮件，而是我感觉，你才应该是写下这些的人。就好像我们交换了位置，好像我偷了你的旅行一样。这很蠢，我知道，但有时我感觉就像去印度的飞机上只剩下一个座位，而我从你那里偷走了它。

希望你从没这么想过。真的。

祝好，

阿尔玛·罗森布鲁姆

以色列驻新德里犹太事务局特使

17.

在鲁瓦定居点入口处，我们看到保安亭旁边的夏皮罗穿着防弹背心，戴一顶破旧的头盔。他坐在一张白色塑料椅子上，闭着眼睛，在仅剩的一小片树荫下乘凉。我朝他按喇叭。他差点从椅子上摔下来。然后他打了个哈欠，伸了伸懒腰，(费了些力气)站起来，拖着脚步向汽车走来，把头伸进车窗。

"值勤期间你们可以坐着吗？"我问。

"你觉得呢？在这个排里几乎所有人都不必罚站。"他笑着回答。

"那你不是至少应该……嗯，保持清醒吗？"

他从口袋里掏出一张皱巴巴的纸。"批准打盹，"他自豪地挥舞着纸条说，"一小时可以打盹十分钟。全排只有我一个人可以！"

"你在读什么？"他指着我放在后座上的书问。

"《西西弗神话》，"我回答，"阿尔贝·加缪写的。"

"天哪，无聊至极的书。只有法国胖子才会把能用一句半讲完的故事写成一整本书。"

夏皮罗跟我们说，爷爷的塔上警卫任务刚刚结束，他打开大门，让我们在行政办公室前的停车区等爷爷。他瞥了一眼罐子，又说："你们要知道，你们即将面临一场激烈的竞争，我孙女也带来了一些她做的美食。"

就在爸爸停好车后，我们听到一声叫喊。

"古雷维奇！"一名男子喊道，"你要是不在三十秒内出现，我就亲手把你毙了。"

我立刻听出是爷爷的声音。

那座塔不是瞭望塔，而是水库上的一座水塔，上面喷着"让以色列国防军大获全胜，挺胸抬头！"的黑色涂鸦，旁边写着"埃坦·塔伊布是无辜的！"。

我到那儿的时候，古雷维奇手里拿着防弹背心，正在爬楼梯，几乎每上一级台阶都要滑倒。爷爷一直在上面冲他吼，说如果他不想有卡兹特纳[①]那样的下场，就最好快点。古雷维奇一路爬了上去，都快要力竭昏厥了。爷爷则敏捷地跳下楼梯，给

[①] 雷兹·卡兹特纳（1906—1957），匈牙利裔以色列记者和律师，1957年被以色列法庭指控与纳粹勾结，被三位退伍军人组成的小队暗杀，对他的部分判决在其死后被推翻。

了我个拥抱，说古雷维奇真是个新手。

我们坐在停车场旁边树荫下的草地上，爷爷取下他绑在胸前的步枪，往爸爸背上拍了一巴掌。"你怎么想着要做饭的？"他问。爸爸很快回答："你怎么想着要入伍的？"

他俩都笑了。爸爸拿出一个黑胡椒研磨瓶、一瓶辣椒粉，说食谱规定要等到食用前才调味。他用长柄勺舀了一勺菜，放进蓝色塑料碗里，这个碗是他为了这次探望专门买的。

"这是什么？"爷爷问。

"越南鸡肉。"我回答。

他闻了闻。"所以，越南的鸡肉是凉菜？"

"我们没想到这一点。"我回答说，而爸爸低下了头。

"没事，"爷爷很快脱口而出，"我太饿了，尝不出来区别，真的。不过，要不要先给孩子盛一份？他还在长身体呢。"

我吃了一口，立马发现这道菜对爷爷来说太辣了。我还没来得及提醒他，他就往嘴里放了满满一叉子。他几乎不能咀嚼，费劲地想把它吞下去，脸都扭曲了，握着武器的手也攥得紧紧的。爷爷和远东味道搏斗了一番，最后占了上风，略占上风。

"嘿，还不错。"他几乎是捂着嘴说。

爸爸赶紧尝了尝。"搞不明白，"他喃喃道，"应该是甜的啊。"

"这道菜真的美味，"爷爷坚持道，"来，我再吃一口向你证明。"爷爷的脸通红，他看起来那么窘迫，光是这个提议就让爸爸忍不住笑了。爷爷知道自己不必再搏斗一次，松了一口气。

他们统一了意见，下次爸爸会带格鲁吉亚餐厅的炸豆丸子来。而当时我想到的只有，这一刻是多么难得。

"不得不说你让我们有点失望，"爸爸说道，爷爷困惑地扬了扬眉毛，"我以为你肯定会厌恶在这里的每时每刻，我们会发现你中途叛逃去了约旦军队。"

爷爷耸耸肩，说他确实更想在特种部队服役，但决定再给这个步兵排一次机会。"这里大多数人都不务正业，但有几个还不算太坏。"

在走回汽车的路上，我们看到夏皮罗和排里其他几个老人坐在长椅上。爷爷很自豪地向我们介绍他们，而明明就在几天前，他才真切地表达过想用枪托砸烂他们的脑袋，这一点这么轻易地就被忘掉了。

"你应当知道，你爷爷是一位真正的战士，"其中一个老人拿手杖指着爷爷对我说，"那些不巧碰上他的可怜恐怖分子，就请上帝保佑了。"

"得了吧，伙计们，行了。"爷爷说着，但从他脸上我能看出他希望他们继续说下去，继续用这些赞美的话指出他们之间的区别，让爷爷脱颖而出。

"我也有一个孙女来炫耀炫耀。"夏皮罗指着一个穿绿松石色毛衣的女孩自豪地说。她看起来很眼熟，但戴着黑色太阳镜，让人说不好在哪里见过。

"阿维盖尔，过来见见尤里。"

"我们已经见过一次了。"阿维盖尔说。

"真的吗?"夏皮罗问。

我说"没有",而她同时说"见过"。

"别想否认。"她说。那种放肆的微笑。她是我在接待与分组基地遇到的那个女孩。

"好吧,和我没关系,"夏皮罗说着转向爷爷,"如果最后他们结婚了,你来支付婚礼大堂的租金。"

爷爷微笑着把手放在我肩上:"我们拭目以待。我孙子可是个抢手货。"接着他语气严肃地说:"你们知道这个小伙子参加了第二次黎巴嫩战争吗?"

众人的微笑变成满怀好奇的目光。

"真的吗?"夏皮罗问,"哪个旅?"

"戈兰尼旅。"我回答。

"一支精英部队!621部队[1]。"爷爷又加了一句。

羡慕的目光洒在我身上,有个老人甚至鼓起掌来。"那你也参加了比特贝尔战役[2]?鲁瓦·克莱因[3]牺牲的那场战役?"

"没有。"

"那你在哪里?"

---

[1] 以色列国防军的一支精锐特种部队,专门从事游击战、特殊侦察和直接行动,隶属于中央司令部第89旅。
[2] 2006年黎巴嫩战争(在以色列被称为第二次黎巴嫩战争)中的主要战役,发生在黎巴嫩南部的比特贝尔镇。
[3] 鲁瓦·克莱因(1975—2006),以色列国防军戈兰尼旅的一名少校,在比特贝尔战役中为保护战友,扑向一颗手榴弹而牺牲。

"马龙拉斯。"

"你们在那儿干了什么?"

"战斗。"

"揍了真主党人一顿?"

"是的。"我回答。

"你怎么对此这么冷漠?"阿维盖尔问。

"因为这没什么大不了的。"我回答。

"也可能因为它把你害惨了。"她说。

有一会儿,谁也没说话。

"嘿,我怎么不知道这些事?"爷爷很惊讶,也很开心我得到了他战友们的关注,"伙计们,我提议让我孙子跟我们分享一些战斗故事。尤里,说说那里到底发生了什么。我们可以从你这个专业人士身上学到一些经验。"

"我们得走了,"爸爸打断了他的话,开始把我往汽车那边推,"今天我还有几份报表要看。"

"等一下,耶米,"爷爷说道,想抓住我的手,"再给我们几分钟时间,他们都想听听这孩子要说的东西。"

"改天吧,"爸爸以不留余地的语气说,"我们得走了。"爷爷没有办法,只能紧绷着沉默着接受这一现实。回家的路上,弥漫在我和爸爸之间的,也是同样紧绷的沉默。

"你已经很久没谈过在那儿发生的事了,"爸爸在我们家附近停车的时候说,"我觉得你应该再考虑下心理治疗之类的。"

他斟酌着把话说出来："你应该去找人看看，你在黎巴嫩经历的那些事并不是正常的生活。"

"我不是唯一有这种经历的人。"

"但这并不意味着那是正常的。"他回答，"你谈论它们时，就好像是在电影里看到的一样，好像你根本不在那里。"

"我知道你很担心，但我一切都好，真的。"

"你在说什么，尤里？"他的声音里听起来有种积蓄已久的愤怒，"你已经被困住两年了，尤里。两年了。你不能这样浪费自己的生命。"

"为什么不能？"

"因为你可以做得更好。"

"也许我做不到。"我说。

听到这样直截了当的话，他很难过。但他仍确信这只是我的一个阶段，很快我就能像从前跟他承诺过的一样，有条不紊地安排我的生活，进入哈佛之类的大学深造。

我俩都安静下来，不知道过了多久。

"你看到我吃的药，"他说得犹犹豫豫，每个音节都在踌躇，"并不是治头疼的。自从你妈妈离开，那些缠身的债务，还有你爷爷……一切都不容易。我的意思是，我正在努力解决，但这并不容易，"他叹了口气，"这些药能帮我，你明白吗？这就是为什么之前我说了那些。也许，只是也许，你至少应该考虑一下治疗的事。"

他等了一会儿，才意识到我不打算回应。

"我们太像了。"他说道,然后下了车,留下我一个人和两只冰冷的罐子。

18.
alman1964@gmail.com
2009年9月19日,01:54:09
主题:回复:尤里你好

来吧,尤里。为什么不收拾收拾行李,坐上飞机去南美、拉普兰或任何你想去的地方呢?以此证明我上一封邮件里写的都是错的。我的孩子,是什么阻止了你?我觉得你肯定无法理解那个念头给我带来了多大困扰,以至于我编造了一个理论来解释它。我是认真的。这个理论已经在我脑海里存在很久了。我把它称为"地点理论"。在我看来,每个人在这个世界上都有一处与他相连的地点。我知道,这听起来显而易见,毕竟每个人都与他的国家、城市相连。但我渐渐想到让我们扎下根来的并不是国家,也不是我们所受的教育、我们的朋友或家人,而是更具体、更精确的东西,一个像磁铁一样吸引着我们的地点。你父亲就是个很好的例子。他的地点是办公室。十五年来,他拼命地在那儿工作,在一处小小的地点,一平方米的办公室里。他快乐得超乎我的想象。如今的我不敢相信自己曾如此傲慢:那时我真的不信有这样的人,他只是整天计算公式就很快乐;我觉得即使他相信自己快乐,他也不过是在欺骗自己罢了。这就是为什么我希望他能帮我成立旅行社。没错,这是我的梦想，不是他的，但我不会让这个事实妨碍到我。怎么跟你说呢，尤里，我是个好心办坏事的白痴。你爷爷的地点也很明确，是他在拉马特甘的屋顶。我还记得每次我们去那里都能看到他的变化。说真的。下次在他从楼梯走上屋顶时，观察观察他。你会看到他灵魂中的某些东西给释放出来了，他走路的方式变了，说话的方式也变了。仿佛屋顶是他逃避现实的途径。我无法确切地解释那儿有什么影响了他，但从你爷爷身上，确实能看到一个恰当的地点对人有多大益处。

你开始明白我在说什么了吗？我对此表示怀疑。不仅因为这些没什么道理，还因为我们都没有这样的地点。我是说，我想我们会有，只是现在还没找到。老实说，我不知道你的地点在哪儿，但我肯定它就在以色列。也许就在你眼皮底下。甚至可能就在我们家里的某个地方。因为这可以解释一切，不是吗？解释你为什么会被困在原地。还记得你跟我聊过暗能量吗？你说科学家们现在认为宇宙的百分之七十都由我们完全未知的东西组成。我们在宇宙中的一举一动都受它们影响，而我们却连这是如何发生的都解释不了。你说的话我一个字也听不懂。你谈论这些事情的时候，我就没听懂过。但我从没停止过思考它们。有一种隐藏的力量在影响我们的生活，地点也是如此。当我们自欺欺人地相信我们完全掌控了自己的生活时，这些力量将我们撕来扯去。但这一切都是假想。即使搬到了印度，也什么都没改变。我仍在办公室里度日，仍被困着，只是在另一个大陆罢了。

你也有些被困住了，对吧？不如说是被困住很久了。我从你父亲那里听说，大学这个话题连提都不能提；你的朋友们都继续着自己的生活，而你已经和他们断了联系（别生气，他不想出卖你，只是我冲他大喊大叫，说你也是我的儿子，他才告诉我）。我尽量不去问自己，这其中有多少是我的原因。我显然有错，问题只在于多少。我确信，战争也是罪魁祸首之一。是的，战争。我们从没谈过它。你知道我为这个问题已经准备了两年吗？我怎么能不去呢？当一切开始的时候，我怎么能不登上飞往以色列的第一班飞机呢？两年来，我一直在心里打草稿，琢磨着我能给你的糟糕回答。但你从未问过。我记得你回来后我们通电话，你说没什么好聊的，而我一直坚持要聊下去，你说这没有任何意义，因为我永远无法理解黎巴嫩。我当时觉得我们好像回到了你的高中时代，回到了我和你父亲刚离婚后的那段时间。那时你每两周来我这里一次，一句话也不说。我很希望你能跟我谈谈。所以当你老师打电话告诉我，你写了一篇关于"斯巴达式"的公民学论文时，我激动极了。论文一如既往地精彩，但也有点麻烦，她建议我们和你谈谈，确保你一切都好，而我立刻就知道了，这通电话正是窥探你世界的一次机会。我知道如果我出面要那篇论文，你不会给我看，所以我走进你的房间，翻遍每一个抽屉，找到了它。你可能还在为此生气，但请试着理解一下我吧。那时你不与我交流。无论战前还是战后，你从来没有真正地与我交流过。除了"没事"，你什么都不说，仿佛那只是学校里又一个无聊的日子。我多渴望再接到一通电话，某人能由此给我一个线索，让我知道你在想些什么，就像你老师曾打来的电话一样。但没有长官打来。每当我们说话的时候，我总是恳求你和我分享你的感受，任何东西都行。我跟你说过，我确实不太擅长做母亲，但我还是你的母亲。哦，我的尤里，你记得你说了什么吗？我肯定你不会记得。那句话如此自然地蹦了出来，我想你根本没注意到。但我永远也忘不了。相信我。

"我猜不是每个女人都该成为母亲。"这就是你说的。说这话时，你带着一种极清醒的理性，一定是遗传自你父亲，而不是我。我的心被放在火上炙烤，尤里，被烧成了灰烬。但我一个字也没说。我们再也没讨论过那句话，好像它就没有从你嘴里冒出来过。但它一直侵蚀着我。我想就是自那以后，你开始叫我阿尔玛。我的意思是，你时不时地会这么叫我，所以我一开始没注意到，而随着时间推移，我才意识到"妈妈"这个词已经不在你的词典里了。直到今天，我都不知道这是你有意做出的决定，还是自然发生的事实。这里有个悖论，你知道吗？如果我们再靠近一点，我就能鼓起勇气问你这个问题；但如果我们再靠近一点，你就可能还会叫我妈妈。对吗？

我们之间错失了太多，尤里。

祝好，

阿尔玛·罗森布鲁姆

以色列驻新德里犹太事务局特使

19.

第二天早上六点，我接到夏皮罗的电话。他说爷爷住进了埃梅克医院，电话里不好说，等我到了那里，他再向我说明一切。我从床上跳起来，给爸爸留了张纸条，然后一路加速向北。我无法想象发生了什么。他怎么会在医院里呢？就在昨天，他还像个查克·诺里斯[①]动作片里的人物。住院？他肯定已经失去意识了，毕竟他一步也不愿意踏进医院。就连米丽娅姆奶奶被确诊肺炎，住院三天那次，他也拒绝去探视。他声称，这些地方被刻意弄得令人痛苦，这样人们才会认为死亡并不是最糟的选择，他才不打算落入这种圈套。

我开车经过哈代拉时，爸爸打来了电话："我没看懂你的留言。你这么早要去哪里？"

"爷爷在医院。"我回答。

"你爷爷？是谁搞成这样的？"

"我正要去了解清楚。"

"明白了。"他说道，然后沉默下来。

"希望没什么大事。"我说。

"嗯，是的。希望如此。好，有新情况随时告诉我。"

"知道了。"

"好，我们之后再聊。我还有一份案卷要看。"

"什么案卷？"我问他。

[①] 查克·诺里斯（1940— ），空手道世界冠军，美国电影演员，曾参演多部动作片。

"你什么时候开始关心这个了?"爸爸嘲笑道。

"不关心,"我回答,"但我还要开很久的车。"

他说这个案子很有趣。有个家伙买了份保额为三百万美元的人寿保险,签完后不到一小时就自杀了。

"这就是你说的那种有计划的人……"

"是的,"爸爸说,"只是他家里人得不到这笔钱。有法律禁止这种情况出现,所以人们才不会一缺钱就跳楼。这就是为什么我总说,重要的是阅读……"

"合同细则。"我接上了他的话。

"说到合同细则,你得把你的银行账户表格填一下。我要说多少次,你这是在白白丢钱。"

"我已经填好了。"我回答。

"什么?什么时候?"

"昨晚,我们从山谷回来后。"

"怎么填的?线上?"

"对。"

"好,那就好。"

我等着他再说些什么,但他说得挂电话了。

他们把爷爷安置在医疗队的病房里,213 室。他躺在离窗户最近的床上,头向左耷拉着,右手垂在床边护栏上,眼睛紧闭着。夏皮罗坐在他左侧,腿上缠着绷带,他想用枪托搔那儿的痒,却够不太着。我把手放在爷爷肩上,轻轻地摇了摇。他没有醒来。

"别担心，你家老头没事，"夏皮罗马上说，"摔了之后脖子有点疼，但估计没什么大不了的。相信我，他们让他住进来只因为他是个糟老头。"

"你们到底是怎么进医院的？"

"因为作战行动。"夏皮罗大声说。

"拜托，你在开什么玩笑？"我生气地说，"什么作战行动？我昨天才见过你们，没人说什么作战行动啊。"

"当然没人说了，"夏皮罗不屑地挥了挥手，"我们在讨论秘密任务。你爷爷明确禁止我们透露任何细节。"

"我爷爷禁止？怎么回事？你们现在成突击队了？谁会派你们去执行秘密任务？"

"没人派我们去。你爷爷决定我们要自己去。"

天哪，他叫他们做什么了？我又端详了下爷爷，他躺在那儿，穿着军裤和散发着汗臭的汗衫，脸颊上有一片片白色的胡楂。

"他不愿意穿病号服。"夏皮罗说。我把爷爷躺着的枕头拉平整，然后坐回椅子上盯着夏皮罗。"来吧，告诉我，他让你俩卷入了什么麻烦，别跟我说什么他无论如何不许你说的废话。"

夏皮罗看看爷爷，闭上了眼，接着又睁开眼，看向我。"这两周来他一直在计划。"他叹着气说。在餐厅里，爷爷把他拉到一边，进行了一次小心的谈话。爷爷说，他不明白为什么没人派他们去执行真正的任务，保卫山谷里一个冷冷清清的定居点这种事就连稻草人也能做。"我试过让他冷静,但他说我们该跳出条条框框去思考了,就像阿里埃勒·沙龙①成立101部队时那样,向上层展示一下我们的价值。"

他们昨晚开始执行任务,约西·古雷维奇和排里的司机亚历克斯·利伯曼也参加了。他们乘着军需官的雷诺康古车在这一带巡逻,想让所有人知道他们不该被大材小用。

"三个小时内,我们像胜利者一样在那儿巡视了两圈,"夏皮罗说,"就连你爷爷也为我们骄傲。但当我们开始往回走时,他注意到有人在我们后面跑着。"

"什么?谁?"

"一个非常可疑的人!"夏皮罗喊道,"你爷爷想下车,但他太紧张了,双手颤抖,花了好几分钟才下了车。他最后是下去了,但问题是,古雷维奇这个没用的家伙笨手笨脚的,他的武器撞上我的膝盖,正好把你爷爷绊倒了。"

他说等他们三人站起身来,那名男子已经超过他们两百米了,还在奔跑。"你爷爷非常生气,他把武器扔到地上,开始咒骂我们。他说了些很难听的话。我不能怪古雷维奇。"

"怪他什么?"

"开枪。"

"开枪?"我问道,心想我一定听错了。

"是的,是的,他开枪射击了那个人。几秒钟后,我们听到

---

① 阿里埃勒·沙龙(1928—2014),以色列前国防部长、前总理,在1953年成立了一支特种部队,即101部队,并担任指挥。

那个人尖叫了一声，然后看到他瘫倒在地。"

"夏皮罗，你说的不是真的吧。"

"恐怕是事实。我们开枪打了那个人。"

我起身确认走廊上没有人，然后关上门，坐回夏皮罗面前。夏皮罗试图避开我的眼神。

"现在跟我说清楚，清清楚楚地，之后你们做了什么。"我说。他告诉我，他们走到受伤的男子身边，发现他倒在地上。"你没法想象那个男人痛苦地扭动的样子，"夏皮罗说，"他膝盖上全是血。我跟你爷爷说，这件事做得太过火了。这本该是一个美好的夜晚，一场鼓舞士气的活动，而不是一次谋杀未遂。他说他就知道，一个长期支持工党的左翼分子根本不值得信任。相信我，要不是古雷维奇大喊那个男人昏迷了，我们可能会争论好几个小时。说实话，尤里，我想如果让你爷爷来决定，那个可怜的家伙现在就被埋在某个罗勒丛下了，但我和亚历克斯都坚持要叫救护车。最后，医护人员还把我们三个带走了——我是因为膝盖受伤，你爷爷脖子疼，而古雷维奇是惊恐发作。我不清楚他们给你爷爷用了什么药，但这三个小时他睡得像婴儿一样熟。"

"你向什么人报告了吗？"

"没有，"夏皮罗说，"不过事情发生一小时后，我接到瓦克斯曼的电话，说他正在过来的路上。有名护士跟我说，我们开枪击中的那个人正躺在三楼，接受士兵的审问。"

我很生气，一下抓住夏皮罗的椅子，吓了他一跳。"不，真的，你们真的是一群白痴，夏皮罗。蠢货。"

夏皮罗沉默不语。

"你知道你们四个对某个可怜的泰国工人开枪了吗？"

"我觉得他看起来不太像亚洲人……"

"不，你还是没明白，是吧？醒醒，夏皮罗。你要在监狱度过余生了。你懂吗？不是军事监狱，是真正的监狱。老实说，夏皮罗，我都不知道说你什么好。像这样开枪打人？这可不是军队能随便敷衍过去的。"我起身，站到爷爷旁边。"快点，别装了，我受够了，"我冲他吼道，"醒醒。快点，醒醒！"我使劲摇了他一下，但他没有醒来。

"让他睡吧，尤里，你这样对他不好。"

"这个白痴。"我带着怒气低声说。

我坐回椅子上，双手抱着头，眼睛盯着地板。

我和夏皮罗沉默地对坐着。爷爷不时地咳嗽，但他异常固执，不愿醒来。不知道我们在那儿坐了多久，然后我听到门开了。

一名戴着中尉臂章的军官走进房间。他看起来年龄和我差不多，是个秃顶的高个儿，留着平头，戴红色贝雷帽。他站得笔直，挺胸沉肩，只有军官会是这么个样子。他的M16步枪背带上有"老兵排"字样，上面还装着一个瞄准镜、一个激光瞄准器——装备齐全到显得可笑，尤其对于一个在靠近约旦的山谷里指挥老年士兵的人来说。中尉默默地打量了我一眼，然后冷漠地看向他的士兵。

"对不起，瓦克斯曼，"夏皮罗说，"不知道我们怎么就鬼迷了心窍，我真的……"

"没事，"他打断了夏皮罗，"你还有很多时间可以思考。能站起来吗？能走路吗？"

"不太行。"

瓦克斯曼拿出他的无线电对讲机，按下一个按钮，咕哝了一些我听不明白的话。"马上会有人过来带你下楼。有个司机等着带你去问话。"

夏皮罗低下头。"你会在那里吗？"

"不会。那里有地区旅团的指挥官，也许中央司令部的上将也在。"

几分钟后，一名士兵推着轮椅走了进来。他把夏皮罗扶起来，缓缓地帮他移到轮椅上。"问完话，他们会带你回来做髋关节置换术。"瓦克斯曼说。

"刚跳出油锅，又掉进火坑。"夏皮罗回答。士兵推他出房间时，他沮丧地摇了摇头。

瓦克斯曼坐了下来，从口袋里掏出一包万宝路。"夏皮罗是你爷爷？"他递给我一支烟，问道。

我没有接他的烟，指了指爷爷。

"他是我爷爷。"我说。

瓦克斯曼打开窗户，拿出打火机点烟。"介意我抽烟吗？"他问。

"我倒不介意，不过这里是医院，抽烟也许不太好。"

"你说得没错，兄弟。确实没错。"他狠狠吸了两口，把烟摁在窗玻璃上熄灭，然后扔了出去，"不管怎么说，我女朋友吵着要我戒烟呢。"他松了松腰带，从裤子里拽出衬衫，然后看着爷爷，"你爷爷，脑子有点不正常，是吧？夏皮罗跟你说你爷爷计划的行动了吗？"

"没有，"我说，"他只抱怨了自己的胯骨疼。"

"听着，你爷爷策划了一些动作片里才有的情节。好莱坞动作片那种。"

"他一个人？"我尽力用惊讶的语气问。

"他们守口如瓶，"瓦克斯曼回答，"就在我眼皮底下做的。"

"所以，这么说他安息日休假又没了？"

瓦克斯曼笑了。"相信我，他原本的惩罚可不只是取消安息日假期，"他说，"但就目前的情况而言，他们四个可能都会受到表彰。"

"什么？你在说什么？夏皮罗跟我说……"我沉默下来。

瓦克斯曼探过身来："夏皮罗跟你说了什么？"

我保持沉默。

"我知道古雷维奇想要射杀那个人，别担心，我什么都知道。"

"你是什么意思，想要？"我没忍住问了他。

"字面意思，他想要射杀那个人。"

"要是古雷维奇只是想要射那个人，那个人怎么会腿部中弹呢？"

51

"什么腿部中弹,兄弟?"瓦克斯曼说。他看着爷爷,然后将目光转向我。"等等,你是想告诉我,他们真的认为古雷维奇射中了他?"他放声大笑,"哦,天哪,这是我听到过的最好笑的事。你以为古雷维奇能在两百米外击中目标吗?在射击场上,那个老家伙连五厘米之外的目标都射不中呢。那个人被石头什么的绊倒了。要是他们真把那个毒骡射伤了,你觉得我还能坐在这儿抽烟吗?"

"毒骡?"

"哇,你真的什么都不知道啊。还没听说今天的大新闻吗?医生从那小子身上找到了四公斤可卡因。在他的内裤里。真是一团糟。"

瓦克斯曼接着说那些可能会去参加表彰仪式的高级官员,但我都没听进去。我看着爷爷,试着想象米丽娅姆奶奶正坐在他旁边。要是让她这么心惊,她估计会一脚把爷爷踹进监狱。

20.

我和瓦克斯曼又在那儿等了一个小时,想着爷爷说不定会醒过来,瓦克斯曼一直絮絮叨叨,显然很久没跟七十五岁以下的人聊天了,所以颇感兴奋。他告诉我他早先在伞兵部队服役,除了他以外,以色列国防军中没别的军官愿意担任这一职务了。要不是在上一个连队犯了错,事关一个失踪且很可能自杀了的士兵,他也不必在丢脸地退伍和接受这个垃圾职务之间做出选择。他说,到头来,在哪当指挥官都一样,唯一的区别是这个老兵排的人大都享有各种豁免。而且他每天都能了解到一种新的疾病，照这个速度下去，他最终会成为特哈休莫医院里的专家。我问他计划在排里待多久，他说等在这个职务待满一年，他会看看能不能调回之前在伞兵部队的那个老职位。如果不能的话，他就辞职了。"那样的话，明年我就去读特拉维夫大学的法学院。"

"兄弟，你是学生吗？"

"不是。"我回答。

"嗯，那你是做什么的？"

"我是个刚退伍的士兵。"

"你在哪服的役？"

"戈兰尼。"

"不会吧！我还以为你就是个不起眼的文职呢。不错啊，兄弟。爷爷追随孙子的脚步，就像报纸上那些人们喜闻乐见的文章里写的一样。那你是什么时候退伍的？〇九年七月？"

"二〇〇七年十一月。"

他又笑了。"你真搞笑，老兄。那你还管自己叫刚退伍？总有一天我也要用这个词儿。那么，你大概是个瘾君子、背包客，做着徒步穿越印度之类的事？"

"其实并不是。"我说。

"穿越南美？"

我摇摇头，瓦克斯曼疑惑地看了我一眼。

"那你这段时间在做什么工作？"

"一堆零工，没什么大不了的活儿。"

我的回答显然让他有些困惑。"你在说什么呢，兄弟，你不想学点东西吗？不想出人头地吗？"

"现在还不想。"我说。

"好吧，我现在明白了。"他说，"我有个像你这样的朋友，算是个海滩客。相信我，兄弟，我也想和你们一样，顺其自然就好。估计你整天都抽大麻，是吧？"

"试都没试过。"

"从来都没有吗？"他有些不可置信。

"烟都没抽过呢。"我说。这是谎言。在我们离开黎巴嫩的那天晚上，我抽了一支烟。但我无意与他分享。我甚至不知道该怎么形容我对瓦克斯曼这种人的鄙视，要是不让他们说"兄弟""老兄"，他们都不会说话了。他们确信所有事情都能给出个解释。"没错，兄弟，你能懂我。顺其自然就是我的中间名。"

"是的，我看人很准。"他对自己颇为满意。

我问他，要是他回了伞兵部队，谁会来接替他的职务。"说实话，兄弟，就我们俩私下说哈，我可一点都不在乎。无论如何，这整个部队就是个他妈的笑话。我猜不出两年，这个排就要解散了。"

"你说什么呢？你们刚刚抓到个毒骡，干得正有声有色呢。"

"侥幸啊，老兄，纯粹是侥幸。事实上，这都不算个作战部队。这次事件真能带来改变吗？我很怀疑。"

"不算作战部队，这是什么意思？他们不是作为07级步兵被训练的吗?"

"并不是。为了给他们鼓舞士气我才这么说的。他们勉强算01级吧。"

我知道他们名不副实,但没想到差得这么远。"但他们不是在保卫边境周围的定居点吗,怎么会这样?"

"我可不会把那称为保卫,不如说是东游西逛。"瓦克斯曼说,"靠近约旦的山谷定居点的人之前抱怨军队不给予他们保护,明明那儿除了沙子什么也没有,不可能发生冲突。还有,大约两年前,养老金事务部长拉菲·埃坦给参谋长批了一笔相当荒唐的预算,只要组建一支老年部队就能拿到,主要是为了装装样子。他想让媒体拍拍照,在电视上宣传宣传,你明白吧?就为了证明他坐拥议会七个席位还是做了些事情的。总而言之,兄弟,无论国防军还是政府,没人对我们抱任何幻想。本来边境上他们自己就有预备役士兵,再者,即使真有什么事发生——这几乎不可能——他们会不假思索地调来真正的步兵部队。这只是一场所有人都参与其中的游戏罢了:老家伙们有些事可做,定居点里的人明白有总比没有好,而国防军能得到一笔覆盖整个项目、包括一些额外开支的资金。"

"而你的士兵却不知道这都是假的?"我生气地问,"军队是在利用他们赚钱?"

"别闹了,兄弟,你以为他们不知道吗?他们自己都想通了。整个国防军里,只有你爷爷还在认真对待这件事。我想尽办法让他学着放下也没成功。也许你可以和他谈谈,可能会有点用。"

瓦克斯曼的对讲机响了。

"是师长打来的。"他骄傲地说着，然后走了出去。我在爷爷旁边又待了一会儿，分不清他的表情是平静还是不安。

媒体开始报道几位老兵抓住毒骡的事。全国上下议论纷纷。第二天，爷爷醒了，他被说成是这次行动的指挥官，还被夸成大英雄。有记者试图冲进医院，拿下爷爷的首次采访，但都被我拦在外面。唯一获得特别许可前来探望的人是内盖夫和加利利地区发展部部长，他对爷爷说，爷爷就是以色列真与善的代表。爷爷努力表现出对周围骚动毫不在意的样子，但我心里清楚，他很享受这种关注。他觉得自己终于得到了应得的尊重。

一周后，爷爷回了基地。差不多就在那时，参谋长宣布，该部队已经证明了他们的作战能力，他会考虑将来在纳哈尔旅和伞兵部队中也建立老兵排。两天后，在我去希伯来大学参加开放日活动时，我接到了来自总统办公室的电话。他们告诉我，总统想邀请四位老年英雄及其家人一起去领受特别嘉奖令。

我跟爷爷说，我虽然打过仗，却从未获得过这种荣誉。他笑着回答说，如果我好好地问问他，他会给我一些建议。

"你敢相信他被表彰了吗？"我问爸爸。但爸爸说这不是表彰，只是一纸嘉奖。自爸爸听说这整件事以来，他一个字也没提过，甚至没有去医院看看爷爷。他说他太忙了，有太多工作要做，但我知道他只是无法接受这个事实：他一直都错怪了他的父亲。

21.

alman1964@gmail.com

2009年11月1日，02:18:43

主题：回复：尤里你好

我找到你的公民学论文了！它就在我床下的鞋盒里，周围是我从佩塔提克瓦的旧公寓带来的一堆纪念品。还记得那间公寓吗？真是个垃圾场，是吧？我在那儿度过了三年的人生。说实话，我每时每刻都在后悔，后悔浪费的那几年。我应该在和你父亲分开的第二天就去印度。你和我之间残余的最后一点东西，不知怎么就在那间公寓里被毁掉了。你每两周过来一次，一句话也不跟我说。我知道，你觉得我不够努力，但让我们面对现实吧，尤里，你根本没有给我什么机会。也许我不是完美的母亲，但你也不是一个理想的儿子。虽然我永远也不会说出口，但我想你心里也知道。

然后是你老师打来的电话。她叫什么名字来着？达莉亚？我想是达莉亚。正如我在上一封邮件里写的，那一刻我以为这是来自上天的征兆。我知道这在你听来是一套歪理，但当时我由衷地相信，即使你发现了我在翻你的东西，你也不会对我生气。你甚至会感激我，如此竭尽全力地想要融入你的生活。你知道我有多希望我母亲翻我的东西吗？小时候，我总是把自己最隐秘的秘密写在信里，然后散放于家里各处，希望她能看到，但她碰都没有碰过。她只是不在乎，尤里。所以，当我在你床上发现你的论文时，我真的认为你是为了让我找到才把它放在那里的。

你取的标题"我们是斯巴达"就像某本内容高深的书的书名一样。我在那儿坐了两个小时,喝了三杯咖啡。但是尤里,我的孩子,我能跟你说什么呢?我看不懂。不太懂。那些术语对我来说完全是陌生的,你的整个世界观我也无法解读。我一直不太了解雅典和斯巴达,又怎么能弄懂它们可能代表着什么呢?我给你父亲打电话,让他跟我解释解释,但他拒绝读你的论文,因为不是直接从你手上得来的。我再一次感到,我好像输给了他。于是我对他说,他说得一点没错,是我太过火了。然后我挂断电话,又从头看了一遍。接着是第三遍。我开始读有关古希腊的资料,抱着一种期待:要是能理解你的论文,我或许也能渐渐理解你。就好像它是某种进入你脑袋里的通行证一样。你知道吗,我想,也许我确实理解了其中的一部分内容。你写道,这个世界上有两种力量,一种是温和的——就像雅典,另一种是暴力的——像斯巴达那样。你说,比如哈加纳组织①和莱希组织②,或者马丁·路德·金和马尔科姆·艾克斯③,这样相对的形象在人类历史中一直存在。如果我没弄错的话,你认为它们之间有一个主要的区别——温和派认为生命的质量是神圣的,而暴力派认为生命本身是神圣

---

① 犹太复国主义军事组织,最初的目的是保卫犹太人居民区,防御阿拉伯人的袭击,该组织后成为以色列国防军的核心部分。
② 激进犹太复国主义准军事组织,目的在于武力驱逐在巴勒斯坦的英国势力,让巴勒斯坦允许犹太人自由移民,以及建立犹太国家。
③ 马尔科姆·艾克斯(1925—1965),美国伊斯兰教教士,黑人民权活动家,因追求种族平等而广受赞誉,也因宣扬种族主义和暴力而备受争议。

的。也就是说，雅典致力于提升其公民生命的品质，斯巴达则不断地为纯粹的生存权利而战。你还写道，我们人类想要相信是温和的一方处于主导地位，马丁·路德·金对世界的影响比马尔科姆·艾克斯更大，但我们只是在自欺欺人，因为我们无法承受真相本身——人类的历史是由暴力方推进的。"就像暗能量。"你写道。随后，你提出了一个最离奇的观点，我甚至不知道自己是否同意：暴力的力量也是道德的力量，因为生命本身永远该在第一位。你说，以色列是二十一世纪的斯巴达，这是件好事。"因为哪里有暴力，哪里就有生命。"我永远不会忘记这句话。你写道，人们甚至都忘却了历史。也许雅典文化对世界、对民主做出了更多贡献，但这也没使状况有任何不同，因为雅典和斯巴达之间的大战最后是斯巴达胜利了，这一点我们绝不能忘记。我的孩子，叫我怎么说呢？所有这些话，所有这些暴力，看起来都与你无关，与你内心的那份平静无关。我花了好多天时间，一直试图弄清楚这些理论都是从哪来的。生存的需要？不惜代价地战斗？是因为我们的离婚吗？因为债务？尤里，我真的不知道。直到今天，我都无法理解。也是直到现在，我才意识到你正是抱着这样的想法和信念进入战争的。天哪，这就是你前往黎巴嫩时心里装着的东西？

我还记得我告诉你我已经看了你的论文时的事。那是在星期五晚餐的时候。当时只有我俩在场。我再也憋不住了，于是我告诉你，你的老师打过电话来，我看了你的论文。我开始说，我对你有多骄傲，只要你想，你可以成为一名出色的大学讲师。尤里，你什么也没说。我试着从你的表情里寻找一些线索，好理解你在想什么，但你吃完饭就回房间去了。过了好几天，我才意识到你是在生我的气，不过我还是不明白为什么。我又不是看了一封秘密的情书，那只是一篇公民学论文，还是关于这样一个学术话题，并非私人的内容。但你在那时，被派去黎巴嫩的时候，一定已经明白了我在两年前才知道的事：战争不是国家议题，它始终是私人事务，也许比这世上任何事都更加私人。

有时候我告诉自己，是在我看你论文的那个时刻，我失去了你。但事实并非如此。事情没那么简单。我真希望时光中有那么一瞬间，我可以指着它说：看，那就是我失去自己孩子的时候。但没有这样的一瞬间可以让我紧紧抓住。你连这样的一瞬间也不愿意给我。

祝好，

阿尔玛·罗森布鲁姆

以色列驻新德里犹太事务局特使

22.

alman1964@gmail.com

2009年11月1日，02:59:49

主题：回复：尤里你好

你知道我曾经买过回家的票吗？就在戈德瓦瑟和雷格夫①被俘的那天，愿他们安息。当时人们都还不知道，战争就是战争。我买了一张票，连行李都收拾好了，开车去了机场。我真不知道自己为什么没登机。也许是害怕，我害怕自己无法承受亲眼看到，你不再是我的了。毕竟，只要看不见你的脸，我至少还能继续假装你是我的。我知道，这算不上什么理由。也许你一直是对的。也许有些女人就不该成为母亲。

祝好，

阿尔玛·罗森布鲁姆

以色列驻新德里犹太事务局特使

23.

我们从没去成耶路撒冷的总统官邸。

那天我起得很早，穿上一件白衬衫，仔仔细细地刮了胡子。准备好了后，我去看爸爸。他躺在床上，整个人蜷缩在毯子里面。他还睡着呢。我叫醒他，说我们必须在十五分钟内动身。他喃喃着道歉，说他一定是忘了定闹钟。

"也许你该一个人去。"他满脸疲惫地说。但我不打算让他躲过去。

"行了。你至少在典礼上露个面呗，表示对他的尊重嘛。"

爸爸从床上坐起来，盯着地板。

---

① 2006 年 7 月 12 日，在黎巴嫩真主党对以色列军人实施的袭击中被俘的两名以军士兵。这场袭击之后，2006 年黎巴嫩战争拉开序幕。

"你说得对。"他说。他洗了脸，穿上鞋子，但仍在默默地反抗——拒绝打扮，只穿了一件简单的灰色 T 恤。

"我不明白。你不为他骄傲吗？"走出家门时，我问爸爸，"你为什么这么抗拒？"

"不是这样的，"他叹了口气说，"只是有时候，这整件事有点太过了。"

我的电话响了。一个陌生的号码。"怎么样，兄弟？"传来的声音让我听不出是谁。我打开扬声器。

"挺好的，对了，您是哪位？"

"这家伙，我都忘了你成天抽大麻了。我是瓦克斯曼。"他说。爸爸做了个鬼脸。

"听着，有个小问题。"

"什么问题？"我问。爸爸凑近电话。

"你看，这不太好说，但是纽曼似乎……我是说，你爷爷似乎得了帕金森。"

瓦克斯曼说，爷爷入院时做了常规检查。四天前，一些令人不安的检查结果传来，所以他们又把他带回了医院。他说爷爷不太合作。"我确实不是什么专家，但他的状况听起来不太好。"他解释说，医生们事后看来，爷爷的颈部疼痛不是古雷维奇摔倒压在他身上造成的，而是帕金森的症状。他们说，这也解释了爷爷的手为何会出现颤抖。就连他自己也注意到了，不过他觉得这只是神经紧张而已。

爸爸脸上没有显露出任何情绪，依旧死死地盯着路面，而我的大脑甚至不知道该怎么处理刚刚听到的消息。瓦克斯曼进一步解释道,根据医生的说法,他至少还有两年的好日子可以过,但我们还是得等跟他见面,才能了解全部的情况。

"我们可以在部队里给他找个新职位,做上几个月,"瓦克斯曼说,"也许可以做军需员,或者类似的岗位。我们会让他自己决定要不要光荣退伍,但我想你应该明白,他不能继续在排里担任作战士兵了。"

"爷爷对此是什么反应?"我问。我尝试想象他们告知他这个消息时爷爷脸上的表情,却想象不出来。

瓦克斯曼没有回答。

"嘿,他是什么反应?"

"不太好,所以我才给你打电话。我的意思是,一开始他似乎很无所谓,说这都是一堆废话。我确信他真的不那么在乎,但当我告诉他我们必须得考虑把他调去一个新职位时……嗯,他不见了。"

"不见了?"爸爸问。

"不见了。"

"不见了是什么意思?"我问。我想知道这件事还能有多糟糕。

瓦克斯曼不知道爷爷在哪儿,他说谁也不知道。他们唯一能确定的是,那辆雷诺康古车和他一起不见了。黎明时分,有个泰国工人看到这辆车离开了定居点。

"门口的士兵呢?"

"上厕所去了。"瓦克斯曼说。

"我就不明白了。你管辖的部队就必须得有士兵失踪是吗？"我这样问，但也没期望得到回答。

"听着，兄弟，我知道这听起来很糟糕，但一切都在掌控之中，真的。现在军团里有一半的人都出动了，大家都在找他。"他用那种长官的口吻说，试图让人听着放心，"他也不是第一个擅离职守的士兵了。我保证几个小时内他们就会找到他，通过威胁古雷维奇之类的手段。"他边说边笑。

我们都没笑。

"真的，没什么好担心的。典礼一结束，我就加入搜索队伍。"

"你在典礼结束之后加入？"

"是的，结束后五分钟内我就走。毕竟他是我的士兵。"

"你他妈的在开玩笑吗？"我冲他喊，"你的士兵擅离职守了，你居然还能想着去参加典礼？"

"听着，伙计，这要不了几个小时，"他辩解，"在我们说话这会儿，好几百名士兵都在找他，多一个人少一个人也没什么区别。"瓦克斯曼用一种屈尊的语气又补充了一句："那是总统啊，兄弟，我不能放他鸽子。"

"你是认真的吗？你怎么回事？我——"还没等我说完，爸爸就拿走电话挂断了。

"我受够这个蠢货了。"他说。

我点头表示同意。"我从下个出口出去，我们会找到他的。"

我都不确定我有没有说要去哪儿。我们都知道该去哪里找爷爷。

"真是一团糟啊。"爸爸喃喃道。他将身子缩成了一团,仿佛瓦克斯曼的消息滞留了一阵,这时才击中他。"天啊,真是一团糟。"

"我们会处理好的,"我跟爸爸说,"我们都设法挺过了戈兰尼旅,这次也会挺过去的。"

爸爸打开吱吱呀呀的车窗,努力呼吸了几口空气。"我不确定,"他说,"我真的没那么确定了。"

24.

门开着。一串军鞋的鞋印把我们领上了楼梯。我们就猜他会在这儿,他果然在这儿。他背对我们站在屋顶上,靠近边沿。他的衬衫敞开着,步枪挂在肩头,棕色的贝雷帽随意丢在地上。他转头看了我们一会儿,然后回头继续盯着下面沿亚博廷斯基大街行驶的车流出神。我慢慢走上前,爸爸则留在屋顶入口处,紧紧抓着楼梯扶手。

"他们说我得了帕金森,"他声音疲惫,"你敢信吗?前一秒还要给你表彰,下一秒他们就告诉你,你该考虑雇个菲佣照顾你了。"

"瓦克斯曼说,他们需要再做一些检查。"我说。

"噢,拜托,"他转过来面对着我,嘟囔道,"我可能是老了,但我不是白痴。你敢信有这种事吗?我让这支部队出了名,他们立马就想把我搞掉!"他无力地笑了笑,"这就像一九七三年突袭黎巴嫩后就解雇埃胡德·巴拉克[①]，或是赎罪日战争后开除卡哈拉尼[②]。你能想象吗？"

我不知道该说些什么。

"嘿，你能吗？"他冲我吼道。

"不，我确实不能。"

"你当然不能！"他愤怒地喊，"如果不是我，瓦克斯曼和他那群可怜的老蠢货现在还被困在山谷里守蚊子呢。不可思议吧！"他激动得近乎失声，"就这样把人踢到一边？我的手是有点抖，但那又怎样？施奈德不是还脊柱侧弯吗？皮恩卡斯不是还插着尿管吗？就这样把人当垃圾一样扔了了事？没听说过这种事！"

我想说些安慰的话，让他平静下来，然而这些话卡在我的喉咙里，让我像一把卡壳了的M16步枪。我看向爸爸，希望他能一把掏出计算器，或者有条理地梳理一下当下的情况。但爸爸一言不发。他只是站在楼梯那儿，紧握着扶手，费劲地一呼一吸，脸上的无助藏也藏不住。

我们站在那儿，三个姓纽曼的人面对面，不知该怎么办才好。

"古雷维奇告诉我，他知道一个不错的养老院，"爷爷先压

[①] 埃胡德·巴拉克（1942— ），以色列政治家，曾任以色列总理、工党主席、国防部长，1959年加入以色列国防军，因杰出表现多次获得勋章。
[②] 阿维格多·卡哈拉尼（1944— ），1962年加入以色列国防军。赎罪日战争中，他领导的营队所参与的战斗成为战争转折点之一，他也被授予以色列最高荣誉勋章"英勇勋章"。

低了嗓门，随后又提起声调，"我就算自己躺进坟墓，也绝不会去养老院！"他大声喊道："没门儿，算了吧。没戏！"

"没人说养老院的事。"我想说清楚，但爷爷根本不听。

"我要去执行另一项任务。对，这就是我要做的。如果有必要，我会单枪匹马进攻加沙。"

"这没什么用。"我带着怒气低声说。

"这有大用。能让那个白痴瓦克斯曼彻底地安守本分。"

"够了。别再满嘴的瓦克斯曼了，"我冲他喊，"也别每次生活一出问题，你就跑去执行什么任务。"

"你没资格对我的生活指手画脚，听见了吗？谁都没有。"

"那你去征服中国好了，我管不着。"我说，"这些年你总是不停地逃避、逃避。"

"你根本不懂——"他挥舞着武器喊道，然后绊了一跤，身子摇晃了几下就向前跪倒。我赶紧冲上去，在他脸着地的前一秒用双手扶住了他。

"快拿把椅子来！"我冲着还在犹豫不决、慢吞吞走来的爸爸吼道，"拜托，快点。"我边喊边扯下爷爷肩上的枪带。爸爸从屋顶另一边搬过来一把脏脏的塑料椅子。

"扶着他的背。"我对爸爸说。他看起来仍然很迷茫。我们把爷爷抬到椅子上。爷爷的脖子歪着，手也无力地耷拉下来。他几乎睁不开眼睛了。

"我受够了。"他含糊不清地喃喃着。

"你不能就这样放弃。"我对他说。我扶着他的脖子，以防他的脑袋撞到椅背上。

"一个八十岁的老人可以随心所欲。"他用微弱的声音说。

"真的不行,"我回答,"你不可以放弃。古雷维奇会很想你的。"

我想我看到了爷爷脸上有一抹微笑闪过,但我不确定。

我们勉强把他弄下了楼。他的腿一直使不上劲。他很重,比看起来的要重得多。我把他放在床上,脱掉他身上的军装,拽掉他的靴子。爸爸站在房间角落里看着我们,看着我给他盖上毯子。做完这些后,我站在床边,盯着爷爷胸部的起伏,确认他还在呼吸。直到他打起呼噜来,我才长长地松了一口气。

我和爸爸轮班照顾爷爷,每三小时轮一次。他的床前一直得有人,确保他不会想着逃跑,或者把自己搞得心脏病发作。我想我们那一整天都没说过话。爷爷一次也没下过床。对一位几小时前还威胁说要进攻加沙的老人来说,他显得相当放松。

晚上十点左右,我值完我的三小时班,走进客厅。爸爸坐在白色扶手椅上,眼神空洞地盯着黑屏的电视机。

我从厨房里端来一杯水,坐在他旁边。爷爷的武器放在桌上。

"对不起,"他说,"我没能,我的意思是,那一刻,我只是……"

"当时我也不知道该怎么办。"我说。

"你做到了，你很棒。"他叹了口气，"这不该由你来承担，尤里。"他开始翻他的裤兜。

"你在找什么？"

"药，"他回答，"我可能放家里忘拿了。"

"你会忘？我们的'有条理'先生？"

"谁说不是呢？"他随口附和道，仍在翻着口袋。

"去睡会儿吧。"我对他说。

"该我值守了。你去睡吧。"

"没关系，我和爷爷多待一会儿。我不累。"

"好吧，那就小睡一下，"他让了一步，"不过，一小时后叫醒我，好吗？我去换你。"

"当然，"我骗他说，"没问题。"

爸爸脱下鞋子。他往常都会将它们摆放得整整齐齐，但这次只是随意地踢到客厅中间。然后他向后靠在扶手椅上，努力寻找一个舒服的睡姿。我想让他挪去沙发之类的地方睡，但还是保持了沉默。

我回到爷爷的房间，在他身边坐下。我向前倾身，端详他脸上的皱纹和斑点，轻轻地捋了捋他的白发，暗中希望外表的整洁能保护他安然无恙。这其实没用。他看起来不像个八十岁的老兵了，只是像一个老人。一个非常年迈的老人。

我靠回椅背，目光注视着天花板，不确定自己有没有睡着。

但能确定的是，我听见了枪声。

25.

yulineuerman@gmail.com

2009年11月6日，08:57:44

主题：新情况

你好，

父亲四天前去世了。葬礼在卡法萨巴举行。七日服丧期[①]在爷爷家进行。

我暂时搬进了爷爷家，会一直住到处理完丧事。

欢迎致电，

尤里

26.

alman1964@gmail.com

2009年11月6日，09:52:37

主题：回复：新情况

你没接电话。我买了机票，明天晚上就到。

祝好，

阿尔玛·罗森布鲁姆

以色列驻新德里犹太事务局特使

[①] 犹太人去世后直系亲属的服丧期，自埋葬之后开始，持续七天。犹太传统中丧期分四个阶段，七日服丧期处于阶段二，亲属们必须从日常琐事中抽身，守在家中，纪念逝去的亲人。

27.

yulineuerman@gmail.com

2009年11月6日，10:03:04

主题：回复：新情况

你不必来。

尤里

28.

alman1964@gmail.com

2009年11月6日，10:06:21

主题：回复：新情况

我没有在征求你的意见。

祝好，

阿尔玛·罗森布鲁姆

以色列驻新德里犹太事务局特使

29.

我们去靠近约旦的山谷看望爷爷的那天，我其实并没有在读《西西弗神话》。我的意思是，入伍前我曾经读过，那天晚上我准备重读一次，但就是读不下去。老实说，自当兵以来，我就没怎么读过书。或者说压根儿就没读了，真的。有时我试着去读，但注意力似乎怎么都集中不起来。几行之后，词语开始在页面上跳动，变得模糊，于是我一阵头疼，不得不停下来。

但这不重要，因为你不是非得把整本书都读完才能理解它。夏皮罗说得对，加缪把能用一句半讲完的故事写成了一本书。事实就是，在第一行他就表达了自己的观点，而其余部分呢——就像夏皮罗说的——不过是个法国胖子的胡言乱语罢了。

"真正严肃的哲学问题只有一个，"他写道，"那便是自杀。"没错。这就是这本书的主旨。

我认为，任何一个正常人一生中都至少有过一次自杀的念头。不一定是严肃认真地，但至少浅浅地考虑过如果决定结束自己的生命会怎样。我认识的人中，唯一从未想过这件事的人就是爷爷。尽管他总把死亡挂在嘴边，但我确信他从没想过结束自己的生命。就像他曾经依恋米丽娅姆奶奶那样，他也与生活紧紧相依，仿佛他甚至不知道还有自愿离开这个选项。

而爸爸呢，他对自杀这件事考虑得很仔细。显然，就像他生活中的其他所有事情一样，他进行了透彻的思考，权衡了利弊，考虑过各种因素及影响，最终在这个星球上做下最后一件事——以他所知的唯一方式离开这里，即提前考虑、精心计划自己的离开，而非冲动地做出决定。

一年半前，他开始购买人寿保险。到目前为止，我已知他购买的就有至少四种类型不同的人寿保险，我猜不久后还会有更多的冒出来。我也不知道他当时是否已经决定要自杀，或者他只是想把自杀纳入选项之中。

在葬礼结束几天后，我整理他的书房时，才知道了一些关于他的新情况，我从未接触过的一些零零星星的信息。只是通过几张表格，你就能对一个人有那么多的了解，这相当荒唐。特别是对于像爸爸这样的人。也许这就是他自杀前连张纸条也没留的原因，估计他知道，存留的信息已经可以解释这一切了。

那里有他接受心理治疗的收费票据，有多年来他服用的数十种药物的处方笺。从收据上的日期来看，大多数治疗都是自妈妈离开后开始的，但也不全是。有些抗抑郁药从我出生前他就在服用了。我还找到了他签署的保险单。一些保险单上甚至还有我的签名，而我根本不记得自己签过字。也许是在他让爷爷趁入伍前买个人健康保险时我在旁边签下的，他知道我不会看这些单子。

他还详细记录了自己的债务。我以前并不是不知道它们的存在，只是不想卷入其中。他欠的数额远超我的想象。有几百万。有些是欠银行的，有些是欠朋友的。警方调查人员表示，他很可能与高利贷有牵扯。账目款项加起来并不是都能对上。有的账簿上记录了某些款项，另一个账簿上却没有。调查人员说，像我爸爸这样的人不太可能在记录上突然疏忽大意，他大概是在自杀前还清了非法的债务，所以我们永远无法知道到底发生过什么。

调查员还告诉我，他自杀的一个动机是那些保险金。但我说这不可能。爸爸自己和我说过，要是投保人自杀的话，保险公司是不会付钱的。调查员则说，我只说对了一半，真相通常都在合同的细则中。要想获得保险金，你至少要投保一年以上。如果在购买了保险的第二天就自杀，确实拿不到这笔钱；但一年以后，死者的家人就有权获得这笔钱了。爸爸知道这一点。他当然知道。

"所以他才对我说了这件事？这样一来我就不会起疑了？"我问调查员，但这个问题的答案他也不知道。

我倾向于认为，他选择我们把爷爷从屋顶上拖下来的那天是有原因的。那也是一次精心计划的行动。他决定在那么糟糕的日子离开我们，背后一定有充分的理由。爷爷认为，都是因为那把塔沃尔步枪，爸爸看到了机会，便抓住了。而我不同意。爸爸掌握了足够多的方法和药物，只要他想，随时可以结束自己的生命。也许他已经极力坚持了很长时间，但爷爷生病的消息超出了他的承受范围。我猜，在他长于分析的思维中，在那个特定的时刻选择自杀是负责任的表现。他由此确保自己不会成为我们的负担。

又或许，根本不存在一个合理的解释。或许即便对像他这样的人来说，计划也会被打乱。

30.

我被敲门声吵醒了。这是七日服丧期的第四夜，算是夜半三更。又是一下敲门声。我起身开门，站在外面的是夏皮罗，他穿着皱巴巴的军便装，头戴棕色贝雷帽。他抬起左手跟我敬了个礼，并为这么晚才来向我道歉，他说都怪那个白痴瓦克斯曼取消了他的安息日休假。夏皮罗走进公寓，拄着拐杖，趿拉着军靴走了过来。阿维盖尔站在他身后。夏皮罗把行李袋丢在客厅门口,然后一屁股坐在破旧的皮沙发上。"哎哟,"他叹了一声,又深吸了一口气,"听我说,千万不要做髋关节置换术。"

我给他们煮了咖啡,然后我们三人在客厅里坐下。

"你还好吗?"阿维盖尔把手放在我的手上,问道。我讲了些陈词滥调,说这段时间是多么艰难啦,我们如何渡过难关啦,然后抽回了手。

"你不用说那些无聊的废话,"她说,"如果不想聊也没关系。"

"其实我不想聊。"

夏皮罗喝了一口咖啡。

"没有放糖!"他声音沙哑地叫道。

"你不能吃糖,"阿维盖尔声音平静,"对了,你吃药了吗?"

夏皮罗没有回答。

"爷爷!"阿维盖尔说他像个孩子一样,然后起身去他的行李袋里拿了一个药盒、一个大塑料袋出来。她把几片药并一杯水递给他,从口袋里掏出卷烟纸,打开袋子,开始卷大麻。

"干吗呢?"我怒气冲冲地说,"这绝对不合适。"

"是给我的,药用的,顶级货色。"夏皮罗自豪地宣称,"亲爱的,你能不能发发善心,给尤里也卷一支?他这周过得很艰难。"

"绝对不行。"我说。我愤怒地挥挥手,明确表示他们不能在爷爷家里抽大麻。

"来嘛,有什么好介意的?"她说,"你完全有理由来上一根。"

"你怎么能抽大麻呢?"我问夏皮罗,"你可是名军人。在军队里服役。"

"没错,"他回答,"第一个拿到药用大麻许可的国防军士兵!"

"家里人都非常自豪。"阿维盖尔笑着补充。

"听着,我不同意,"我说,"如果爷爷发现你们在他家抽大麻……"

阿维盖尔卷烟的手停了下来,朝我身后看去。夏皮罗也将目光转向同一方向,脸上的笑容犹豫起来。有一瞬间,他似乎认不得眼前的这个人了。爷爷身穿白色汗衫和黑色长裤,脚上是一双拖鞋,站在那儿疲惫地看着我们。

"你起来了?"

他点点头,站定了。屋子里沉寂了好一会儿。

"你在干什么?"他问。

"我们来看望下您的孙子。"阿维盖尔答道。夏皮罗则一直忧心忡忡地注视着爷爷。

"我是说你拿它干什么?"他指着大塑料袋说。

"哦,是为了缓解我的背痛,"夏皮罗喃喃道,"没有它我就睡不着。来一根吗?"

"不了,"他说,"也别在这里抽。"

"抱歉。"阿维盖尔说着,迅速把所有东西都塞进她的包里。爷爷端详了我一会儿,然后看向夏皮罗。"你可以去楼上,"他说,"在那儿抽不会把屋子熏臭。"

爷爷拖着脚步回了房间,两分钟后,他套着件格纹外套又出现了。他一声不吭地爬上楼梯,往屋顶去,我们三人连忙跟上他。

我们在一股压抑的沉默中坐下。夏皮罗和爷爷看起来不再像亲近的好友了,更像一对在社保办公室门前排队偶遇的老家伙。

"有火吗?"夏皮罗问。阿维盖尔递给他一个打火机,他点燃了大麻烟卷,深深地吸了一口。"哦,"他说,"哦,真不错。"

"借个火。"爷爷边说边从外套口袋里拿出一支雪茄。他盯着它看了一会儿,放到鼻子前嗅了嗅。最后,他点燃雪茄,深深地吸了几口。令人惊讶的是,他一声都没有咳嗽。

"怎么回事,纽曼?过了几天平民生活,你就成了一个享乐主义者了?那堆政客会为此而骄傲的。"夏皮罗平静地说道,还不十分确定现下是不是能开玩笑的氛围。

"在军队里我也是个享乐主义者。"爷爷说。他告诉我们,从基地溜出来的那天,他不仅偷用了部队的车,还偷走了一些雪茄,瓦克斯曼老是吹嘘说这些是他在古巴买的呢。

"我要留点东西,好让我想起那个小狗屎玩意儿。"他说。

夏皮罗还在板着脸,但阿维盖尔忍不住笑了。最后爷爷脸上也露出了笑容。

"纽曼,你觉得呢,你孙子是不是该尝尝烟味儿?"

"他是个大人了,可以自己做决定。"

"我这辈子从没抽过任何烟,现在也不打算尝试。你还是叫你孙女抽吧。"

"我也不抽,"她说,"不过您试都不试一下,太可惜了。您应该知道,它确实能帮到有精神创伤的人。"

"那跟我有什么关系?"我绷紧了弦似的问道。

"得了吧,别自欺欺人了。你状态很糟,尤里,你自己也清楚。即使是现在,你坐在这儿,也像是处在另一个七日服丧期里。"

"你在说什么?"我问她。我看向爷爷和夏皮罗,但他们一直盯着地板,避开我的目光。

"别放在心上,这种事谁也躲不过。"她说道,然后又把手放在我手上。

"我不明白你在说什么。"我恼怒地说。但我没把手抽走。

"你应该听她的,"夏皮罗说,"你面前这个小姑娘是一名医学生。"

我开始感到头晕。

"喝点水,让你的脑袋休息一下。"我还没弄清楚自己心里的感受,她就这样说道。她让我把头靠在她肩上,开始用手指梳理我的头发。我希望她不要停下来。

夏皮罗告诉爷爷,部队里有了一个新游戏。每当古雷维奇在值勤时睡着,总会有人从后面悄悄靠近他,在他耳边用大嗓门喊:"纽曼来了!"他说古雷维奇每次都会吓醒。爷爷笑了。

大约半小时后,阿维盖尔说他们该走了,我只得离开她柔软的身体。夏皮罗保证,他会请几天病假,再过来探望。阿维盖尔只无言地笑了笑。

屋顶上只剩爷爷和我。他注视着钻石区的高楼大厦，我则抬头凝望天空，等待眩晕感过去。

"夏皮罗的孙女，是个好女孩。"他说。

"嗯，"我回答，"不错。"

"你知道吗，以前从这个屋顶上能看到完整的海景。"

一种沉重感笼罩了我，慢慢蔓延至全身。我的每条肌肉。如果爸爸在这儿，他会在我耳边小声说，爷爷又在胡说八道了。我只想回去睡觉。回到一个我可以逃避现实的地方。

"妈妈给我发了封邮件，说她正在过来的路上。"我说。

"你觉得她什么时候会到？"

"我猜她已经在飞机上了。"

"你一定很高兴。"

"如果来这里待五分钟能让她感觉自己是个体面的人，那就随她便吧。"

"算了，尤里，可以了，给她个机会。"

"对于一个从来都不在的人，没法给机会。"我说。

爷爷叹了口气。"也许有些事情你不知道，"他回答，"有些事我也不知道。你不能就这样评判她。"

"那谁能呢？"我问，"谁可以评判她？"

"我不知道，尤里，我真的不知道。"

我们默默地坐了一会儿。

"你生他的气吗？"我问。

"不，"他说，"你呢？"

"非常生气。"

他眼睛红了，目光又回到高楼大厦。

"好吧，我想我也有点生气，"他皱着眉头说，"我的意思是，怎么会呢，一个人怎么就那样完了？就突然决定要结束自己的生命？"他无力地发表抗议，"我都不知道自己是不是在生气。我只是不明白。"

"这对我来说显而易见。"

"我知道债务给他的负担很重，但……"

"债务只是个借口罢了。"

"你在说什么？"

"原因不在债务。"

爷爷犹豫了，像在思考自己是不是真的想知道原因。

"那是为什么，尤里？为什么一个人会做出这种事？"

"因为他受够了，"我回答，"他厌倦了一切。厌倦了生活。他和妈妈一样，都只想着自己。"

我知道我的话让爷爷非常痛苦。他后悔问了这个问题。

"告诉我，你真的相信这堆鬼话吗？"

"我能怎么办，"我说，"这是事实。"

"够了，尤里。够了。这种话你怎么说得出口？"他压抑着说，"你爸爸有债务，他需要……"

"我们是能解决的。你很清楚，我们会处理好的。这只是走了捷径。"

爷爷把手放在前额，摇了摇头。"你不明白，尤里。你是个聪明的孩子，但有些事你就是不明白。"

我的眩晕更严重了。我试着闭上眼睛，但无济于事。

"你抽过一次烟，"爷爷说，"我知道你抽过。"

"我看起来像个抽烟的人吗？"我问他，"光是烟味就会让我头痛。"

"你至少试过一次，我就知道这么多。"

"被你发现了，"我说，"你猜中了。"

爷爷靠过来。

"不是猜的，"他说，"是你爸爸告诉我的。"

我望着天空。街上汽车的噪音快把我逼疯了。

"他怎么可能告诉你，他又不知道。是在军队里的时候。"

"我跟你说，尤里，他知道的。"他语气疲惫，"他亲眼看到的。"

下面有两辆车开始鸣笛。噪音真让人受不了。

"爷爷，别胡扯了，好吗？别这样。"

"那是你要从黎巴嫩回来的那天晚上，尤里。我知道。"

我从椅子上跳起来。我感觉我出现妄想了。我开始幻听到一些东西。

"他就在那里。战争爆发两天后，他就开车北上了。他在那儿的某个集体农场租了个房间。"

"你神经错乱了，是吧？"我吼道，"够了，我不想再听这

81

些屁话了。再说了，对我做愚蠢的恶作剧也不像你啊。现在让我一个人静一静。"

"我发誓这都是真的，尤里。那段时间他一直在北边，"他哽咽了，"我跟你说，当时我每天都和他通电话。"他问我还记不记得我们离开黎巴嫩那天，有一群平民在集会区等着为我们庆贺。

"不记得。"我说，尽管这话不全是真的。我确实模模糊糊地记得，有一些人带着小型木炭烧烤炉，拿着以色列国旗出现在那儿。他们为整个部队举办了一次大型烧烤活动。

"那儿有很多平民，尤里。你爸爸就在里面。"

"不可能，"我说，"这根本不可能。"

"你听我说，"爷爷哽咽着，说话结结巴巴，"他把一切都告诉了我。他说他站在远处，但看到了你，平安无恙。他看到你一个人坐在那儿，离你们部队的人都很远，抽着一根烟。他说看到你那样让他很心痛。"

"够了！"我对他喊，"别撒谎了。够了！"

爷爷的最后一句话令我难以承受。我不停地对他高声叫嚷，说这不可能是真的，这根本不合理。我坐回椅子上，双腿发颤。眩晕要把我逼疯了。我没法思考。我感觉一切都冲我挤压过来。爷爷站起身走近我，把他的手放在我肩上。

"那他为什么不告诉我？"我问，"哪怕是随口提一句呢？他有两年的时间可以跟我说啊。"

"我不知道。"爷爷回答，"说实话，我不止一次地问过自己同样的问题。"

我苦笑一声。"一路开车到那儿,却不告诉我,"我低声说,"太像他的风格了。"

我和爷爷起身,拖着疲惫的身躯下楼,互相搀扶着,说也许我们都该考虑去做护工。然后我瘫倒在沙发上。

爷爷进他的房间拿了条毯子给我盖上。"也许只有我该考虑去做护工,"他说着,把手放在我脑袋上,"我亲爱的尤林卡。"

我睁开眼睛,发现他正看着我,眼里满是慈爱。

"它在你的愿望清单上。"我对他说。

"什么?"他问。

"雪茄,"我说,"在你的清单上。"

他笑了。然后起身关了灯。

我闭上眼,想起来了。想起我坐在岩石上。我抽了副连长带给我的烟。他知道我不抽烟,但他说有时候,在这样的情况下,抽一次可以不算。我想起我看着站在集会区外面的平民们。我看着爸爸,他挎着他的腰包,像个悲伤的怪人,就站在给烤炉扇风的那个人身后。爸爸看上去想要帮他,却打翻了一盘烤串,只帮了倒忙。我想起我看到了他的脸,在白烟中朦朦胧胧。

我知道那不是真实的记忆。但在那一刻,它成了我的记忆。

出口

沙漠中,一座红色沙丘旁,我们唯一的女儿恍惚游荡,消失在那盘根错节的梦境中。我们什么也看不见,只听到她砰的一声跌倒在地,却不知该转向何方。

1.

最先注意到这一点的是内莉。有天晚上,希拉入睡以后,内莉在厨房里悄声对我说,我们的小女孩身上出了点事,不好的事。不只是日常的情绪低落。自打我们搬到南方,她眼神里就有了些变化。"我不是在打比方,"她强调,"她眼神里的灰暗让人觉得有些不对劲,但我不知道出了什么问题。"

内莉相信身体传达的感觉胜过相信语言。她声称正因如此,每次希拉一要有什么事,她几乎总能辨认出来。而我对此有更简单的解释。她总觉得我们女儿身上要出什么事,有时碰巧猜对了而已。我不是在指责她。恰恰相反。在为人父母这方面,内莉比我做得更好。我们俩对此都心知肚明。就连五岁的希拉都有一次在特拉巴鲁海滩上随口说过"妈妈更爱我"。内莉很快否认了这一点,示意我去给女儿买个冰激凌。我像个白痴一样跑了一公里半,买回一只带裂缝的可爱多甜筒,最后才知道希拉一周前已经发誓不再吃奶制品了,因为她的幼儿园老师说牛奶是从奶牛身上偷来的。我不知道内莉是忘了告诉我,还是想强调一下我们俩之间的权力关系。我呢,则在一些常规活动中奋起直追,比如家长会、学校演出和体育比赛,略微扳回一些优势。这其中还包括四年级足球联赛的赛季最后一场比赛,当时拉马塔维夫体育协会以二比一击败了法夏雷姆贝塔俱乐部,这都要归功于希拉在最后一分钟挡住了一个点球。

比赛结束后一个短暂的拥抱,这就是我从她那里得到的全部。

"我们女儿过得不错。"我声明。我跟内莉说,其实前两周我很担心,因为希拉表现得好像一切如故。但是从特拉维夫搬进沙漠里,任何一个头脑清楚的女孩都会遭遇些暂时的危机,现在她终于经历了,这对她来说是件好事。

内莉说我没抓住重点,接着砰的一声把一罐花草茶重重地放到了桌子上。除了衣服,内莉从我们的旧房子里带过来的就是这罐茶。她声称,没有这罐茶,两天内她就会重拾吸烟的旧习。我则做不到一切从简:我带着两架书柜、一台望远镜和一个镶了框的以色列理工学院优秀证书搬来南方——证书我目前还没时间挂起来。内莉坚持要搬家时,我提的唯一条件就是让我想带什么就带什么。在这方面，她也确实一点都没为难我。

"奥弗，事情可比你说的要严重。"她特意加上我的名字以示强调。

"你这是没事找事，平添烦恼，"我在她絮叨下去之前先打断了她，"再过几周，女儿就会习惯的。"

"这就是我想说的，我不觉得只是因为搬家，"她以一种充满确信的语气补充道，"也许你可以和她谈谈？我试过了，但没有用。"

我想说我也试过和她谈谈，试过好几次，但一无所获。而且最近我才意识到，希拉更多地属于她而不是我。也许我们是时候再要一个孩子了。这次我俩会达成一致：这个孩子属于我。我们要在他出生前签一份协议，确保父母双方一人一个孩子。不过我实在不想提起这个话题，因为势必要面对她强硬的断言——这全都是我想象出来的，以及她毫不隐晦的讽刺——即使事实如此，一位父亲也不该这样谈论他的孩子。

"当然，"我边回应边起身回我们的卧室，"我会和她谈的。"

2.

我醒来时，家里空无一人。内莉一大早就去上班了，路上顺便送了希拉上学。她的工作时间本来是从九点开始，但她以身作则，坚持每天八点到达办公室。"要帮这些人意识到他们的潜能，南方人并不缺乏潜能。"她总重复她这句老生常谈，仿佛南方人也是一款她负责向大众推销的保湿霜。我必须得承认，我一开始是持怀疑态度的。当内莉突然提议我们搬去南方一个偏远的农场时，我不相信她真的是出于某种犹太复国主义冲动而要定居内盖夫地区并帮其发展。但两个月后，我不那么确定了。你没法弄明白内莉的心思。大多数时候，她都受不了这个世界，但时不时地，她又会同情心爆发，连她自己也说不好是怎么回事。有一次她在车上给我打电话，听上去忧心忡忡的，说她在街上捡到一个无家可归的俄罗斯人。她叫我打开热水器，收拾好我浴室里的湿衣服。我说如果希拉染上了艾滋病，那都是她的过错。她这才清醒过来，往那个家伙的口袋里塞了两百谢克尔，把他放在了纳米尔公路上。

然而，内莉不是仅凭利他动机就会搬到南方的人。更令人信服的理由是，我们搬家是因为她想升职，但这也不是唯一的原因。尽管我们从未讨论过，但我知道，我们搬家是因为我。因为我没有兑现承诺。没有兑现我们在海法市中心的廉价酒吧第一次约会时，我许下的承诺。

十二年的婚姻生活中，我们讨论过几次这个承诺呢？三次？四次？说不清了。但我记得我们第一次一起度假时她对我说的话，那是在我们初次约会的几个月后，在加利利的一家旅馆里。她穿着白色浴袍，春光半露地躺在床上，用手指拨弄着我的头发，说这个承诺就是我博得她好感的原因。我承诺过，会在四十岁之前赚到我的第一个一百万。她解释道，吸引她的并不是我对发财的渴望，不是金钱，而是我的动力，我说出这个承诺的方式——好像它不是我的抱负，而是冰冷的事实。"那让你如此特别，"她迅速又加了一句，"让我们特别。前进的动力。理直气壮地渴求成功。"

我立马告诉她，她说得太对了。这么说不是因为我知道她说得对，虽然我希望如此。我也不知道自己是真的打算赚一百万，还是只想给她留下个好印象。但随着时间推移，我发现我喜欢扮成她希望我成为的样子：每周去一次融合菜餐厅，尽管连融合菜是什么都不知道；会在某个周三早上给女朋友一次惊喜的伦敦之行，没什么特别的原因，只是想走就走。内莉说，一个男人是由他最远大的梦想来定义的，而我的梦想开始于我遇见她的那天。

我们的梦想只有一个问题——她实现了她的，而我没有。四年前她就打败了我，从我身边飞驰而过，只留下一道烟尘。她被任命为谢加尔与祖佐夫斯基公司的副总裁，而我的事业陷入僵局，在一连串平庸的初创公司担任开发部经理，这些公司对家庭日的策划就是在雅康公园举行汤匙盛蛋赛跑。起初她取笑我，说我跟不上节奏。但随着时间推移，玩笑越来越少，取而代之的是乏味的对话，比如轮到谁倒垃圾了，要从银行取什么表格回来。这些琐碎的请求只加剧了我的恐惧感：她一开始对我的期望正在一天天地消失，仿佛她已经认命了，甘愿与一个比她差劲的男人共度一生。

两年前，我是真的以为加入"透明记忆"这家初创公司就能改变这一切。公司所有生意都得益于一位哈佛大学的神经科学教授。她是个犹太人，在读了《创业国度》这本书后移民到了以色列。她搬来这里后，与一位高科技领域的企业家——阿米凯·迈纳结缘，他们决定要开发一种能让人们互相分享记忆的技术。至今我都不敢相信，我曾经真的以为这是一个机会。我猜我当时就没想清楚。我甚至放弃了一部分薪水以换取公司的期权。我只是想兑现自己的诺言，在与生活的搏斗中赢一次。我没日没夜地工作，每天十四到十六个小时，没有周末，也没有节假日。比起获得这笔钱，我更希望能早日告诉内莉，我可以抽身了，公司被一个中国的投资基金买下了。我想看到她不自觉微笑的样子，想看到她露出那条她总想藏起来的那两颗门牙之间的小小缝隙。

然而，这些都没有发生。开发停滞了，资金也渐渐耗尽。我没办法，只能聘来一些平庸之辈，因为我们的薪资水平比不过其他公司。六个月后，我被解雇了，一个不起眼的员工接替了我开发部经理的职位，薪水只要我的一半。他叫尼古拉，三年前刚刚大学毕业，很不合群。他是那种认为每年都该至少出国度假一次的人，谁要是没能做到，那就是生活在贫困线以下。他仍然每个月给我打一次电话，抱怨工作中遇到的问题。尽管我一直在频繁地暗示他，我没兴趣替他排忧解难，但他始终没意识到。

总之，虽然我和内莉从前经常说要在开往加那利群岛的游艇上庆祝我的四十岁生日，但我们最终改在埃亚勒·沙尼[①]的新餐厅庆贺。摇滚明星施洛米·沙班和他的演员妻子尤瓦尔·沙夫坐在我们右边的那桌。就在我们等待甜点——海盐巧克力蛋

[①] 埃亚勒·沙尼（1959— ），以色列著名厨师，创建了国际连锁餐厅 Miznon、高级餐厅 HaSalon 等。

糕——上来的时候，内莉提出了想迁去南方。"最多半年。"她说祖佐夫斯基问过她愿不愿意在米茨佩拉蒙开设新的分公司。她谈到了内盖夫居民身上未被开发的潜力。她说，如果她干得好，离成为总裁就更近一步了。再者，现在的时机也正好，因为她父母在洛杉矶至少还要再待一年，这样我们就能住进他们那个40号公路旁的农场，开车十五分钟就能到米茨佩。接下来，内莉自说自话了将近十分钟，解释着为什么跑去地球的尽头生活其实不错。什么那儿的清新空气对希拉的哮喘能有奇效啦。什么我们总说想体验一下离开大城市生活的感觉啦。此外，在农场生活能省去不少花费，她父母连电费、水费都包了，所以我可以先不找工作，而是去开发那个我已经挂在嘴边一年多了的手机软件。而她真正想说却选择没说的是，我已经被解雇两个月了，却还赖在沙发上提不起劲；如果我仍然不愿从失业和沮丧中走出来，至少我可以换个免费的狗窝躺着。

我其实不怎么需要被说服。当时我只想喘口气，想在追求我唯一的目标失败后，停下来想想下一步该怎么做。

"不可能。"我回答。我说搬家对希拉不好，我也无法想象住在特拉维夫以外的地方。我不敢告诉内莉我的真实想法，因为我觉得她可能在考验我。她想离开我，正在确认我的立场如何。所以我表示没什么好说的。而两周后，当我意识到她是认真的，我才说我愿意搬家，就是为了她。

希拉对迁去南方这个想法很兴奋，她说住在沙漠里听起来就像梦一样。她梦幻地看待和谈论着这个世界，而要满足她的期望有时不那么容易。有一次她歇斯底里地宣称，如果找不到离太阳最近的那颗星星，她就要死了，逼着内莉当晚带她去了吉夫阿塔伊姆的天文台。她在八岁时得出了一个结论，认为她是一位流落民间的公主，我们是她的养父母，还觉得其中的"养"字意味着邪恶。不久后她就第一次尝试离家出走，我们在她走出前门的七分钟后找到了她，距离我们住的大楼五十米远。她告诉我们，她不敢再往前走了，因为我们不许她独自过马路。

我们并不是每次都知道该如何应对她那些遥不可及的幻想，她当然也不知道该怎样面对我们的讽刺挖苦。她总是说，她长大后绝不会像我们一样。在她最近的那次生日，也就是刚满十一岁的时候，她甚至想要把从朋友那里得到的《小仙子百科全书》藏起来，生怕我们会告诉她小仙子都是假的。

内莉担心希拉适应不了米茨佩的学校。她断言，如果希拉连我们都应付不来，她就根本没可能处理好和那些孩子们的关系。他们会把她生吞活剥了。我也害怕米茨佩的小流氓们会撕碎她纤弱的灵魂，但我也认为这是个好机会，可以迫使她走出自己的小世界。幸运的是，她遇到了一位好老师，老师甚至给她安排了一个比她高一学年的"大哥"。希拉第一天去新学校，放学回到家时，我俩翘首以盼，仿佛她刚刚活着从前线回来，准备讲述她的历险记。她一开口就说我们骗了她，说米茨佩的孩子听的歌和特拉维夫的完全一样，我们都宽慰地笑了。

跟希拉和内莉不同，没有人在南方等我。老实说，认识到这一点很令我宽慰。起初，我以为我会把大部分时间都花在放羊、和大自然联结之类的事情上。但两天后我就意识到，照料农场的贝因工人纳比勒做什么都比我好多了。我问了些蠢问题，反而碍他的事。因此，在拖拖拉拉地过了一周后，我终于相信内莉是对的，这确实是着手开发我那个手机软件的好机会。还在为上家初创公司工作的时候，我就有了这个想法。办公室有位员工说，他的梦想就是买辆法拉利，但他连如何开始攒钱都没有头绪。这让我想到，可以有一款软件来帮人们实现梦想。你可以输入你最想要的一样东西——一辆法拉利、佩塔提克瓦的一座房子、为期一个月的日本之旅，然后软件就会根据价格、你的收入和支出等数据来算出你梦想实现的概率。不只是计算概率，它还能给出一个估测的时间表，为你买下一直想要的水上摩托车提供必要的步骤。它还会推荐你在消费习惯上进行一些小的改变，比如注销只是在浪费钱的健身房会员，或者放弃这次去希腊的度假。每隔一段时间，软件还会推荐你做一些更重大的人生改变。例如，考虑一下辞去高中教师的工作，靠个人魅力去做房地产经纪人赚钱。虽然教师工作很有价值，但你只有百分之四的概率能成为骄傲的法拉利车主。

我开始每天花几小时来深化这个想法，进行市场调研，看看市面上有没有类似的产品存在，给能帮助我开展这个项目的人打电话，并试着编写软件的基础代码。我没法确切地说出我做了什么，但可以说这占用了我的大部分时间。当我回想起那段时光，它就像一场褪色的、漫长的梦，没有明确的行动。我唯一清楚记得的是，除了开发那个软件，我每天还会在日落前爬上农场后面的小山，俯瞰山下米茨佩那边亮起的灯光。

山的正式名称是"泰勒哈迈尔"——红山，但它并不是真的红色，只是一座暗棕色的沙丘。甚至说不上是山，只是一座悬崖，很可能曾经有人从上面掉下去。没人会专门来参观泰勒哈迈尔，大多数人只是在前去埃拉特的路上偶然发现了它。他们爬上山坡，回来时满身是汗、疲惫不堪，问我哪有红色的沙子，每次我都用同一个无聊的笑话来回答：红色的沙子一小时前刚耗完了。

3.

在我和内莉谈过之后的第二天，希拉像往常一样在下午回到了家。她关上身后的房门，手里拿着一个小铁环，上面绕有彩色的线，串着珠子。

"那是什么？"我问。

"印第安捕梦网。"她回答。我问这是谁给她的，她说是她的大哥。

"不错呀，"我说，"他是不是喜欢你。"

她涨红了脸，但没有回答。笑也没笑。因为让她尴尬了，我有些内疚，马上想换个话题。我问她需不需要我给做点吃的，她说不要。这让我松了口气，因为冰箱里的食物不够做顿好吃的。我知道我必须和她谈谈，但不知从何说起。我还没想好怎么开场，她已经回到她的房间了。我在她紧闭的房门前站了一会儿，伸手要去敲门，但对她不给我开门的恐惧又占了上风。

我已经想出了要给内莉的托词：我忙着帮纳比勒照顾一只受伤的羊，所以才没和希拉谈。但幸运的是，我不必撒谎了。内莉那天工作到很晚，午夜时分才回到民宿。我和内莉把住的地方称为民宿，因为我们无法称之为家。内莉没刷牙就瘫倒在床垫上——她又矮又瘦的父母都要将就着才能睡下的这张狭窄的双人床。像每晚一样，我们开始了一场漫长而笨拙的摸索、推推搡搡，试图找到一个稍微舒适点的睡姿。而我呢，尽管从未告诉过她，但我其实喜欢这些小小的推搡，它们有时会变成短暂的爱抚，暗示着我们之间暧昧的距离。

事后看来，捕梦网可以说是第一个迹象，但它和随后的其他迹象一样，当时的我都没注意到。比如她错过的那辆公交车，惺忪的眼神，还有我把她叫醒、她却有一刻没认出我来的那个早晨。一连串看似随机的事件，随着时间推移才渐渐显示出其真正意义。

4.

"生活小贴士"，在一切开始的那天，我读的报纸文章的标题就是如此。该文说的是一位美国女服务员从老顾客那儿收到一张一万美元的支票，之后老顾客就从桥上跳进密西西比河自杀了。希望在我有生之年能有人研究出来，我们的大脑怎么会记住这些无用的信息。每天晚上，我都会等着内莉从米茨佩带回一份《新消息报》。我以前经常把报纸装进蓝色塑料袋里放在桌子上，留到第二天早上看。内莉提醒我说，我看报的时间比别人都晚，她不明白我放到第二天才看有什么意义。但我已渐渐喜欢上了生活在与全世界不同时区的感觉，比所有人都晚一天。我喜欢这么想：当时间沿着40号公路旁的土路右转时，它是来休息、放松一下的。在这里，时间不再匀速前进，它知道它可以放慢脚步，甚至可以后移几分钟，可以下坠或从旁溢出。

我不记得看见过她走进来。我抬起头时，希拉已经在民宿里了，正把她的黑色背包挂到前门门后的挂钩上。

"嘿，回来了。"我说。

"回来了。"

"今天在学校怎么样？"

"挺好的。"

"那就好。学到什么有趣的东西了吗？"

"没什么。"

我们沉默了一会儿。

"想吃什么东西吗？"

"不想。"

"你确定？我可以给你做三明治。"

"我确定。谢谢。"

"好吧。有作业吗？"

"一点点。"

"一点点就好，"我说，"什么时候写？"

"马上。"

"好，好。"

我回头继续看报纸。从眼睛的余光里，我看到她仍然站在那儿。我抬起头笑了笑，问她一切都还好吗，心想着这可能是个尝试与她谈话的好时机。她说一切都好，甚至还笑了一下。她的笑意很浅，很短暂。她转向自己的房间，我便没管她了。虽然看不进去，但我的眼睛一直盯着报纸。五分钟，也许是十分钟后，我听见钥匙在门锁里咔嗒作响的声音。今天内莉要与一位意向客户共进晚餐，所以早早回家准备。她打开门，走两步进了民宿，然后放下包，身子矮了下去。开始我以为她摔倒了，后来才意识到原来希拉一直都在那里。她坐在角落里，就在门边，我却没有注意到。她背靠着墙，双臂耷拉着，目光紧盯着地板，盯着空地上平平常常的一个点。

"希拉尔[①]，你在这里干什么？"

"没什么。"她说。

"你这样坐在这儿多久了？"

"不知道。"

内莉看着我，想要一个答案。

"五份中。"[②] 我夹杂着英语和西班牙语，结结巴巴地说。这是我和内莉设法造出来的一种秘密语言，用来替代我们祖父母辈私下交流时讲的意第绪语和摩洛哥方言混合体。

"希拉，告诉我，出什么事了。"内莉对她说。

[①] 希拉的昵称，下文的"希鲁什"同。
[②] 原文为英语与西班牙语结合，译文以口音体现语言混杂，原意为"五分钟"。

希拉没有回答，我感到很焦虑，脑海里无数可怕的猜想慌乱地闪回着。

"来吧，希拉，跟我们讲讲。"我说。

"我们得知道发生了什么事呀。"内莉又说。

"我没事，真的。"希拉用微弱的声音回答。

"来，希拉，起来吧。这样坐在地上不好。"我朝她走了两步。

"我们坐到椅子上好吗，希鲁什？"

希拉不情愿地耸了耸肩。

"也许我们俩一起去散散步？"内莉建议。

"也许吧。"希拉回答说。

"好啊，好主意，"我说，"我们出去呼吸呼吸新鲜空气。"

我弯下腰，伸出双手去扶她。希拉移开了视线，而内莉抓住了我的手。内莉的触碰中透露着一丝强硬。

"我忘了跟你说，纳比勒想要你去帮个忙。"

"什么？"

"纳比勒说他需要你，羊的水槽出了点问题。拜托了，去他那儿吧。"

"你是说纳比勒？"

"是，是的。他说很急。你现在可以去了吗？"

"但是，闺女①呢。"我有点不乐意。

---

① 原文为西班牙语。

"别担心,我会陪着她。"

我愣住了。

"好吗?"她催促着我,语气微微上扬,这样就能在希拉未察觉的情况下让我明白她的暗示。我不知怎么的就同意了,出去了。纳比勒坐在羊棚旁,头上戴一顶印有保险公司徽标的帽子,正抽着一支贵族牌雪茄。纳比勒块头很大,白色的塑料椅几乎托不住他的身子。我朝他走过去,急促地问:"水槽是怎么回事?"他根本不明白我在说什么。我解释道,内莉说他在找我。他还是不明白。我和他说,这真是莫名其妙,因为我们还在处理女儿的事呢。

最糟糕的是,我还没搞清楚,纳比勒就想通了是怎么回事。他明白了内莉是想要支开我。

"好吧,大概是理解错了。"我可怜兮兮地想挽回点面子,"我回去了。"

"等等,你家内莉是个聪明的女人,她知道自己在做什么。"纳比勒说,他把放在旁边椅子上的袋子拿开,"坐,亲爱的,来坐下。"他说着,从绿色的雪茄盒中又取出一支。

我犹豫了片刻,还是坐下了。

"你家女儿有麻烦了?"他问。我点了点头。纳比勒吸了一口雪茄,望着远处的红山。"没有什么比一个男人面对自己的孩子茫然无措更糟的事了,"他说,"我发誓,真的没有比这更糟的了。"他目光转向民宿,看到内莉打开前门,双手抱胸望着外面的路。我吃力地站起身来。"祝你好运,"纳比勒笑着说,"或者用俗话说，摔断一条腿①。"

我还没走到门口，她就道歉了。"我也不确定，我只是希望我们俩只留一个人在那儿能让她少一点抵触。"她说，用上了她从自己爱读的那些儿童心理学书里学来的术语。"她什么也不和我说，"她叹了口气，"我不明白她到底怎么了，真的不懂。"她把头靠在我胸口，我的怒气立刻消散了，"我们已经无计可施了，奥弗。她需要找个专家看看。"

"专家是什么意思？医生？"我问。

"心理医生，或者艺术治疗师，我也不知道，"她说，"反正是能找出是什么在困扰她的人。"

说到"心理医生"，我想到了特拉维夫。这是个回去看看的机会，因为南方还没有什么精神分析疗法。

"我联系一下萨吉，他去看过迪岑哥夫街上的一位心理医生，说他很出色。"

内莉笑了。她说去迪岑哥夫要三个小时的车程，但她可以接受去贝尔谢巴看病。她说，既然我也要跟去，那我自己也接受一些心理治疗也许不错呢。"总是心心念念想着一个湿度超过百分之七十的城市可不太正常。"她说。我笑了。她就是这样，好几天的疏远之后，只消几句话又能把我安抚好。

---

① 本是一句咒语，但逐渐演变成俚语，意为"祝你好运"。

5.

半小时后,心理医生中断了诊疗。她从里面出来,走进候诊室,看到我眼睛半睁半闭着打盹,问我孩子是否患有自闭症。

"当然没有。"我大脑还没来得及处理这个问题,嘴里就先应答了。我立马挺直了腰板。"我觉得你需要带她去医院瞧瞧。"她这样说。她解释道,孩子几乎没有什么反应,做完这次诊疗意义也不大。这不是心理问题,而是身体问题。在她看来,是神经上的问题。"你还没带她去看医生吗?"她略带责备地问。我试图自我辩护,说希拉之前是一个非常快乐的女孩,但心理医生打开诊室的门说:"你自己看看吧。"我走近希拉,把手放在她的背上。我问她诊疗进行得怎么样,但我看得出来,她已经变了一个人。她盘腿坐着,脑袋像布娃娃一样耷拉着,棕色头发遮住了她的脸庞。她不直视我的眼睛,回答也很简短,三个字三个字地往外蹦。

我和希拉在急诊室等了两个小时,他们才带她去做诊疗。年轻的实习医生问了她一系列问题,但她并不配合。他用手电筒检查了她的瞳孔,然后测试了她的反射情况。他没有发现任何异常,叫了另一位医生过来,而后者也没有发现任何异常。他对实习生耳语说,有什么不太对劲。他们决定让她做进一步的检查。

我把情况告诉内莉,她吓坏了。她立刻从办公室过来,借了员工的车,疾驰中速度飙到每小时一百三十公里。她到的时候,希拉已经睡着了。内莉坐到我旁边的椅子上,将头靠在我肩上,我给了她一份详细的检查报告。

"我们这是惹上了什么麻烦啊,奥弗?"她低声说。我回忆起几年前的一个夜晚,她也是这样把头靠在我肩上的。那时她喝了半瓶卡瓦酒,在醉意中第一次吐露自己改过名,以前叫尼利,就是个老太太的名字,而内莉听起来像个加拿大超模。我记得她带着孩子气的尴尬把脸埋进我的肩膀,而我笑得前仰后合。

第二天早上,希拉接受了神经系统检查,结果显示一切正常。对于我们女儿身上发生了什么,接下来几天里进行的额外检查也没能给出任何答案。事情发生的第一个晚上,内莉回了农场,我则睡在椅子上,但当我们意识到希拉还要在医院待更久时,我们决定轮流值班。内莉下班后直接过来,值夜班,剩下的时间我来看护。我俩心里都明白,我得暂停目前手机软件的所有工作,直到把希拉的病情搞清楚为止。医生告诉过我们,这些症状不是由精神创伤引起的,但我俩对事实如何并不感兴趣。我们被恐惧所吞噬,在医院换班时我俩能待在一起的短暂时光都花在了一份越来越长的嫌疑人名单上,虽然我们并不知道该指控些什么。她在学校里的那个"大哥",每天早上接送她的公交车司机,她的老师,就连我的前同事尼古拉也变得可疑起来。有的名字加上了,有的名字暂时给删掉了,但有个名字始终停留在名单的最前面。

比方说,我们会不会曾经把他和希拉单独留在了农场?他为什么总是工作到那么晚?他老在民宿后面摆弄什么呢?而且他怎么可能买得起他那辆皮卡货车？他为什么不停地问希拉怎么样了？这关他什么事？

事实上，我并不认为纳比勒对希拉做了什么，但痛苦能有处安放的想法令我们感到安慰。

我和内莉一致得出结论：纳比勒那个大块头很是一种威胁。她不停地说，我们很明智，从来没有请他进来喝过咖啡。起初她反复表示，我们的怀疑与他是不是贝都因人无关，但后来她就不说了。她说希拉这整件事把她搞得疲于应付，如果她有精力，早就叫他离开了，要与围绕他的那堆疑问共处根本不可能。内莉没有明确要求什么，甚至没有暗示过我，但我明白这得由我来处理。

希拉住院后的第三天还是第四天，我刚在农场抓紧睡了几个小时，就又要赶往医院，这样内莉才能去上班。在走出民宿的路上，我看到了纳比勒。他正坐在他那辆皮卡货车旁，从橙色保温瓶里倒咖啡喝。他掏出用锡纸包着的半个鹰嘴豆泥馅皮塔饼，向我挥了挥手。我本想拖延几天再进行这场谈话，但他示意我过去，让我别无选择。

"早上好，"他说着，迅速在另一个小杯子里也倒上咖啡，"请坐，奥弗，请坐。"①

我告诉他我不喝。"还没开始工作吗？"我学着心理医生那

---

① 原文为阿拉伯语。

种不赞成的口吻问。

"两小时前就开始了。"他回答,"加糖吗?"

我又说了一遍,我不想喝咖啡。

"真遗憾,这对灵魂有好处,"他说,"跟我说说,你的小女孩怎么样了?"

我告诉他没什么进展,医生们弄不清她出了什么问题。纳比勒把手放在他宽阔的胸膛上,眼睛湿润起来。

"天哪,真是一场悲剧,"他声音哽咽,"为什么这种事会发生在我们身上,为什么?"他喊道,并试图安慰我,但这只让我愤怒。他用一个词——我们——侵占了我唯一的孩子。他就这样,用几个肢体动作、寥寥几个词,就表达出了我想要感受却难以触及的情绪。光是这样想想就让我受不了。

"如果你希望我晚上去医院帮忙,就说——"

"别多管闲事好吗?"我打断了他。纳比勒立马道了歉,说我是对的,这个提议不合适。他喝完最后一口咖啡,站起身来,说自己要回去看羊了。

"听我说,纳比勒,既然我们已经聊到这儿了,"我说,"我和内莉最近考虑了很多。我们发现,我们在农场没那么多事需要帮忙。"

纳比勒从一个捏得嘎吱作响的水瓶里倒水出来,冲洗了杯子。他笑了。

"显然是我在农场需要帮忙,不是你们。"他说道,爆发出一阵大笑。

103

"我是说，我们不需要你的帮忙。"我看到他脸上的皱纹绷紧了。这不是我第一次解雇人。他们脸上的表情总是这样。人们用尽一生努力保持自己的独特性，然而在他们失控的时候，身体本能就会占上风，他们就会呈现出一样的反应。纳比勒把水瓶和杯子放到椅子上，双手在牛仔裤上搓来搓去，眼睛看着我。

"你们不需要帮忙吗？"

"没错。"我回答。

"天哪。"他说。他右拳攥得紧紧的，深吸了一口气。

"这是什么意思？这是从何而起的，嗯？"他嗓门提高了，"内莉的父亲说过你们可以这么做吗？我为他工作，不是为你们工作。"

"说了，我们和他谈过，他同意了。"我撒了个谎。这个问题内莉可以稍后处理。他宽阔的身躯僵住了。那一刻，我把纳比勒是无辜的这种可能性赶出了脑海，只想着等我告诉内莉我都处理好了时，她脸上会浮现的微笑。

"你知道我在这儿工作的时间马上就有七年了吗？早在这儿还住着比撒列一家的时候，在内莉的父亲买下这所房子之前，我就在这儿工作了。"他说。他的意思是，早在某位退休的银行总裁不知该怎么花手里的钱，于是在南方给自己买了个农场之前。

"七年是很长的一段时间。"

"非常长的一段时间。"他回答道，声音因受辱而哽咽。

"你会得到全额补偿的,别担心。你可以轻轻松松地离开。"

"哦,我不担心,相信我,"他双手转动着水瓶说,"你就说说吧,奥弗,现在谁来照料它们?"他拿着瓶子指向羊的方向,问道。有小水珠溅到他黑色的橡胶靴上。"你吗?"

"是的,"我说,"我。"

"你?"

"是的。"我用阿拉伯语回答。纳比勒又笑了。

"是吗?我还能说什么呢,亲爱的。"他说着,出汗的手掌拍在我的肩膀上,"祝你好运。真的,祝你好运。"

纳比勒拿起保温瓶和玻璃杯,转过身去,把所有东西都放在皮卡货车的副驾驶座上。我很快也上了我的车,从后视镜看到纳比勒沿土路驶向公路,他暗自笑着。

一个半小时后我赶到了医院。"你再也不用担心纳比勒的事了。"我告诉内莉,我已经解雇了他。她微笑着轻抚我的脸颊,让我回想起她的手是何等地温柔。我和希拉度过了一整天,眼前总是浮现那抹微笑。我胡思乱想着,可以创业开一家公司,研发出一种技术,像保存照片一样保存触感。这样,无论何时,只要我按一下按钮,我的大脑就可以重现被她的手触碰时的体验。我问希拉这个想法怎么样,但她没给出一丝回应。内莉晚上来到医院时,希拉已经睡着了。她说,我们今晚还是一起回农场睡吧。女儿似乎没遇上什么真正的危险,无论如何,她平时也一觉睡到天亮。

"她甚至不知道我们在不在这儿。我们可以搭一个稻草人，挂上我的头像，这就够了。"她说，"事实上，即使她醒着，这可能也够了。"我们犹豫了片刻，不知该不该笑，然后达成了可以笑的共识，但只能笑那么一下下。

那天晚上，我和内莉就像很久没有做过那样做了爱。狭小的床不断将我们包围，把我们的身体挤压到一起。手抚摸脸，唇吻脖颈，脚触膝盖，眼睛欣赏肚腩，彼此触碰，不留一寸多余的距离。所有动作都迅速且精准，因为床垫不允许其他的可能。

"我们看起来就像毕加索的画。"内莉说。我回答道："确实如此。"我们冲对方微笑，因为我们都心知肚明，我不理解内莉的话。后来，她的头枕在我胸口的时候，我突然想到，这样也许更好——如果能找回我的内莉，女儿再生一段时间的病也许更好。但我马上告诉自己，我这是在犯傻，最重要的还是女儿病情转好。因此，即使有一天人们发明出了读心机器，也没人会知道我曾经想让自己的女儿受苦。

6.

一周后医生让希拉出院，说也许在家里能帮她找回自我。但唯一的问题是，民宿不是家，对我们来说不是，对希拉来说更不是。

"也许我们应该搬回特拉维夫？"在走廊里的自动售货机旁边，内莉提议道。她说，她可能得辞去工作，但情况不一定会太糟，她不出一两个月就能找到新工作。而我坚持要留下来，这让她颇为惊讶。

"再搬一次家不是她现在所需要的,"我说,"而且如果我回去工作,谁来照顾她呢?"

内莉点点头,我的回答让她很宽心,让她不必觉得自己是个工作狂从而心满意足。回家路上,后座的希拉一直盯着窗外。我们到时,她自己解开安全带,还没等我关掉引擎就打开了车门,下了车,朝红山跑去。她突然表现出来的活力让我们异常兴奋,于是我们连车钥匙都没拔下来就追着她跑去。她奔跑的速度快得令人难以置信,我们在她身后喘着粗气,笑自己差点跟不上她,争论着她是从谁那儿继承了运动基因。我开始想,也许这一切只是一场糟糕、荒谬的梦,也许明天女儿就会重返学校,甚至还会利用同学们的同情心赢得学生会选举。

我的希望破灭了。她一爬到山顶,立刻就瘫倒在地。她躺在沙地上,双臂张开,凝视着天空。我们大声喊道:希拉,希拉尔,希鲁什。我们尝试了一切办法,但她都没有回应。过了一个小时,她才同意起身,或者不如说是没有抗拒起身。下山的路上,我们从两侧搀扶着她,以防她摔倒。我们把她带回她的房间,抬到床上,飞快地把毯子裹在她身上,就好像这是一件能保护她免受自己伤害的拘束服。那天晚上内莉对我说,要是没有我,她不知道自己该怎么办。她不知道还有哪个男人愿意承担起这样一座农场,有四十只羊和一个日益衰弱的孩子。她坦白,这对她来说很艰难,太艰难了。她不忍心看到她的小女孩在她眼前破碎。就这样,她只用了短短一句话,就把照顾女儿的责任转交给了我。

照顾女儿是从常规事务开始的：晚上把她放到床上，一日做三顿丰盛的饭菜。但我很快发现，这显然不够。她几乎不能正常生活，这种情况下，我得做得更多：帮她刷牙、换衣服，每天带她走去山顶也成了必需的工作。而我，本以为自己已经错失了希拉，却得到了第二次抚养她的机会。

只是照料羊群这项工作实际上比我想象的复杂得多。有一次我试着把羊群赶去附近的草地，这花了我整整一天，路上还弄丢了两只。这次小插曲过后，我决定最好只在农场周围放羊。我说服自己，羊群其实只需要食物和水就够了，即使还有别的需求，它们自己也能解决。纳比勒的白色塑料椅留在了农场，我喂羊时，希拉喜欢坐在椅子上看着我。有时候，看到我把事情弄得一团糟，她会大笑起来，而我看着她，希望笑声永远不要停下。这些生命力的爆发瞬间只有我看到。从女儿疲惫的灵魂中，偶尔会浮现出微笑和言语，这些罕见而短暂的瞬间每天只会出现一两次。有天早上在山顶，她说她喜欢在沙漠里呼吸的感觉；有天晚上，她要了第二份煎蛋饼，说她最喜欢放了洋葱的煎蛋饼。这些内莉都不相信，她要亲眼看见才信。我告诉她，这折磨得我快要发狂：如果女儿完全消失也就算了，可很显然，在这一切的背后，希拉仍然存在。

两周后，内莉带女儿去贝尔谢巴做检查。她提议让我在米茨佩下车，我可以休息几个小时，呼吸呼吸新鲜空气。我不想，但内莉很坚持。虽然她没有直说，但我明白她的意思，她需要我休息一下,这样她就知道她也可以休息一下。两周后她在特拉维夫有个会议要参加,她需要确认自己离开三天也没关系。

我让步了,但她刚把我送到咖啡馆,我就穿过了街道,坐在长椅上以示抗议。这样就没人能指责我,说我在女儿做核磁共振时自己却在喝卡布奇诺。但很快,米茨佩的太阳就把我晒得透不过气来,我不得不站起身,去寻找残存的阴凉处。路过公共图书馆时,我跟自己商量了一个折中方案:如果是为了搞清楚希拉怎么了,那我就可以坐在空调房里。小图书馆里铺着破旧的绿色地毯,沿墙摆着成排的灰色钢制书架,一位戴太阳镜、拄白色拐杖的图书管理员在前门来回踱步。我想上网查资料,但有几个逃学的孩子占据了唯一的电脑。他们完全忽视了我的存在,而我发现,想象着自己既在那儿又不在那儿,这种想法让我愉悦。我花三个小时浏览了堆在书架上的所有医学书籍,它们旁边放着关于反射疗法和日式推拿的书。我脑海里萦绕着无数种希拉可能患上的疾病,有很多种方式能让一个人就此消失,全都相当深奥、难以预测。我拿着一本书站在那儿,这时尼古拉打来了电话,我还在犹豫着该不该接,图书管理员就严厉地嘘了我一声,解除了这一困境。

内莉发来短信,说她们要从贝尔谢巴回来了,于是我迅速前往咖啡馆,点了两杯卡布奇诺。我甚至还喝了一杯,这样就能跟内莉评价说,他们根本不懂该怎么做咖啡。

"怎么样?"我上车时内莉问。

"一次改变命运的体验。"我回答。内莉笑了。希拉也笑了。

我们急忙把头转向后座。

"看到了吗？看到了吗？"我对内莉说，而她惊得捂住了嘴。

"爸爸很好玩儿，对吧？"为了引导女儿说话，内莉说道。

"太好玩儿了。"希拉笑着说。内莉和我对视一眼，好像我们的女儿人生中第一次说话。

"我们得把这个录下来。"内莉说着从包里拿出手机，但她的手颤抖得厉害，解不开锁屏。女儿身体前倾，凑近车载广播，里面正在播放天使乐队的《梦想家》。她全神贯注地盯着播放器，仿佛这首歌就出现在她的眼前，在空间中拥有着确切的形状和体积。

"我再也受不了了。"她说着，头往后靠去。她的言语与冷漠的目光之间隔着难以弥合的距离，她闭上了眼睛。

"受不了什么？"我问。但女儿的灵魂已经离开了。我们三个人静静地坐在那里，直到内莉松开手刹，驾车前行。

那天晚上我难以入眠。那句"我再也受不了了"一直萦绕在我的心头。也许有些时候希拉对自己的状态有所察觉，这一念头让我发狂。也许她的意识被困在一个监牢般的身体里。我脑海里翻涌出那些我在图书馆读到的疾病：脑膜炎、各类肿瘤、渐冻症、癫痫。我像数绵羊那样一种一种地数着那些病名，某个时刻突然惊慌失措地从床上跳起来，跑向她的房间。捕梦网挂在她的床上，她的衣柜开着，厨房里暗黄的灯光照亮了她的脸。我看着她的胸口起起伏伏，看了足有一分钟，才让自己平静下来。我想抚摸她的头发，还试图回想是从哪个时刻起，抚摸不再出于本能，而变成了一种需要解释、需要理由的行为。我还没找到原因，就看到了它，就在我面前。我不断变换角度端详，确保我没有弄错。我意识到内莉从一开始就是对的。线索就在那里，在她的眼睛里。

我突然想起图书馆几十本藏书中的一张素描，上面阐释了睡梦中人的眼珠如何左右转动，来来回回。而在希拉薄薄的眼皮下，我发现她的眼珠转得不一样，它们转着圈，转得很快。太快了。

7.

希拉躺在睡眠实验室的床上，身上连接着各种电极、电线。

"你看起来像个被囚禁的外星人。"我说。希拉没有笑。我把毯子盖到她的腰部，因为我也说不清她冷不冷。过了一会儿她就睡着了。她七岁那年，有段时间很难入睡，但又不愿把我们吵醒，于是有天内莉半夜醒来，发现她在客厅里坐着，盯着天花板，那时我们才知道了她的状况。她这样已经有五天了。从那以后，每天晚上睡觉时，内莉都会坐到希拉床边，像个爱尔兰牧师一样想让希拉坦白。她一定要希拉吐露心声，说哪个老师对她大吼大叫了，哪个男孩在走廊向她表白了，说完她才肯放希拉睡觉。内莉说她必须知道一切。想到可能有一些她不了解的想法在女儿脑海中跑来跑去，这简直让她发狂。我又看了看希拉，想知道她的沉默不语是不是一种有意的选择。也许她心里相当清楚是什么在困扰着她，但她不想给我们带来负担。

我走进走廊，坐在一把椅子上，决定就在这里等待一晚，以备希拉醒来找我，虽然这不大可能。有个留着红色短发的老妇人坐在我前面，还有一个情绪激动的老先生在不远处冲睡眠技师大喊大叫。

"为什么没人给她拿枕头？我不理解，"他抱怨道，"我就是不理解！"

睡眠技师试着让他冷静，问他妻子叫什么名字。"莉莲，她叫莉莲。"他说道，然后气呼呼地坐到我左边的椅子上，注意到我正盯着他。

"你看什么看，啊？"

"没什么，没什么。"我迅速闭上眼睛，摆出和解的姿态。我也不确定我有没有打起瞌睡，直到听见医生冲进睡眠技师的房间，那个老先生、红发老妇人，还有我同时伸长了脖子望过去。

"好像发生了很严重的事。"老妇人说。

我起身走到门边。

"你听到什么了吗？"老先生问。

我说没听到。

几分钟后，门开了，医生又冲进走廊。他想避开我的目光从我身边走过，但我稍微向左侧了侧身，碰到了他的肩膀。他看向我，说了声对不起。

"是哪个病人出了问题吗？"我问。

他瞥了一眼等在走廊里的另外两个人,回头看了我一眼。

"你是希拉的父亲吗?"他问。

"是的。"我回答道,感觉身后那两个人都松了一口气。

"现在还不能肯定。我们发现有些结果比较反常,但还需要更多检查。"他说完又向我表示歉意,说他得赶紧走了。要是内莉知道我都没想过要拦住他,她会当场和我离婚的。

接下来的三个晚上,希拉都在睡眠实验室度过。不过她也不会注意到。每天晚上,走廊里来来去去的医生越来越多,他们也没想隐瞒这与希拉有关。跟其他那些会在早上六点接到叫醒电话、很快就会出院的患者不同,医生每天早上都会来为希拉检查,每次都要整整一个小时。所有与我交谈过的睡眠技师和医生都表示,现在还不能肯定,还需要更多的检查。不过有时他们也乐意提供一点暗示。希拉的快速眼动期是常人的三倍,她的脑波活动异常,呼吸也不稳定,这些合在一起让他们无法得出最终诊断。第四天晚上,内莉坚持要过来。她事先也没说,就在午夜时分拿着一盒饼干、一个小枕头出现在医院里。她把头靠在我肩上,说我们已经习惯了在不舒服的地方睡觉。她定了七点的闹钟,但在闹钟铃响之前半个小时,就有睡眠技师把我们叫醒,让我们去见院长,了解希拉的最新情况。

我立刻就跳了起来。内莉仍坐在那儿没动。"也许不知道更好。"她说。我想她是对的。我们走进院长办公室坐了下来。我扫视了一圈房间,仿佛希拉身上谜团的答案就在这四堵墙上的某处，内莉则打了个哈欠，伸了伸懒腰。桌子后面的墙上挂着几张写有门德尔松博士名字的文凭，桌上很空，只有一个大键盘、一盏绿色的台灯和一张放在木质相框里的照片。照片上似乎是她的两个孩子，都是金发，穿着扣领衬衫和牛仔裤，在摄影棚的白色背景前露出微笑。

"像是从 GAP 的服装宣传册里剪下来的。"我小声对内莉说，她瞥了一眼照片。

她哼了一声。"更像是宣传雅利安种族的海报。谁拍的照片，戈培尔[①]吗？"这时院长正好走进房间。我捂住嘴，尽量不笑出声，努力让自己看起来像一个忧心的父亲。

院长在我们面前坐下，把几本厚厚的黑色笔记本放在桌上。然后她将胳膊也放在桌上，双臂交叉，严肃地看着我们，问我们还好吗。

"不太好。"内莉说。她偷看我一眼，发现我还在努力抑制自己的笑声，门德尔松医生的严肃神情对此也无济于事。

"怎么说呢，医生。这是一场……"内莉带着一丝只有我能看到的淡淡微笑，"真正的大屠杀。"

我开怀大笑。无论我多么努力想克制住自己，但就是忍不住了。看到我这样，内莉也笑起来，笑声甚至比我还响。她甚至都没想要忍住。我看到医生投来严厉的视线，她脑海里想的

[①] 保罗·约瑟夫·戈培尔（1897—1945），德国政治家、演说家，纳粹德国时期的国民教育与宣传部长，擅长讲演，以铁腕捍卫希特勒政权，维持第三帝国的体制，被认为是"创造希特勒的人"。后任纳粹德国总理。

都是，坐在她面前的这对父母疯了。也许她是对的，但在那一刻，这无关紧要。门德尔松医生向我们这边轻轻推了推那摞笔记本，翻开最上面的一本。

"那是什么？"在大笑的间隙，我挤出几个字。我试图让自己的呼吸平稳下来，但做不到。

"希拉的梦，"她说，"我们每天早上都让她写下她能记得的梦里的东西。"

我们不笑了。我们瞥了一眼，上面有成千上万个扭曲变形、难以辨认的词语，就像小女孩的涂鸦。"你们比任何人都了解，希拉的协调运动功能严重退化，所以她的字迹基本上都无法辨读。"门德尔松医生说。她告诉我们，有位睡眠睡眠技师试过让她在电脑上打字输入自己的梦，结果只得到一串无意义的字母。她从白大褂胸前的口袋里取出一支黄色记号笔。"然而，我们确实从笔记本上发现了一些能理解的内容。大多数是单个的词，偶尔有些简短的句子。还请你们仔细阅读一下，也许有些我们不明白的东西你们能认出来。"

我们沉默了。门德尔松医生说要给我们留些独处的时间，然后离开了。我们怀着一种战战兢兢的敬畏，注视那些乱七八糟的词语。内莉把手伸向打开的笔记本，把它拉得更近一些，然后开始慢慢地翻阅。起初她不敢看，后来看了，却看不明白。字迹潦草，字体极小，团团字母彼此重叠、碰撞，仿佛希拉根本不希望有人能读懂。我拿起记号笔，我们开始仔细地阅读，寻找线索。慢慢地，非常缓慢地，词语开始浮出水面——大部分都毫不相关，但有时是支离破碎、不合逻辑的句子。

没有小熊维尼

   我想要！

 那条狗   大爱

     他来了 罗伯特接我

  坐出租车去海滩 我忍不住哭了！！

因为我没做作业   托马尔是最

  我在想雅依丽   泰山

     14/4/2002
  太远了

  就像鲍勃·迪伦 那个男孩想要
一支棒冰

在美国当守门员   咸菜馅皮塔饼

5/11/2020

我们在海边结婚了　　所以我把它踢回去了

班巴①　　　　　　　我开会迟到了

我又等了一会儿　　　　　　　　　　雨

独自　　　我们遇到　　　　妮塔·利夫席茨取笑我

一个女孩。我好开心

不小　　　　　来吗？　　　　　　8/1/2018

不想去学校　　　我们在旁边遇到

　妮塔·利夫席茨是谁？她嫁给了谁？谁会来？一个女孩？她是怎么知道鲍勃·迪伦的？罗伯特？罗伯特到底是谁？
　希拉的零星碎片从我们眼前闪过，我们仔细地阅读每一个字，慢慢筛选出女儿意识的痕迹。每隔几分钟，我们都会翻回

---
① 以色列特色小吃，花生味的膨化玉米食品。

来再看看，生怕漏掉了一个字，但总是失望地发现我们没有遗漏。她的话语在书页上互相踩踏，直到最后全然失去意义，萎缩、散落至封底上。

"怎么会有人梦到这么多东西呢，奥弗？"内莉问。像往常一样，她比我更早明白了这是怎么回事。门德尔松医生回来了，她开始谈论大脑，譬如睡眠周期啦，脑电图啦，这些术语我和内莉统统听不懂。她解释说，我们在睡觉的时候会周期性地经历几个阶段，其中一个是快速眼动睡眠，它以快速的眼球活动为特征，大多数梦都发生在这个阶段。她进一步解释道，每个睡眠周期中，希拉做的梦都比同龄的孩子要长，但这个差异微不足道，顶多只有几分钟。"问题不在于她做梦的实际持续时间，而在于她的主观体验。她似乎体验到了很长一段时间。"医生认为这是问题的根源。

"您的意思是？多久？"内莉问她。门德尔松医生只给出了含糊的答案，但内莉不愿就此罢休。"当我们要求病人写下他们的梦时，大多数人会写下半页到一页半的内容，"医生说着，把头歪向笔记本，"而希拉呢，第一天晚上的就写了八十页，昨晚的梦写了将近一百页。"她说他们尝试从专业文献中寻找类似的先例，但没找到。

"我不明白，希拉感觉每个梦持续多久？"

"专业上讲，我们不能给出一个准确的数字。"

"七小时？八小时？"

"我估计要更长。"

"一天？"内莉问道，把拳头放在了桌子上。

门德尔松医生伸手拿起一本笔记本，盯着上面的文字。然后她抬起头来看看我们。"这没办法确定，这种情况对我们来说还是未知的。但我认为，希拉很可能感觉每个梦都持续数年。"她这么说道，并迅速重申，这只是一个初步估计。

"数天？"我问道，好像听错了似的。门德尔松医生把笔记本转向我们，指着出现在页面顶部的一系列数字。"我不知道你们有没有注意到这些标记。"她一边说，一边开始快速翻阅，向我们展示这些标记每隔几页就会出现。

6/11/2019
7/16/2017
13/8/2020
7/4/2022
27/5/2020
13/9/2018

"我们认为这些都是日期。"她说他们从未碰到过有患者能观察到梦中的日期，"笔记本中的日期总是从二〇一五年开始，然后在时间线上不断跳跃。第一个笔记本中，最近的日期是二〇一九年十一月六日。而昨晚的笔记本上，出现了二〇二二年七月四日。"

我和内莉面面相觑，想不明白，也不想明白。门德尔松医生解释说，这些日期从未按时间顺序出现，有可能每个梦都是时间线上的一个时刻，而希拉在一个梦与另一个梦之间来回跳跃。

"希拉是世界上唯一经历了这种事的女孩吗？"内莉紧张地问。

门德尔松医生说这不太可能。理论上，很多人可能都经历过持续数年的梦，唯一不同的是，只有希拉能记得全部。"她也是唯一身体机能因此严重受损的人。"

我又看了看那堆笔记本，那些语句有了新的含义，不再是一堆自由联想，而成了各种各样的可能性。每个字都是希拉未来模样的一种可能，每页纸上都写着希拉人生无限的未来，这让我非常恐惧。我害怕希拉就此奔向无限的未来，迷失其中。门德尔松医生说，他们会继续测试，并开始给她用药。她承诺，他们会尝试一切办法，还说就像她的梦凭空出现了一样，这些梦也有可能最终会自行消失。她说，大脑还有很多我们未知的领域，关于她的病情何时会发生变化、好转，以及它们会如何发生，任何给出确切答案的尝试都是不负责任的。

内莉伸手抓住了我的手。她垂着头，为我们的孩子而哀伤。也许是在为我们自己哀伤。门德尔松医生提醒我们，情况本可能会更糟——虽然她知道这不算什么安慰。

"这显然比癌症晚期要好。"内莉沮丧地说。她抬起头来，眯起眼睛，似乎是为了掩饰发红的眼圈。

"我的意思是，"门德尔松医生斟酌着用词，"没有证据表明孩子正在受罪。"她说希拉几乎没有做噩梦的迹象，也没有情绪困扰的症状。"某种程度上，她很可能是幸福的。"她说。我们陷入沉默，我们忘了这甚至也是一种可能性。

8.

我们带希拉回了民宿。内莉的父亲那天晚上打电话来，内莉说他已经好几年没这样骂过她了。他想从纳比勒那里了解最近的情况，但纳比勒以为这是个恶作剧，挂了他的电话。"我爸说我们竟敢不告诉他就解雇纳比勒，让他不得不在游轮旅行中处理这个烂摊子，他非常恼火。"

内莉告诉他，她只是不小心忘了，女儿身上发生的一切，让她没法清醒地思考。但她父亲回应，他无意冒犯，但这件事她做得还是太蠢了，根本毫无道理。"他说纳比勒要回来工作了，还有我们要是再这样折腾一次，他会很乐意看到我们在米茨佩租公寓住。"

"你跟他解释过有些事不太对劲吗？我们感觉……"

"那不过是胡说八道，"她说道，然后躺在床上，"你知道我们只是把情绪都发泄到他身上了。"

我说她错了，尽管我知道她是对的，然后我默默地坐了一会儿。我起身刷牙，内莉不愿起来。我再回床上时，她背对着我躺着。我试着不去想希拉的事，去想别的事。我打破了自己的原则，看了当天的报纸，但这也没用，就连一篇关于航天探测器登陆火星的文章也让我想起了希拉。"太奇怪了,"我说,"人类都可以向火星发射宇宙飞船了,却弄不明白自己的大脑里发生了什么,真是荒唐。"

内莉没有回应。我太想听到她的声音了,我决定继续说下去,直到她开口。"每个梦对她来说都持续数年,你能想象吗?太可怕了。她在梦里一定很孤独。真的,单是这样想想,她在不断变幻的梦境之间无人陪伴,她可能……"

"她是对的。"内莉说。

"什么?"我问道,只是为了让她接着说下去。

"也许她是对的。"

"谁?谁是对的?"

"医生。"内莉说着,转过身来。她的眼睛是闭着的。

"对什么?你在说什么?"

"也许这一团乱麻,"她说着,叹了口气,"其实并没有那么糟。"

现在我不说了,内莉在说。"她不是在做噩梦。她在做梦,一直做梦。"她说着睁开了眼睛,看着我,"我是说真的,奥弗,如果有人给你这个机会,你不会欣然接受吗?"

"什么机会?你到底在说什么呢?"

"想想看,"她说,"有人给你机会让你可以活在梦里,没有噩梦,每晚从一个梦跳到另一个梦,感觉整个梦持续数年。你跟我说你不愿意?"

"永远不。"我回答。

"真的吗，奥弗？你真的会拒绝吗？对我来说，这听起来比去加勒比海的游轮旅行还好。"她说道，犹豫了片刻，"当门德尔松说我们女儿没有受罪的时候，你知道我脑海里第一个想到的是什么吗？"

"什么？"我问。

"也许，"她说，沉默了一会儿，"也许是希拉选择了这样。"

"选择什么？"我恼怒地回应，"你在打哑谜，内莉，我不明白。"

"选择了她的梦。选择生活在梦里。"她说道，然后坐起身来，看着房门，好像她担心希拉会在门外偷听。"我知道这听起来很傻。真的，我知道。但也许在她那么多的幻想中，她找到了一种生活在梦里的方式。可能，只是可能，她选择待在那里，从这个世界寻得一处出口。"她看向我，"想想吧，奥弗。数年。对她来说，每个夜晚都是好几年。难怪她反应迟钝，甚至认不出我们。与她脑海中的数年相比，和我们相处的一天算什么？"

"什么……你在说什么?!"我冲她吼道，"你觉得她选择了像现在这样？完全没有反应？你真的觉得会有人想这么生活吗？"

我生内莉的气。我们的孩子不可能选择离开我们。"你难道认为我们虐待了她，或者对她做了什么，让她必须逃去某个地方。"

"也许我们没有真正理解过她。"内莉说。而我知道她说的"我们"意思是"你"。"我不知道。我开始觉得我们没有真的陪伴过她，我们太忙于自己的生活了。你明白我的意思吗？"

"这都是什么狗屁的良心发现？"我带着怒气低声说，心里更加恼火了。我告诉她我讨厌她这样，每隔几个月就假惺惺地反思一次自己的生活，第二天又连续工作十二个小时。"如果明天他们打电话来，说要任命你为总裁，所有这些问题就会瞬间烟消云散。"我挖苦地补充道，"这就是我们和其他人的区别，记得吗？"

"你在说什么？"她问。

我以为她只是在装装样子，但审视她的表情，我意识到她不是。她真的不知道我在说什么。我提醒她在加利利的那晚，她说的话，我们前进的动力。

"你说这就是我们与其他人的区别，"我说，"理直气壮地渴求成功。"

她神情严肃地盯着我看了一会儿，慢慢地，她的脸色柔和起来。她笑了。

"像是你从哪个真人秀上听来的，"她说，"我绝对不会这么说。"

我和她争论，提醒她细节：这话是我们从按摩浴缸出来，上床之后说的。她仍然不信，断然否认，我不明白这是怎么回事。然后她生气了。"听着，我不记得说过这话，"她带着些许犹豫补充道，"即使我说过，这也只是一个二十三岁的无知年轻人的漫谈。如此而已。另外，不管怎样，总裁的事以后都不必提了。"她宣布。她告诉我，哈基米两周前就拿到了这个职位。她说这话的样子仿佛这是件无关紧要的逸事，而不是她过去七年来的梦想。她不敢相信自己竟蠢到以为南迁会给她加分，竟不明白他们当时是要把她流放了。我问她这是什么时候的事，她和祖佐夫斯基谈过没有，但内莉说她太累了，不想谈这件事了。我最不希望她说的就是这种话。我想说些什么来安慰她，却想不出来，于是我轻轻地抚摸她的背，将她的身体拉向我。"行了，别把这当回事。"她说道，但还是顺从了我的爱抚。"你怎么直到现在才告诉我？"我问。她说我要发愁的事已经够多了，她不想拉我一起承受她的失败。

"也许你是对的。"她疲惫地说。她承认也许她只是因为没有得到这份工作而沮丧，她刚才说的那堆关于女儿和我们生活的话都是一派胡言。一两天之后，她就会重新振作起来，找到下一个目标。"然后我就要处理希拉的事了，"她又说道，"没什么大不了的，对吧？"

我笑了。她把头枕在我膝盖上，我用手拂过她的头发。她也笑了。

"真不敢相信我们怎么会当着她的面笑。"她说。我告诉她，当门德尔松打开笔记本时，我还以为她会罚我们把"我们是坏父母"之类的话抄上四十遍。内莉又笑起来。

"你懂的，"我说，"真不敢相信，都二十一世纪了，他们还要叫病人写下自己的梦来了解他们身上发生了什么。"

"是呀，"内莉回答，"可惜的是，你们在透明记忆公司没有研发出什么能让人分享梦境的技术。你知道，观看别人的梦可比看第二频道的烹饪节目有趣多了。"

"没错。你说得对。有趣太多了。"我继续抚摸她的脑袋,突然模糊地想起——研究部门实际上探索过这个可能,又将其排除在外。我多想在那里见到她啊。在梦中见到希拉。那样一分钟就可以解决这整件事。"太可惜了。"我说。

内莉侧过身来,把脸贴在我胸前,闭上眼睛睡着了。

9.

第二天早上,我看到纳比勒在民宿外走来走去,照料着羊群,好像从未离开过一样。内莉从屋里出来,向他走去。我站在她身后。她跟纳比勒说她想为之前发生的事情道歉,那是一场令人遗憾的误会,但最重要的是,他回来了。纳比勒一言不发。

"我们一起喝杯咖啡如何?"她问。纳比勒举起他的保温瓶,摇了摇头。"我真的很抱歉,"我说,"我不该解雇你。"

"别再胡扯了。"他看都不看我一眼就说道,然后回去工作了。

纳比勒的话重重地压在我心头,但我还是很高兴他回来了,这让我有更多时间陪伴希拉。我觉得她比以往任何时候都更需要我。光是笔记本的事就要占用我一天中的好几个小时。医生们明确表示,希拉每天早上都要写下自己的梦,这是每天必须要做的第一件事。只要我让她坐在餐桌旁,她甚至不用我要求就会开始写。她会在那儿坐两三个小时,直到笔记本上写满了字。写完最后一句话她就向后靠去,把铅笔撂到桌子上,然后我会把她放回床上，下午再把她叫醒。

希拉的梦变得越来越长。每天早上女儿写下的文字越来越多，但医生们无从解读上面的内容。他们只敢谨慎地提出一则看法：测试表明，希拉的大脑可能再也无法区分清醒和睡眠。她的视力、听力都在急剧恶化，嗅觉、味觉和触觉的情况甚至更糟糕。她的感官几乎不起作用了，而这正是做梦时人们身上会出现的现象。他们解释说，可能就是这些让她表现得如此迟钝。

"太不合理了。"我表示反对。我告诉医生，这根本说不通，因为希拉在有些时候是绝对清醒的，她完全清楚自己周围是什么环境。但他们这么解释，说这就像人经历一场清醒的梦——知道自己在做梦。他们说，希拉的大脑可能会时不时地重置，理清梦境与现实的区别，但还没等她全部处理完，她就又回到了混沌的状态。

我们仍在带希拉去医院和睡眠实验室，但我已经开始觉得，我们这么做更多是为了医生，而不是为了希拉。希拉之于他们，就像一道明知没有答案却还一直尝试解开的数学谜题，纯粹是为了挑战一下。我一周七天、每天二十四小时地照顾她，已经筋疲力尽。关于希拉漫长梦境的新发现本该让我们信心大增，然而事实恰恰相反。我和内莉感觉，我们似乎设法爬上了围住孩子的高墙，却发现后面还有一堵更高的墙在等着我们。我试着向内莉暗示，也许是时候考虑一些特殊机构了，只是考察一下这种可能性，但她根本不听。她说没有地方可以安置希拉，因为全世界没有一个人遭受同样的困境。她不会让自己的孩子在精神病院里等死。我渐渐觉得，也许她是对的。也许女儿真的选择了保持这种状态，而我们需要放手。至少放开那么一点点。然而我没有勇气大声说出来，所以我保持了沉默。我沉默，继续照顾她，但不再无微不至了。早餐时我不再准备蔬菜，她睡着后的十分钟里，我也不再坐在她身边了。有时，我甚至不带她去山顶散步了，尽管我知道她喜欢那里。

开发手机软件的事我也做不了。什么进展都没有。我不能参加在特拉维夫举行的会议，就连跟潜在的商业伙伴通个电话也不能超过十分钟，因为我必须留意希拉的情况。

我每天晚上都坐在厨房里，拿着黄色记号笔，浏览笔记本，仔细寻找着线索。从某一刻起，我不再试图破译词语的含义，而开始估算数量的多寡。我坐在那儿，拿着计算器，试着算出每个梦持续了多长时间。这些数字毫无意义。如果希拉每晚的梦大约持续三年，那么这意味着自这一切开始，希拉已经做了一百二十年的梦。至少一百二十年。

一天晚上，内莉下班回来，她从后面走近我，把手放在我的肩膀上。她看着我面前的计算器说，测算她梦中的时间毫无意义，因为那是另一种时间，我们甚至根本无从理解。

"你这是什么意思？"我问她。内莉在我旁边坐下，拿走了我手中的铅笔。

"我想了很多。"她边说边在一张空白页上画了一条细长的线条。她试着解释说，如果我们把时间比作一条匀速前进的直线，那么希拉经历的是完全不同的时间。"要说有什么不同，我觉得希拉的时间看起来像是一堆点。"她说道，笔下小圆圈填满了页面。她的理论是，每个梦都是一个点，而希拉会从一个点跳到另一个点，其中并没有特定的顺序或逻辑。"前一刻正在和罗伯特举行婚礼，下一刻就回到了埃德娜幼儿园，然后突然间，她又成了足球比赛中的守门员。"她说，这也就说明了句子为什么都是零零散散的，日期为什么从不按时间顺序排列。

"你是不是拿到了量子物理学的硕士学位，却忘了告诉我？"

"你用这句话跟人搭讪肯定战无不胜。"她调侃道，把手放在我的手上。

我又看了看那一页，拿起计算器，继续输入数字。"我不太同意你的观点。"我说道，接着又加了一句说，即使我同意，也要继续算。在与希拉相关的整个处境中，如果说有样东西能让我有所安慰的话，那就是女儿也许会在梦中获得永生。

内莉和希拉睡着后，我出门在农场附近散散步。我来到大路上，站在街头。天气很冷。路上没有一辆车。我忘不了内莉说过的话：女儿有意识地选择了活在她的梦里。这当然说不通，但另一方面，在过去的一个半月里，希拉身上发生的一切都说不通。因此，暂且假定内莉是对的，希拉确实找到了一处系统漏洞——她发现了一种生活在梦里的方式。她为什么希望如此呢？希望这样逃离？我无法理解。

希拉在很小的时候，喜欢对我们做恶作剧。我或者内莉把她放在床上之后,她会假装睡觉,而我们一走出她的房间,她就放声大笑。内莉可以和她玩上一个小时,好像这是世上最有趣的事情。但我对此有时不那么耐心。几次之后,我让希拉不要再胡闹了。她真的不玩了,但只是不和我一起玩了,仍然和内莉一起玩这个游戏。两天后,我开始嫉妒内莉,她能和女儿多待一个小时,而女儿几乎不和我说话了。那段时间,我会把她放在床上安顿好,然后等在门外,期待着再次听到她的笑声。但什么也听不到。这是我第一次意识到,希拉与我生活在不同的波长上,无论我多么努力,就是无法理解她。今天也是一样。

我的手机响了。

我把它静音,但一直盯着屏幕。尼古拉来电。不知为何,我突然想到也许他能帮上忙。还没来得及想清楚这件事,我已经接通电话了。

"喂?奥弗?喂?"

"是我。"

"太好了,终于联系上了!我一直在找你呢。"

"噢,抱歉,"我说,"我有点忙。"

"没事,谁都会有这种时候。重要的是我们终于说上话了。"他说,然后开始细数工作上遇到的问题,听起来很绝望。他说首席执行官总是训斥他,手下最优秀的员工昨天辞职了,两周后他们团队得完成一个项目,而现在几乎连一半都没做完。"每周都有人生病或休假,就好像我们没有在赶工一样。"他抱怨道,"就在昨天,还有人飞往列支敦士登说要待上三天。我上维基百科查了查,才知道那是一个国家。"

"我也不知道那是个国家。"我回答说。尼古拉说,他被解雇很可能只是时间问题。他承认,他没想到开发部经理的工作会如此复杂。

"是很复杂。"我说道,但愿声音别暴露出我的窃喜。

"不说我的事了,"他声音里带着某种绝望,"你过得怎么样?已经在计划退休了?"不知道这是一个糟糕的玩笑,还是他认真地在问。我不想和他纠缠下去,所以只说我正在做一个新项目。

"真的吗?什么样的项目?"他问。

"还在非常早期的阶段,所以真的不能细说。"我说,"对了,尼古拉,说到这里,我有些事想问你。我隐约记得公司以前好像尝试探索过关于梦境的项目,可能记错了,但你可不可以找相关人员查一下?"

我还没说完,尼古拉就笑了。"哦,我知道你在做什么!"他说,"有胆量,真的。事实上,听起来很酷。有点像,但很酷。"我很好奇像什么。

"我知道有这回事,但确实记不起来了。"他说,"我不想随便给你一些回答,我需要找找看这个项目。"

"所以真的有这样一个项目?"我问道,确保他明白我在说什么。

"是的,没错。我想就在几天前还开了一次关于它的会呢。"
我听到尼古拉深呼吸的声音。"还有,奥弗,我也有个小忙想麻烦你。你愿意最近出来见个面吗，就像他们说的那样吹吹牛聊聊天，或许给我一些职业建议？"他略带忐忑地问，"我知道这可能不太合适，但……"

"可以，"我不假思索地回答，"当然，没问题。我很乐意。"

他不停地感谢我。

我挂断电话，回家前又盯着空荡荡的道路看了好一会儿，一阵乐观情绪涌上心头。

10.

"要是听到我发现了什么，你会很高兴的。"第二天，尼古拉给我发了这样一条短信，其后是戴着太阳镜的笑脸表情。

"你发现了什么？"我回了短信，多加了一个问号以示强调。

经过几小时焦虑不安的等待，我才收到他的短信回复说，见面时会告诉我一切。从那一刻起，我不停地在想他们研发出来了什么。我只记得当时在那儿工作的时候，出现过关于梦的话题。我只是想知道，有没有可能、有没有办法进入希拉的脑海。也许，用某种方式，我们总可以解决她身上的问题。我试着想象她的梦会是什么样子，但无论我怎么努力，就是想象不出来。

那天晚上，我把希拉塞进被子里，然后坐在桌边翻阅笔记本。内莉已经开始为她的会议收拾行李了。她总是提前几天就开始做旅行的准备，而这只会让她更紧张。半小时后，她受不了了，抓起一支烟走了出去，两分钟后又回来了。她走近厨房的橱柜，拿出一盒薄荷茶。

"墨西哥牌的用完了？"我问。

"不，只是我更喜欢喝这个。"

"嗯，"趁她在等水烧开，我问她，"要是有人告诉你，比如，你可以在电视上看到希拉的梦，你会看吗？"

"当然会。"她背对着我说。

"是吧，我也会，所以最近我一直在想——"

"实际上，可能不会。"她打断了我的话。

"不会？"

"是的，转念一想，我不会看。"她说道，也坐在桌边，往茶里加了一勺糖。

"为什么？"

她说，最坏的设想是，她会看到噩梦，并为女儿的痛苦而痛苦。"而比最坏的设想还要糟糕的是，我碰巧看到一个美梦。"

"美梦怎么会是坏事？"我不理解，"你自己也说过，其实这并没有那么糟。"

"当然不糟！"她喊道，"生活在梦中？是很好。但我可不想亲眼看到离开了我们，女儿有多幸福。"她总结起刚才的话，大体是说，与暧昧不明的状态共处更容易些。我告诉她，这我不能理解，我会不假思索地抓住这个机会，我觉得这可以解决所有的问题。从我翻看这些笔记本开始，我就一直在想：如果我们了解了她在做什么梦，我们就能找到解决这整件事的办法。

"怎么解决？知道了又有什么用呢？"

"现在还不确定,"我说,"等看到她的梦我就会知道了。"

"这是在自欺欺人,你应该知道吧?"她说着,呷了一口茶。然后她说,她不明白为什么我对此这么激动,这根本不是一个可选项。"你还没有意识到我们与此事无关吗?全部问题都在于女儿和她自己的意识。"

"我们与此无关?"我提高嗓门问,"上次说起来,我们还是她的父母。"

她把杯子放在桌上,手放在我的手上。"你在这方面比我强。"她说道,过了一会儿又说,"幸好。"

我也不知道自己为什么没把要跟尼古拉见面的事告诉内莉,为什么没向她解释这对希拉的情况可能会有帮助。她可能会说这听起来像在浪费时间,但她会理解的;她甚至可能会说,我应该等她回来,她会从工作中抽出一个早晨来陪女儿,这样我就可以去特拉维夫了。我说服了自己:我是因为怕让她失望才对她隐瞒了整件事情。但假如让我坦白地说,我其实没有任何合理的考量来偷偷摸摸地做这件事。

11.

两天后,在一个星期三的早晨,我把内莉送到了公交车站。我们到得很早,六点就到了,我吃力地把她的行李箱从后备厢里向外拖。透过窗户,我看到内莉爱抚了希拉的脸颊,然后她才下车来帮我一把。我费尽全力,额头上冒了好些汗,才把她那沉重的行李箱拽出来,小心地放在人行道上。

"好吧,"我对内莉说,"你可以挖苦我一句,我活该。"

她盯着我好一会儿,然后一言不发,紧紧抱住了我。

公交车站只有我们。我们一直拥抱着,直到公交车驶来。内莉登上开往特拉维夫的660路,答应会从中央公交车站带一盒瑞士三角牌巧克力回来。我开车带希拉回了农场。我让她坐在桌边,让她在笔记本上写字,然后给她做了她最爱的早餐——放了奶酪和洋葱的煎蛋饼、切碎的蔬菜沙拉,以及一片涂了能多益牌榛子酱的吐司。我想尽量满足她,好让我良心过得去,一会儿我要留她独自一人待着。

"我等会儿得出去一下,"我一边切煎蛋一边跟她说,"很快就会回来,好吗?"

她没有回答。我给她洗了个澡,换了衣服,给她掖好被子,拉上窗帘。黑暗笼罩了房间。

"睡一会儿好吗?"我对希拉说道,然后吻了吻她的额头。她灰色的眼睛慢慢垂下,我突然闪过一个念头,也许在她内心的某个地方,她允许我离开了。也许就在那一刻,她是唯一理解我的人。女儿把头更深地埋进枕头。我不知道她睡着了没有,但我想这表明我可以离开了。

我走出民宿,锁上了身后的门。目光扫过农场,没看到纳比勒的身影。我冲向汽车,发动引擎,开上北行的公路。

12.

我们约在耶胡达哈列维大街见面。附近没找到停车场,于是我停在了一条小巷里，我知道停在这儿不会被开罚单。这是我搬家后第一次回到特拉维夫，我承认，只是想到要躲着停车管理员，我的心就高兴得直跳，仿佛这证明我回到了一个更文明的社会里。尼古拉坚持要去一家新开的三明治店，发短信给我说他们家的烤牛肉是全特拉维夫最好的。我到时他已经坐在店里了，宽大的手掌握着啤酒杯。我在他旁边坐下，伸出手，但他另有想法。

"握手吗，兄弟？"他说，然后扑过来给了我一个熊抱。我不太确定这是什么意思。尼古拉比我记忆中的还要高，比六英尺三英寸[①]还高。他一头金色短发，戴着厚厚的黑框眼镜，穿一件扣领黄色衬衫，下身穿了条紫色格子短裤。时尚不是我的强项，但即使是我也能看出这身衣服不太搭配。

菜单是手写在墙上的，我不饿，于是只点了一罐可乐、一杯水。

尼古拉问我开到这里用了多长时间。

"差不多三个小时吧。"我说。我用手机给他看农场的位置，但我发现他并没有真的理解。

"真不敢相信你开了这么久的车过来见我。"他说道，在我背上拍了一巴掌，"这是我的梦想你知道吗？等我到了你的岁数，就搬去集体农场。安静的生活，户外休闲。还对生活奢求些什

---

① 约190.5厘米。

么呢？"我犹豫地点头同意，只是为了不让我俩陷入沉闷的讨论，说起集体农场与沙漠农庄之间有何生活上的差异。

他开始宣泄对公司的不满。我以为他只需几分钟就能说完，然后我俩就可以转而谈论我真正感兴趣的话题，但事情没那么简单。尼古拉一直在谈论他遇上的问题，我一句话也插不进去。他不停地从一个话题跳到另一个话题，一会儿聊他作为开发部经理的困难，一会儿又聊公司前面刚开的一家越南餐馆。

"吃过越南河粉吗？"他问道，并不等我回答，"它会让你大为震撼。他们往河粉里放姜之类的调味料，它们会突然之间冒出来，给你的味觉来个措手不及。唯一的问题是，一碗汤就要五十二谢克尔，而我短期内大概不会涨薪。"他绝望地说道，还说他在高科技行业的朋友都取笑他，说他一个月两万连拿军饷都算不上。他似乎忘记了，就在一年前我面试他的时候，他听到我们会给上万的薪水，惊讶下巴都要掉了。

"老师们都对你这样的收入水平梦寐以求。"我说道，而他轻蔑地挥了挥手。

"恕我直言，这区别可大了。"他说，"如果明天你让我给三十个孩子上课，我可以做到。也许不适合，但我能做得很像样。可是，如果你让学校老师用编程语言写东西，他都不知道从哪开始。明白吗？"

我没有告诉他，我们雇他是因为没有资金招更好的人。我相当生气，感觉自己最好还是不要开口。他开始列举他能想到的每种职业，阐述他能在其中脱颖而出的原因。他说当农民只不过是给植物浇水罢了,这话击中了我。我就是这样想纳比勒的。尼古拉和我看待这个世界的眼光相同,我们都认为那些不在农贸市场买有机蔬菜的人某种程度上是更低等的。

"我就在照顾我的女儿,"我说,"相信我,这比编程困难得多。"

"当然啦,但你照顾孩子的同时还在开发软件,不是吗?"他试图说明一下。

"并不是,"我回答,"我没有开发软件。大多数时间我都在陪孩子。"

"什么,你现在就做这个?照顾她?不就是给她吃的什么的吗?"他说着笑了起来,几分钟后才意识到自己出格了。

"对不起,我不是故意的,这就是个愚蠢的玩笑。"他说着,尴尬地挠了挠头,"所以你就像个全职爸爸?"

"正是如此。"我说。

他呷了一口啤酒,然后拍了拍我的后背。"兄弟,你真是好样的!我希望我爸也能像你这样。他以前每天晚上都是十点才回家,我常常以为他是小偷呢。"

我不知该如何回应他的赞美。一开始我以为他只是在说好话,后来才意识到他没有,他只是说出自己的想法,不管是好是坏。

"啊!我差点忘了,"他说着,把剩下的啤酒一饮而尽,开始在包里翻找起来,"我拿到你想要的东西了。"

我的心跳到了嗓子眼。"那个梦境项目?"

"是的。"

"你把文件从研究部门偷出来了？真不敢相信。"我喃喃地说。

"你当时雇了我是有道理的，"他说道，然后激动地喊起来，"这里，找到了！"

他从包里拽出一张大大的卷着的图纸——这远超出了我对他的期待。他朝我这边挪了挪，确保没有人在偷听我们说话，然后低声说："我给你看的是绝密文件，他们上周刚刚做完。你必须发誓你不会告诉任何人。"

我发了誓。

尼古拉取下束着图纸的橡皮筋，小心翼翼地将图纸展开放在桌上。页面顶部是一句印银的标语："昨天的记忆，就是明天的梦境。"

"不是这面。"我说。我急切地想看到图纸的另一面，差点把那张纸从尼古拉手中夺过来。然而另一面什么都没有。

页面是空的，完全的空白。只有一句愚蠢的标语。我对着这张纸又研究了几分钟，然后抬头看尼古拉，他正盯着我，脸上笑容灿烂。

"这是什么情况？"我困惑地问。

"你听到这个消息会很高兴的。经过彻底的探寻，这就是我能找到的全部：印制于一年前的这张海报。没有项目。"

"这怎么可能？"

"没有任何一个项目涉及梦境。我以为有，但结果是研究部门否决了它。他们说梦境与记忆是完全不同的领域，就像油与牛奶的区别。"尼古拉说，"我承认我拿这个标语跟你开了个小玩笑，我猜你刚才肯定心里一紧。"

我试着跟他解释，他一定是误会了，一定是出了什么差错。我都走到这一步了，才发现什么都没有，这不可能。

"我不明白你在说什么。"

"你说我听到你的发现会很高兴。"

"对啊，我发现没有项目。这就是你想听到的，不是吗？"尼古拉说道，此时此刻他跟我一样困惑。

"我为什么会因此而高兴？"我问道，把那杯水一饮而尽。

"因为你想开一家创业公司，做梦境分享或类似的事。所以你才让我替你刺探情报。"他说，"这对你来说是个好消息！现在你可以开一个富有竞争力的创业公司并赚他个几百万了。我唯一的建议是，你该找个神经科学家或这类的专家，因为这不是你在家里就能轻易完成的那种小软件。"

他又让我想到了自己，我们认为这世上的一切东西都可以是一个潜在的创业机会。实际上，我们相信能驱使人行动的唯一因素就是对成功的渴望。然而我现在并不想赚数百万，我只想帮我的女儿。

"你错了，"我告诉尼古拉，"有一个项目。我记得。我知道。"他试图说服我这毫无道理。他在研究部门四处打听过，他们都非常肯定地告诉他没有什么项目。如今的技术还做不到再现梦境。

"但我需要它。"我喃喃地说道,更多的是对自己而不是对他。

"你为什么需要它?给我解释一下,也许这样我就能理解了。"尼古拉担忧地说。

"我的宝贝女儿……"我开始跟他讲希拉的事。我说了她的身体在衰退。住院的事,过去三个月里我们所经历的一切,我一口气都说了出来。尼古拉静静地听着,一言不发。说完以后,我才意识到这是我第一次与除内莉之外的人谈起希拉。事实上,这是自我们搬家以来,我第一次真正地与人交谈。

"听起来很糟糕。"尼古拉说。他犹豫了一会儿,有些笨拙地举起手,以一种奇怪的姿势拍了拍我的后背以示支持。

"我敢打赌,研究部门警告过你什么都不要说,没关系,别告诉我具体内容,只告诉我有这个东西就行。"我说,"这样我就知道还有可以指望的东西。"

"我希望有,但真的没有,"他说的话我听懂了,但拒绝接受,"如果你希望的话,我可以骗你说有。"他勉强地说。

我笑了。我告诉尼古拉,我有多盼望回家跟内莉说,我找到了帮助希拉的办法。

"相信我,没有比对自己的孩子束手无策更糟糕的事了,"我说,"真的没有。"

"但也许这是人必须学着去面对的事。"他说道,并很快调整自己的措辞说,他还没有孩子,因此其实并不懂。

我们又聊了大概二十分钟,或者半个小时。我的意思是,他在说，而我点头。我真的记不清他说了些什么。我没有听进去。我正试着接受"我帮不了希拉了"的想法，但做不到。最后我告诉他，我得回去陪她了。

"需要我给你买杯咖啡路上喝吗？以防你在开车时睡着。"他建议道。我礼貌地拒绝了。

回到停车的地方，我看到一张一百谢克尔的违规停车罚单，大笑起来，我发誓要记住没有停车管理员的生活自有其好处。我调大车载广播的音量，一路开了回来，尽量不去思考。

我把车停在民宿旁边，又在车里待了一会儿，注视着红山。我觉得我需要尖叫，需要发泄我所有的沮丧，但不想让纳比勒或者希拉听到，于是我只能用拳头猛砸仪表盘。然后我关掉引擎，走进了民宿。

13.

不久前，我偶然发现一项研究，也许能解释与尼古拉见面那天我身上发生的一切。这项研究向一些人展示了他们童年时期的照片，要求他们回想并记起每张照片的拍摄地点。问题是，其中一张照片是伪造的，照片上参与者正在乘坐热气球——一段完全是捏造出来的经历。当第一次被问及这张照片时，几乎所有参与者都回答说，他们记不起来照片是什么时候拍的。但几天后，再次被问及此事时，有些人杜撰出了在热气球里那天的全部故事。他们对自己的记忆非常确定，在被告知这张照片是伪造的之后，有些人甚至还发誓说在热气球里的就是他们。

我想，实际上在透明记忆公司的时候，我并没有听说过梦境分享技术，但我太绝望了，需要紧紧抓住些什么。

我觉得那天我经历了两次这样的情况。事后回想，我可以发誓，我坐在车里时确实看到了她，她正走在羊群的后面。当时我正忙着苛责自己，没太注意。我永远不知道这段记忆是真是假，但无论如何，有件事我知道——我走进希拉的房间时，她已经不在那里了。

我花了一会儿工夫才意识到她不在房间里，又过了一会儿才注意到前门没有上锁。我开始歇斯底里地从一个房间跑到另一个房间，寻遍民宿的每个角落：她的卧室和我们的卧室，浴室和厨房，衣柜里面和衣柜后面。然而，女儿哪儿都不在。我这样疯狂地找了也许有五分钟，终于意识到她根本不在民宿里。我来到外面，站在院子里拨通了内莉的电话，但它一响我就挂断了，毕竟，内莉又能怎么办呢？我围着民宿跑了一圈，她不在。我跑向羊群，跑向公路，但是哪里都找不到希拉。我错乱的精神中只涌现出一个清晰的想法，毫无道理——也许女儿终于放弃了这里的生活，找到了投身于梦中的方法。她把现实抛在身后，跃入她的世界，远远地超出了我们能触及的范围，从此时、此地消失无踪。我越来越相信这一点，直到我看到了希拉。在我的前方。她独自站着，是山顶上的一个小点，离边缘很近。站立在红山的山顶上，她凝视着深渊。还没等我看清这一幕，我的双腿就以其能达到的最快速度朝她奔去。我的身体掌控了一切，朝着她的方向飞奔。我一遍又一遍大声喊着她的名字，但她没有转过身来看我。我害怕我赶不到了。但紧接着我就看到有人从她身后猛冲上去。扑向她。他把我的孩子抱在怀里，把她拉到胸前。接着，他转过身来，迈着缓慢而沉重的步伐下山，身后扬起一道红尘。我看见希拉平静地躺在他怀里睡着了。即使是嫉妒也无法盖过我心中的解脱感。我冲他们跑去，想摆脱内心的无助。

"谢天谢地，你找到了她！"我喊道，在二十米外就开始了滔滔不绝的辩白。我说我出去见人是没有办法，而且我锁了门，我确信我锁上了。我不明白她是怎么出来的，真的不明白。我知道我是个白痴，我没有跟他说一声，就把女儿单独留在了房间里。纳比勒点了点头。当我终于站到他们的身旁，我却缄默不语了。整个世界坍缩到她小小的身体上。只有希拉是我唯一关心的。我极力紧紧地拥抱住她。纳比勒放手了，我把她拉进怀里，保护着她。

纳比勒打开民宿的门，我们走了进去，沾满灰尘的鞋子弄脏了地板。我把希拉放在床上。她闭着眼睛。我给她盖上了毯子。纳比勒看了我一眼，然后走出房间，留我与希拉独处。和她的身体相比，她的床突然看起来太大了。女儿好像瞬间缩小了，只有一丁点大。刚刚发生的事情与她现在细弱的呼吸之间存在着一种令人难以置信的不和谐感。我端详了她几分钟，确认她真的还在。这时候我才注意到我的手机在振动。内莉打了三次电话，但我太疲惫了，没有接。

确保女儿不可能从窗户逃出去之后,我离开了她的房间。纳比勒坐在餐桌前,手抬着,不想弄脏桌子。我们默默地坐在那儿,仿佛这样过了一个世纪。后来,纳比勒把手放在我的背上,轻轻拍了拍,一句话也没说。他站起来,到希拉的房间去看了看,然后走出了民宿。我独自在那儿又坐了几分钟,想要弄明白发生了什么事,却没想明白。接下来,我把椅子拖进希拉的房间,紧贴着她的床坐下。我不知道我是什么时候睡着的,但第二天早上醒来时,希拉正站在我面前。

她在笑。

14.

也许有一天我会告诉内莉那天发生了什么。但现在还不行。我觉得告诉她也没用。纳比勒对此只字不提。内莉开完会回来后,还开玩笑地问过他我有没有照顾好女儿。"他是个笨蛋,"纳比勒说,"但也是个不错的父亲。"

几天后,希拉开始有好转的迹象。每天早上她在笔记本上写下的词语越来越少,与此同时,也开始出现一些清晰的描述。她对我和内莉的回应也更积极了,空洞的注视逐渐消失,取而代之的是长且易懂的句子、微笑或爽朗的笑声,还有她任性的瞪视和临近青春期的愤怒,我之前从未想过,见到最后这点我竟会如此高兴。在它们出现的两个半月后,希拉的梦开始消失。门德尔松医生认为,也许希拉的大脑设法进行了自我修复。在她看来,女儿之前陷入了一种紊乱,使她能记住梦中的每个细节。希拉未来很可能仍然做梦，像以前一样——每天晚上都经历数年——只是她不会再记得了。然而，门德尔松医生又补充道，她所说的一切都可能是"一堆胡言乱语"。她还可以提出一些其他的解释，但没办法证明其中任何一个。她建议我们继续带希拉去睡眠实验室，以便他们能进一步研究，但我们拒绝了。内莉说，如今孩子的康复比睡眠实验室获诺贝尔奖的机会更重要，我也赞同，虽然我不介意全家去斯德哥尔摩旅行一次。

尽管门德尔松医生的理论听起来很有说服力，但我还是忍不住想，内莉一直是对的。不存在医学上的谜团，整件事其实再简单不过了：有一天，希拉决定逃进她的梦境，后来，她厌倦了，决定回到我们身边。我和内莉讲了我的推测，但她否定了它，她说她从未真正相信过"逃入梦境"这种可能，这只是她的绝望之语。我想，如果她知道了当时我与纳比勒经历的事，她的想法可能会大有不同。一天，女儿差点从悬崖上摔下来，第二天就开始好转，这没道理。也许那一刻发生了什么，让她回到了现实。不管怎样，我决定见好就收。生活的所有谜团并非总有一个明确的答案，我愿意与此和解。

昨天，希拉自身体好转以来第一次放学回家。她冲进门，大声宣布："老师说米茨佩是世上最好的观星胜地！"她整个下午都在讲这个，于是我和内莉提议我们仨晚上戴着头戴式手电筒和旧望远镜去红山的山顶看看。希拉非常兴奋，拿着一份写满她想看的星座的详细清单，并要求我们在找到猎户座和大熊座之后才能回去。我和内莉什么也没找到，于是我们虚构了蓝鹅座、小灯座和北方的蚁丘座。下山的路上，我们一直在跟她说她没看到这些星座真的很奇怪。内莉则在我耳边小声说，女儿至少要等三年才能意识到，其实并没有一个星座叫利娅阿姨之臀。

回到家，希拉还激动地在床上跳来跳去，直到她筋疲力尽，瘫倒在床垫上。内莉去洗澡了，我和希拉待在一起，看着她不停地打哈欠。

"希鲁什，你确定你不记得在医院的事了吗？"我问她。

"我说过我不记得了！"她喊道，说我已经问过她一百遍了。

"是，我知道，只是我和你妈妈有过一个奇怪的想法。"我轻轻抚摸着她的脸说。

"什么想法？"她问道，闭上眼睛，伸出小小的胳膊。我告诉她，因为她是一个特别的女孩，我们认为她也许找到了一种生活在梦中的方式，她在那儿待了一段时间，探索着脑海中各种不同的世界。希拉睁开一只灰色的眼睛，看着我，调皮地微微一笑。她什么也没说，而我觉得也许我终于抓住了她。也许即使是现在，她仍然在骗我们。我还想再问希拉一些问题，但她把头靠在我肩上，在我身边依偎了一会儿，然后睡着了。

耶路撒冷海滩

他们要去寻找她最初的记忆，飘在耶路撒冷海滩上的雪。明天他就要把她交给别人，但这个时候，他们还一起乘480路公交车，坐在倒数第二排的座位上。莉莲睡着了，萨米凝望窗外，抚摸着他那磨破的皮质背包。只有一件事他能绝对地肯定——自他上次出门以来，这个世界已经改变了。她有好几年没离开过他们在拉马特甘的小公寓了，而他也不会留下她独自离开。他看着沿途森林密布的山丘，记忆中这里此前要更为参差不平，他告诉自己时间吞噬了一切。

"还记得那场大火吗？"他问她。她在沉沉的睡梦中，脖子僵硬地动了动。

最后一排的三个男孩放声大笑，打断了他的怀旧思绪。其中一个的手机正播放着音乐，声音逐渐填满公交车的后厢。萨米尝试辨识歌词，却听不出来。他不喜欢与人对峙，但又担心噪音会吵醒莉莲，于是他转过身朝他们看了一眼。

"安静会儿怎么样?"他问道,希望他们没留意到他声音里轻微的颤抖。拿手机的男孩关掉了音乐,叛逆地哼了一声。萨米继续望向窗外,但无法平静下来。

公交车穿行在他们曾经的家乡,经过了那座白色大桥。萨米早已为这一刻做好了准备,他从口袋里掏出一台黄色的一次性相机,想要用镜头捕捉这座大桥。然而三天后,等照片终于被冲洗出来时,他才发现大桥避开了他的镜头,画面中取而代之的是城市入口处那个拥挤的十字路口,以及坐在他们前面的一个男人打哈欠的虚像。

公交车驶入中央车站,乘客们蜂拥而出,那几个青少年拍了拍萨米的后背,祝他今天过得愉快。乘客的喧闹声把莉莲吵醒了,她慢慢睁开了眼睛。莉莲的眼睛是栗棕色的,萨米常常好奇,这些年来她的眼睛是不是更大了些。她的头发和深色的皮肤也呈棕色,他曾经对她说,正是因为她,他才知道了一个颜色能有多少种深浅。

"我们在哪里,萨米?"她问。他没有回答。她缓缓起身,头皮中央露出了一小块秃顶。萨米迅速拨弄了下她的头发,希望这辆空荡荡的公交车上没人注意到这些。

她又问了一次,他才告诉她他们到了耶路撒冷,他还小声补充道,他不能一遍又一遍地提醒她。

他们蹒跚地走下公交车。一个身穿阿基瓦之子[①]衬衫的年轻

---

① 全球最大的犹太宗教复国主义青年运动。

女人问他们需不需要帮忙,但萨米挥手让她走开了。萨米和莉莲这些年来身子都缩水了,现在几乎被人潮吞没。他们紧贴着彼此穿过车站,费劲地走过楼梯、电梯和光滑的瓷砖,来到了雅法路的入口。他们一步一步向门口走去,莉莲毫无防备地撞进了八月初的阳光中。

"我很冷,萨米,"她说道,然后侧身靠近他,"一定是要下雪了。"

"现在是夏天。"他说道,但莉莲还是那样。她双臂紧紧抱在胸前,身子开始颤抖。即使是最热的天气,也抵不过她被白雪覆盖的记忆。萨米叹了口气,把皮包放在地上,慢吞吞地把手伸进皮包里,拿出他给她买的白色外套。它现在已经大了两个尺码,但她还是要穿这件衣服,而且对此相当骄傲。她举起双手,就像洗完澡后等着被浴巾包裹的小女孩一样,直到萨米再在她脖子上系上围巾,她才肯继续行动。于是她迈出了第一步,跟着他走向轻轨。

萨米握住莉莲的手,对她说:"别松手。"尽管他不确定在街上的一片喧嚷中她有没有听到他的声音。"我们在哪里?"她一遍又一遍地问,而他没有回答。他把目光转向钢灰色的轨道,耳边期待着发动机低沉沙哑的声音。对于这些穿越城市街道的神奇列车,多年来他一直关注着报纸上的报道,现在他渴望亲眼一见。他又拿出了相机,但很快就把它收回了皮包,决定还是不浪费胶卷。

列车缓慢而沉重地驶进了车站。它跟萨米想象的一样大，一样是银色的，仿佛但以理预言①中的巨像出现在眼前。萨米向前一步，站上月台，莉莲一直躲在他身后。

　　"你相信吗，莉莲？又在耶路撒冷坐火车了。"他说。

　　车门开了。萨米拉着莉莲向前走。他想牵着莉莲一起上车，但人群络绎不绝，向他俩拥来。萨米和莉莲的两只干瘪的手被挤开了，两个年迈的孤儿像被扯烂的纸页一样蹒跚而行，过了好久，他们才终于再次重合（为一）。他们试了三次才成功登上列车，挤来挤去、费力地抢占一席之地。一个戴圆顶小帽的年轻男人对妻子大声耳语："光是她的外套就把地方全占完了。"萨米一句话也没说，他正费劲地站稳身子。莉莲根本没有注意到周遭的事。火车开动了，她盯着城市的建筑看。萨米心想，她看外面建筑的样子就像在看多年未见的老熟人一样——她觉得它们熟悉，但记不清这感觉从何而来。

　　他们在马哈尼耶胡达站下了车。

　　"我们到海滩了吗？"莉莲问。萨米没有回答。他曾经认得的雅法路随火车轨道消失了，这让他迷失在时空之中。

　　他们在耶路撒冷的阳光下走来走去，阳光比铭刻在他记忆中的那份阳光更炽热。萨米多希望莉莲能像从前常做的那样阻止他，跟他说别这样闲逛了，然后找路人问路，解决他们眼前

---

① 《圣经》的《但以理书》中，先知但以理为巴比伦王释梦时所作的预言。梦境中的巨像全身从上到下由金银铜铁铸成，脚是半铁半泥做的，预示巴比伦帝国之后还会出现三个帝国，而上帝所立之国会将其他国都击碎，成为永恒之国。

151

的困境。但她什么也没说，只是擦了擦额头上渗出来的汗珠，努力跟上他加快的步伐。终于萨米看到有一条在小巷中进出的人流，这时他俩已经筋疲力尽了。萨米拉着莉莲往前走，停在一个摆满蔬菜、面包和坚果的摊位前。萨米满意地笑了笑，很快就满怀期待地看向莉莲。几分钟后，正如他所希望的那样，莉莲不明缘由地闭上了眼睛。

在他们年轻的时候，莉莲曾说过，逛集市的人都让感官欺骗了自己。人们认为逛街的体验可以归结为一些色彩、几种气味，却不知一切其实都是为了在庞大的喧嚣中找寻到一种安静的感觉。后来，为了阐明她的这种看法，她带他去集市上最拥挤的地方，站在画了眉的香料商人旁边，让他闭上眼睛——试着感受行人从他身旁走过，像水流一般经过他们。现在，他试着再次闭上眼睛，但和那时一样，他还是太害怕了。

他已经六十多年没来过这个集市了。在他二十三岁生日那天，他们离开了耶路撒冷，从此他再也没有回来过。他无法想象自己会像个游客、像个外国人一样在这儿闲逛。小时候，每年夏天他都在杜杜的面包店工作，他还清晰地记得那些戴着宽大草帽、穿着花哨的意大利衬衫的游客从摊位旁经过，他们衣着华丽、汗流浃背，人类学家般的探究目光宣告着，他们在这儿仅作短暂的停留。萨米想知道，这些人长途跋涉来到耶路撒冷，是不是只为提醒自己，他们不是何种人。而莉莲呢，她曾几次作为陪同考察的老师回到集市。这种时候，萨米会比平时更早关掉电焊铺的门，飞奔回家，在厨房的木桌旁急切地等待她归来。她一走进来,甚至还没放下她的包,他就会向她抛去一大堆问题,诸如西红柿、茄子、土豆和花椰菜的价格啦,杜杜的摊位啦——尽管杜杜早就去世了,还有新上市和下架的物品啦。她会慢慢地回答,逐字逐句,她知道他就像信徒痴迷祷词的旋律一样希求着集市的消息。

她是什么时候告诉他海滩飘雪的?他不确定。但她是在这儿跟他说的,在他们最初几次的见面中。她来面包店买哈拉面包①,然后和他一起溜去附近的巷子里。就在那儿,她跟他说了她人生最早的记忆。她说孩子们在雪地里玩耍,徒手向下挖着,寻找消失不见的沙子;年长的男人和优雅的女人穿着厚厚的长袍坐在绿色沙滩椅上,想在难以忍受的寒冷中把自己晒成棕褐色;还有从洁白的积雪中冒出来的贝壳,妈妈冲孩子大声喊着不要赤脚,小心感冒。她还和他讲了她自己,她是唯一敢进入冰冷海水中的人。她讲了她如何缓缓走进大海,硕大的冰块漂浮在她周围,她闭上眼睛、进入深处——只睁开了一下,就看到了她一生中所见过的最纯净的蓝色。

直到今天,萨米仍然后悔他当时对她说了那样的话。"那可能只是一场梦,"他给出结论,然后又肯定地补充道,"这里已经好些年没下雪了,更别说在海滩下雪。"自那以后,她不再跟他分享她最初的记忆,以及这其中发生过的一件又一件事情。起初,他以为说服她再次谈起海滩只是时间问题,然而这些年

---

① 犹太教徒在安息日或其他节日场合食用的白面包。

来，他了解到了她有多固执。不管他道歉和恳求多少次，她都沉默不语。即使在他们见过彼此的身体之后，在他们结婚之后，甚至数十年之后，他们搬进镇里另一边的养老院的时候，她依旧如此。她声称，这样的记忆太珍贵了，不能交给别人，即使爱人也不行。

接下来，阿尔茨海默病的降临，把她的记忆一个个地从她脑海里扯了出来。他们在罗马的蜜月；在中餐馆共度的夜晚；她在2号公路上收到的罚单；儿子的去世；开心果冰激凌的味道；阿伯特与科斯特洛①；他们一起抽的第一支烟；战争和随之而来的另一场战争；她父亲的声音；他们收养了三天，却发现竟属于邻居家的狗；恩盖迪的大卫溪之旅，还有她滑倒的那个瞬间；他们在波士顿的两年；希伯来大学宿舍破旧的浴室；她对死亡的恐惧；她喜欢的咖啡做法；《安娜·卡列尼娜》的开头；她遇见萨米的那天。

她所有的记忆都被吞噬得无影无踪，除了关于耶路撒冷海滩下雪的那段。这是她唯一不肯舍弃的记忆。她一遍又一遍地问，他们什么时候回去看看。从她睡梦中逸出的含糊呓语也暗示着这段记忆的存在。尽管如此，每当萨米要她再说说她最初的记忆，或者说说海滩的确切位置，她都会拒绝，又陷入沉默之中。他提醒自己，这不是真实的回忆，但这丝毫没有减轻他

---

① 美国喜剧组合，活跃于20世纪40至50年代。

的沮丧。只有这段记忆能够证明她还是曾经的那个人,但她拒绝与他分享,这是何等痛苦。即使是他们站在集市上的此刻,即使他只是让她简单地提示一下方向——她还是沉默。

"问问她。"莉莲指着一个摊位后面的小贩说。萨米走近那个女人,结结巴巴地问她知不知道耶路撒冷海滩在哪里。小贩站在凳子上轻蔑地低头看了他一眼。她根本没想回答,只是继续像摆书架上的书一样整齐地堆放红薯。"他问你话呢。"莉莲的声音突然从她蒙着雾的灵魂中冒了出来,捍卫丈夫的尊严,"他问你话,你为什么不回答?他问你了,他问了。"她走近摊位,小贩吓得跳了起来,藏在了像一堵墙似的西葫芦后面,小声说道:"我真不知道该回答什么。"

萨米冲过去道歉,把莉莲拉到身后。他们在一条侧巷停下了,她嘴里还咕哝了好长时间:"她为什么不回答你的问题?她为什么不回答?"

萨米用粗大的手指耐心地抚摸她的头发,把头发理顺。他给她买了土耳其杏仁软糖,提醒她从前每周五他都会给她带这类糖果。她默默地小口咬着。然后他们穿过摊位,莉莲递了一些糖果给碰到的乞丐。他们从集市的另一边出来,走上已经褪色的斑马线,溜进了纳克拉沃街区,把喧闹声抛在了身后。与集市那儿拥挤的小巷相比,这里狭窄的街道显得很宽敞。萨米看着那些小房子。还是青少年的时候,他觉得这些房子正适合他的体型。他抓住莉莲的手,温柔地引导她走过一个窨井、一个煤气罐,像孩子护着自己的第一只宠物那样保护着她。他们走了一小会儿,在他们的旧犹太教堂旁停了下来。四个年轻的哈瑞迪人[1]从他们身边经过,走进了这栋建筑里。他多希望有人能在这样的地方立一座纪念碑,或者只需一个小木牌他就满足了,上面写着:"莉莲和萨米晚祷[2]时曾在此传纸条。"

莉莲累了。她膝盖有点儿打弯,萨米就立即把她带到旁边运动场对面的长椅上。运动场周围有四棵大树,被沙地上踢球的孩子们当成了球门柱。萨米让莉莲坐在长椅上。她注视着孩子们,脸上带着微笑朝他们鼓掌,直到他们挥手向她回应。他从皮包里取出一个绿色塑料袋,坐在她身边,拿出袋子里的橙子,用带来的厨刀剥开。他脱掉莉莲的外套,取下她的围巾,以免吃橙子时不小心弄脏了,然后把橙子一小瓣一小瓣递给她吃。果汁从他指间滴落。"谢谢。"她每拿到一瓣后都这么说。也许每咬一口,她都体验着第一次尝这种水果时的味道,他想着,几乎因此而感到安慰。

就在莉莲要把最后一瓣橙子放进嘴里的时候,足球飞过来打中了她。球撞到她脸上,将橙子瓣撞到了地上。莉莲尖叫起来,闭上眼睛,匆忙用她羸弱的双手护住头。萨米用外套裹住她,仿佛它的力量可以保护她免遭世上一切邪恶。有个穿牛仔裙和蓝色校衫的女孩靠近他们,面色犹豫,其他孩子在她身后排成弯弯曲曲的一队。"对不起,我能把球拿回来吗?"她问。萨米不知道这声"对不起"是道歉呢,还是她此刻唯一想到能

---

[1] 极端正统的犹太人群体,犹太教的原教旨主义者。
[2] 在日落之后举行的犹太祈祷仪式。

对他说的话。

"你们疯了吗?"他吼道,女孩后退了几步,"你们怎么回事?你们疯了,你们差点就杀了人。"女孩双手背在身后,一言不发,这只让他更加恼火。"你们没长眼睛吗?知道那有多危险吗?"他向她怒斥道,发泄着心底的愤怒。

"对不起,"女孩又说,"我们只想把球拿回来。"

足球就在他和莉莲中间,一个由黑色的五边形和白色的六边形拼接而成的球。他双手颤抖地拿起球,本打算还给女孩,但他又看了看莉莲的脸,此刻这张脸比他以前见过的样子都更恐惧、更僵硬。他不假思索地拿起刀子,用尽全身力气冲着球刺去。

球慢慢泄了气,从他手中滑下来,滚到地上,落在了女孩脚边。女孩用手捂住眼睛,但手指间张开的缝隙足以让她看到这场灾难。她抽噎起来,过了一会儿就转身沿着犹太教堂边的小路跑走了。有个男孩大喊,他是凶手,然后和其他受惊的孩子一起跑开了。

运动场空荡荡。萨米看着莉莲。那一小片斑秃又露了出来。他试图重新整理她的头发,但莉莲不肯把手从头上放下来。她一直蜷缩着身子,他也没精力跟她争了。他们就这样坐了一段时间,直到太阳消失在犹太教堂后面。他用双臂重新抱起皮包,试着数一数树上的叶子,却数不清。他拿出相机,轻轻抬起莉莲的左手,拍下她疲惫的面孔,他对自己说,这些时刻也应该被记录下来。然后,他慢慢地弯下腰,从地上捡起掉落的橙子瓣,又从口袋里拿出一方手帕,擦去沾在水果上的沙砾。

"明天他们会来把你带走。"他说。

"带去海滩?"

"那儿的人比我更能照顾好你。"

"雪在哪里,萨米?"

"我每天都会去看你的。"

她身体前倾。眼睛一直闭着。

"我能闻到大海的味道,你闻到了吗?"

萨米向她伸出双手,额头顶着她的额头,轻轻抚摸她脸上的皱纹。他低声对她说"那儿还有什么?",并没有期待一个答案。他闭上眼睛,试着想象他们俩单独待在她的海滩上。满脸皱纹的她赤裸着身体站在岸边,棕色的乳房下垂着,他则驼着背,面色苍白。他想象着海里冷极了,她在劝说他下水,尽管他不想下去。慢慢地步入水中,他感受着脚趾间冰冷的沙子。当海水淹没了他们的腰部,他想象着莉莲转身面向海滩,停在海浪之间。如果她漂浮在冰冷的水面上,他就会冲上去抓紧她。

他睁开眼睛,看到了前面的犹太教堂,又看了看那片小沙地。他很快从长椅上站起来,也把莉莲扶了起来。

"我们要回家了吗?"她问道,他没有回答。他带着她缓缓穿过运动场,把路上的小石子都踢开。

"我们在哪里?"她想知道。他停在运动场中央,稍稍弯下腰,吻了吻她的左手。然后他从她身旁走开,单膝重重地跪了下来。他就这样跪了一会儿,来喘口气。他费了好大力气,将另一条腿也跪了下来，最后仰面躺在细沙上。他一动不动地躺了一会儿，然后把手伸向她。她抓住了他的手，另一只手撑在地上，身子向后靠。他们并排躺着，气喘吁吁的，中间只隔了一小段距离。萨米凝视着渐渐昏暗的天空。

"这里是海滩，"他宣布，"这是耶路撒冷海滩。"

她一句话也没说。萨米伸出双臂，贴着地面开始笨拙地上下移动。

"很快就要下雪了，"他说，"我们得练习。"

她没听明白，但也立即像他一样来回移动着手臂。

"现在加上你的双腿。"一看到她掌握了窍门，他就这么说道。她照办了。她张开双腿，然后迅速把它们并到一起，就这样一次又一次，动作比萨米的幅度更大，也更优雅。

从犹太教堂出来的教徒们困惑地看着他们，但他们继续着这个动作——莉莲以稳定的节奏挥动着她的手臂，萨米则听着她的呼吸。他们没有微笑，也没有对视，只是在沙地上慢慢地移动手臂和双腿，在耶路撒冷海滩的雪地上留下年迈天使的印迹。

海王星

1.

在血迹渗入沙地的几天前,她来到了这里。公交车站有白色粉笔涂鸦,写着:你已经到达了世界尽头。这里与前哨基地之间大概隔着三百米,或许有四百米。在她走完这段距离的时间里,关于这位神秘士兵的传言已经子弹般呼啸着传遍了整个基地。

打扫工作迅即暂停。

我们一个接一个地放下扫帚、垃圾袋、装满沙子和烟头的塑料瓶,注视着她走来,她脚蹬黑色靴子,脖子上挂着相机,脸上的白色太阳镜远远地就在闪闪发光。

就连值勤的亚奈也从门口的保安亭冲了出来。他对着挂在门外的破镜子照了照,押直了身上的作战背心,摩挲着他的寸头。然后,他冲我们眨了眨眼睛说:"这个人。这个人会成为我的老婆。"

她走到大门口时，半个排的人都在等她。我们肩并肩地挤站在一起。亚奈打开了铁门，铁门紧张地发出尖锐刺耳的声音。她向上推了推白色太阳镜，擦去脸上的汗水，露出一双奇怪的眼睛：一只是蓝色的，另一只是棕色的。

"是所有来基地的女孩中最漂亮的。"有人小声说道，我们点了点头。

"欢迎来到海王星。"亚奈向她打招呼。

"为什么是海王星？"正如他可能早就料想到的那样，她问道。

"有传言说，这个基地离地球就和海王星一样远，或者更远。"他回答。几乎在他说完这句话的瞬间，她就笑了起来，好像她对这些笑话已习以为常。接下来她说，她在军队报社工作，直到那时我们才知道军队还有这个单位。她说，她的工作是前往全国各地的前哨基地，寻找士兵们的趣事。

"那你为什么来到这里呢，公主？"亚奈问。

"为你呀，王子。"她取笑了一句。她说她是从戈兰高地的一个集体农场一路来到这里的，最近那儿都被积雪覆盖了。她听说我们排有一名士兵，拿到了英国最有名的大学的法律学位，却把一切都抛在身后，加入了以色列国防军。她解释道，人们都会想听这个故事，然后她向左看了看我们，问有没有人知道在哪能找到这名士兵。我注意到她脖子上有一个瓢虫文身。

我们都知道她要找的是谁，但没人急于回答：也许是因为担心如果我们告诉了她，她就会像她突然出现那样，眨眼就消失了。

"我不确定你说的是谁。"最后还是亚奈开了口，这个家伙总是抓住一切机会提醒我们，尽管他希伯来语结业考试拿了九十六分，却从未学会"放弃"一词。他把枪移到身后，向她走近了几步。"如果要让我们帮忙，那你得多说一点。我是说更多的细节。姓名啦，军衔啦，爱好啦。"

她尴尬地笑了笑。我希望能有比我更勇敢的人站出来让他闭嘴，然而除了一声弱弱的"算了吧，亚奈，别说了"，没有任何人表示抗议。

"过来坐一会儿，我们会帮你解决的，别担心。"亚奈伸手要摸她的头发。她猛地避开，后退了两步。她的黑包压在栅栏上，铁丝钩住了她右手的袖子，扯出一小道口子。一滴血滴落在沙地上。我想只有我注意到了。

"别反应这么大，宝贝儿，"亚奈喊道，朝她越走越近，站在了她跟前，"我又不会吃了你。"

她涨红了脸。她别过头看向我们，但我们一言不发。

多年来，我一直把之后发生的一切都归咎于亚奈，他的自负，他的毫无节制，他荒谬的想法，仿佛她为他的魅力所倾倒只是分分秒秒的事情。但如今我明白了，问题不在于亚奈，而在于前哨基地本身。

他们说整件事源于十一月二日征进来的一名士兵。就是他得意扬扬地在士兵公厕的破便池上方刻下了这个问题："如果海王星上有棵树倒下了，它会发出任何响声吗？"

这引来了其他的创造力爆发："如果海王星上有个士兵喊'受不了了!!'，他真的在喊吗？"

"如果海王星上有个士兵疯了，他会看心理医生吗？"

"如果指挥官瓦克斯曼在海王星上射死了一只骆驼，这会导致他最终被调去沙漠侦察营吗？"

这些玩笑缓慢而稳步地演变成持续数小时的严肃哲学辩论。我们开始激烈地争论"海王星之树"现象是只存在于基地范围内，还是也存在于通往公交车站的路上；它是古已有之，还是在基地建成时才诞生。于是我们毫无预料地开始产生出一种毛骨悚然的感觉——在海王星发生的事已经跳出了时空连续体[①]。我们达成了默契：拽拽猫的尾巴没关系，因为它并不是真实的存在；背着你的女朋友拈花惹草也可以，只要你能找到出轨的对象。

2.

最终是萨卡尔喊了停。他在连队服役的时间比我们任何人都长，尽管只多了一个月。在团长退役前，他还跟团长在泰国的海边交谈过。萨卡尔是连队的军士长，这个职务把他搞得疲

---

① 由时间维度与空间之长度、宽度、高度共同组成的四维时空结构，整体概念最先由赫尔曼·闵可夫斯基（1864—1909）提出。

惫不堪，但也让他在资历、军衔晋升和教育培训等所有事务上都拥有更大的话语权。他高中时比我高两届，我们都是音乐专业的，他学古典乐，我学爵士乐。虽然他严格克制自己不和我们这些年轻士兵说话，但我知道他很喜欢我。有时，我在食堂排队，他会拍拍我的背。我也相当确定，是他把平克·弗洛伊德①的专辑放在了我的床下，也许是为了提醒我，在来到这片荒漠之前我曾有过生活，之后也会有。

"这他妈的是怎么回事？"萨卡尔吼道，他穿着军裤，拿着湿牙刷走了过来。他把我和其他几个挡路的士兵推开，吹了一声响亮的口哨。亚奈还没意识到发生了什么，萨卡尔已经站在了他们面前，问那个女兵她来这里做什么。她站直身子，解释了一番，然后向前迈了一步，顺便抓住机会踩了亚奈一脚。

"你要找的人是科扎克，亲爱的。"萨卡尔说。他转过身来，踮起脚，目光扫过我们，直到看见站在人群后面的我。

"跟着他吧，这个卷毛胖子会带你去的。"他指着我说。

我没有因为萨卡尔的这个称呼感到冒犯。我知道自己看起来什么样。但那一刻，我觉得庞大的身躯碍了我的事，让我无法藏匿在人群中。我不想接受这个任务，不想带她去科扎克那里，不想让亚奈和其他人认为，是我带走了唯一自愿来到海王星的女兵。我努力把身子缩起来，看向地面，回想起我第一次玩捉迷藏时的情景——我当即就被人找到了。

---

① 英国最早的迷幻摇滚乐队之一，1965 年在伦敦成立，2015 年解散，代表作有《月之暗面》《迷墙》等。

"带我去找他。"她说道，抓着我的左手肘，把我拉到一排房子跟前。等走到所有人都看不见我们的地方，她才松手。她向下推了推太阳镜，加快了步伐。

"你确定你要找的是科扎克吗？"我问道，只是想让她说点什么。看到我气喘吁吁，努力想跟上她的脚步，她放慢了速度。

"我们会知道的。"她说着，露出了安慰的微笑。她的话暗示了我们将共享的未来，这减轻了我的恐惧，我害怕让所有人都不高兴。

"亚奈是个混蛋。"再次迈步时，我说。

"那人叫这个名字？"

我点了点头。

"很不幸，或者说幸运的是，我遇到过比他更糟糕的人。"她问起我们在前哨基地服役多久了。我告诉她，前辈们即将满六个月，但我们这些新兵三周前才从训练基地过来。

"你看起来没那么小。"她恭维我道。

"你也是。"我说道，随即便为蹦出口的话不停地道歉。她笑了。这让我很开心。她问我科扎克是新兵还是前辈。

"新兵，但他二十四岁了，刚刚移民到这里。"

"不开玩笑了。他的名字真的是科扎克吗？"

"是绰号。"我告诉她，在我们来到这里的第一天晚上，前辈排的人半夜把我们叫醒，让我们出去站队。在列队广场上，萨卡尔给我们宣讲了"新兵十诫"，从不论任何情况都要向前辈敬礼，到严禁吃巧克力布丁杯。宣布完这些规诫后，萨卡尔把科扎克拉到一边说,他知道科扎克比他大三岁,他无意对一个足以当他祖父的人摆架子。

"但科扎克没有接受这份优待,他要求他们一视同仁。所以他们开始叫他科扎克,因为他就像是那个在大屠杀中和孩子们同生共死的人。"[①]

"一个正义者。"她说。我立刻就后悔自己把他的形象描绘得如此美好。我又提到,那只是合乎逻辑的做法,而且此事很令人惊讶,因为科扎克不太合群。

"如果他见到你表现得平平淡淡的,别介意。他就是那样的人。"

"相信我,我最不想在这儿看到的,就是有人表现得兴奋又激动。"她回答道,继续向前走。

3.

科扎克住的房间里有许多上下铺,他正躺在其中一个上铺。窗玻璃旁靠着一大块硬纸板,遮蔽住阳光,但热量还能进来。我并不确定能否在那儿找到他。不当值的时候,他会销声匿迹好几个小时,我们就猜他接下来会从哪冒出来,通常都会猜错。在新兵训练营的第二周,培训基地的军士长发现他在军械库后面种了一片药草园。亚奈则肯定地说,就在一周前,他还看到

[①] 此处指雅努什·科扎克(1878—1942),波兰犹太医生、教育家、作家、社会活动家,曾在二战中与他所创立并经营的孤儿院的孤儿一起被送进特雷布林卡集中营。

他拿着一本教育团的指南，在厕所里待了整整一个上午。我们都知道科扎克对书十分痴迷。他对战备状态的理解就是可以读些什么，这次也不例外：我们看到他躺在床上，头上系一支手电筒，正盯着一本黑色的小书看，脸上是又一次沉浸在文字里的神情。军用上下铺的设计不适合像他这么高的人，他的大脚悬在床边——一只光着，另一只穿着灰色的袜子。

"你有客人来了。"我说。他没有回应。

她走近那张床，歪着头问他是不是在读《局外人》。

"我以为要是以色列国防军征你入伍，那你就得具备基本的阅读能力。"他回答。他抬起头，手电筒的光线闪到了她，然后他又看回他的书了。"但是，"他小声说，"原来这一点我搞错了。"

"这本书是讲什么的？"她问道，想用随意的语气掩饰屈辱感。

他回答说他还没有完全搞清楚。"大体上，这本书讲了一个人因为阳光而杀死了另一个人。"

她想了一会儿，然后说道，曾几何时，因为阳光而杀人这事对她来说完全不合理，但自入伍以来，这听上去就没那么难以理解了。

科扎克又看了她一眼。"在这里待上几天，你就会奇怪这种事怎么不是每天都在发生呢。"

她把手放在床铺上说，他能读这么难懂的书，还挺令人印象深刻的。

"实际上，我只是在看里面的图，别忘了我是个大兵。"

她笑着解释说，她指的是语言，因为他才刚刚移民过来。

"我在这里住过几年，所以你可以说我是作弊了。"

"真的吗？"我惊讶地问。

"是的。"他没有进一步解释。我想如果她问的话，他会解释的。

"你从伦敦来？"

"柴郡，如果你想知道的话。"

"噢！你是那只柴郡猫①！"

科扎克放下了手里的书。"你还没意识到你已经到仙境了吗？"他放声大笑，指着我说，"他是白兔先生，而你呢，是爱丽丝。"

"她为什么是爱丽丝？"我问。科扎克没有回答。

她告诉他，她是为了他才来前哨基地的，她听说他在牛津大学获得法律学位后加入了伞兵部队，她认为这是一个很棒的故事。"人们乐意了解我们拥有多么优秀的士兵，"她说道，取下了相机的镜头盖，"听到你的故事，他们会特别高兴的。"

他沉默了一会儿。"那你会和我妈一样失望的，因为我没拿到学位。"

她笑了，然后才意识到他不是在开玩笑。"但你的指挥官，他告诉我，我是说，我和他谈过几次……"

---

① 英国作家刘易斯·卡罗尔（1832—1898）创作的童话《爱丽丝梦游仙境》中的虚构角色，拥有标志性的咧嘴微笑，会随意地出现与消失。

"我的指挥官是个连自己手下的士兵都不了解的白痴，"他打断了她的话，"我敢打包票，他连我的名字都不知道。"科扎克解释道，他三年级初就从法学院辍学了，入伍之前的两年里，他在一栋破旧的市政大楼里做文员。"你可以把这些写进去，我相信它会让你得普利策奖的。"

我看到她脸上的笑容淡了，她慢慢意识到自己的整个旅程都是白费工夫。她在下铺坐下，双手托着脑袋，然后又站了起来。

"好吧，听着，我知道我们该怎么办了。我们可以说你进了法学院，但不提你有没有毕业。说几句善意的谎言无伤大雅。"她说着，把手放在他的手上。

科扎克做了个鬼脸，甩开她的手，又回头看书了。"这个国家只能在没有我的情况下将就一下了。"他宣布。

她还没有意识到他已经对她失去兴趣了。我想，让他烦扰的点并不在于撒谎的念头，而在于这整场谈话明确的目的性。

她试图说服他。起初他还回答一两个字，最终他完全不回应了。最后她放弃了，和我一起走出房间。她在路边坐下，拿出一支烟，问我有没有打火机。我说没有。

"今天太糟了。"她嘴里嘟囔着，脚踩上路边的一块碎玻璃，"我搞不明白，非得是个混蛋才能在这儿服役吗？"她疑惑地大声说道，很快又纠正了自己的话，"我是说，除了你。你很好，真的。"

我把她护送回大门口。在我们分开前，她拥抱了我，然后从口袋里掏出一支笔，卷起我右边的袖子，把她的号码写在了我的胳膊上。

"试着和科扎克谈谈，"她拜托道，"如果你让他改主意了，给我打电话。"

她又抱了我一下，这次还亲了亲我的脸颊。我猜她是想让其他士兵看到。然后她转过身，往公交车站走，消失在了她来的那片沙漠之中。

我听到身后有人在鼓掌。

"哎，你上她了吗？"亚奈从保安亭的窗户里喊。我假装没听见，迅速地溜回我的房间，尽量不跟人有眼神接触。我在脑海里翻来覆去地想这件事，她笔尖的触感将蓝色墨水刻进了我的皮肤。

4.

我把她的号码存进了手机，称呼是"北方女孩"。此外还记在了三个不同的地方，尽管如此，我仍想把她在我身上潦草写下的数字痕迹保留下来。它们大多在两天后就消失了，但直到周四晚上，为周末休假而开的简报会上，我依然能勉强辨认出四和七来。

简报会比平时提前了，因为瓦克斯曼和其他军官得去训练基地过夜，参加团日研讨会。瓦克斯曼看了一眼手表说，还有不到十二个小时就是周末休假了，他倾向于相信，我们这群战士没人看着也可以安稳地度过一个夜晚。然后大家解散，我登上了瞭望塔，执行警卫任务。

我不喜欢值夜班。大多数士兵都不喜欢在塔里熬通宵。对我来说，原因并不在于疲惫或睡眠不足，而在于一种难以捉摸的感觉——要是我会失去理智，多半是发生在那里。仿佛灵魂的防御机制会在夜晚减弱。在塔上，黑夜里的某样东西会放大那种漠然的感觉，就好像即使有导弹飞来要摧毁整个基地，也不会有人知道。我会好几个小时地盯着黑暗的沙地看，想知道在遥远未来的某一天，海王星会不会成为世界的中心；也许一百万年以后，就在我此刻站着的地方，会有一个游泳池，几十个孩子一个接一个地跳入水中，他们对曾经站在这儿的绝望士兵一无所知。

凌晨两点左右，我的轮班即将结束，我注意到前哨基地里出现了骚动，这在夜晚的这个时间很不寻常。士兵们都聚在淋浴间的周围。我用双筒望远镜仔细望了望，想知道到底是怎么回事，但什么也看不出来。后来有一名士兵冲出人群，是亚奈，除一条毛巾、一件内裤以外，他身上什么都没有。他正向自己的房间跑去，显然情绪激动。紧随其后，萨卡尔出现了，他缓步而自信地朝列队广场的方向走去。他提着一把塑料椅子，把它放在广场中央，站到上面。另一个笑得停不下来的士兵递给他一个喇叭，萨卡尔轻轻拍了几下。

"听我说，听我说！"他大声喊道，等着其他睡眼惺忪、满脸困惑的士兵从房间里走出来。萨卡尔举起手，宣称当晚有人在海王星犯下了严重的罪行。

"那个狂妄的家伙将接受新兵审判！"他宣布。接着他又说，被告必须和辩护律师一起去指挥官办公室报到，欢迎所有人都过来亲眼看看违反规定的新兵会是什么下场。

来接替我的士兵在我值班结束的二十分钟前就到了，他说他觉得有一场极糟糕的风暴正在酝酿中，他希望尽可能地远离它。我知道他是对的，但我的好奇心占了上风。

5.

房门开着。几个士兵挤在床上，听亚奈声音颤抖地说话。

"贝霍开始冲我大吼大叫，让我从淋浴间滚出去。他说他和另外两个家伙坐在食堂外面，看到我拿着烤奶酪离开了指挥官的房间。我告诉他们那不可能是我，我在淋浴间里像个小女孩那样洗头洗了一个小时，但他不听。接着萨卡尔来了，听他讲了整件事，现在正要让我受审。"亚奈讲完了，但他的左手仍在颤抖不停。他的眼睛红红的。我第一次见他这个样子。"他们在耍我。"

"振作点，兄弟，只有在戈兰尼他们才会把新兵蛋子打得屁滚尿流，在这儿只是玩玩而已，他们并不会真的伤害你。"有人说。

亚奈点了点头。

"是，你说得对，兄弟。"他站起来，在房间里走来走去，"他们最好别再惹我，要是他们这么做了，我会把他们每个人都打得满地找牙。"也许抛出这些空洞的威胁会让他感觉好些。

"好吧。那么我需要一个辩护律师和我一起去解决这个麻烦。有人愿意吗？"

谁也没吭声。

"什么，除了我这里没一个爷们儿了？"他恼怒又失控地反问。我想亚奈应该知道这不是原因。真相只是，没人受得了他。亚奈注视着凹凸不平的地砖。

"你干了吗？"房间角落里传来一个声音，那是蹲坐着的科扎克，"你吃那个烤奶酪了吗？"

"没有，他们只是想教训我，因为我是个混蛋。"

"那我去吧。"

"真的？"

"真的。"科扎克回答说。

亚奈咬了咬嘴唇。"谢了，兄弟。我很感激。"

科扎克站了起来，开始扫视房间。

"有人看见凯南了吗？"他问。起初我以为我听错了，但过了一会儿，他又问了一遍有没有人见过我。

"他可能正躲在哪里，满嘴塞着皮塔饼。"坐在亚奈旁边的一名士兵说。亚奈立马打了他脑袋一巴掌。"你这个白痴，他在那儿。"

有人朝我这边大喊，说他们只是在开玩笑，但我更关心科扎克想干什么。

"我希望你和我们一起去。"

"我刚值完班，太累了。"说着我打了个哈欠，不明白自己

173

怎么又一次陷入是非之中,"为什么是我?"

"萨卡尔对你有好感,这就是原因。"

"他说得对。所以萨卡尔可能会对我更宽容一些。"亚奈说。

"肯定不会有害处。别担心,他不会对你做什么的。"科扎克又说。

我尽可能快地权衡着利弊,但还没等得出明确结论,科扎克就转回身去,把手放在亚奈头上,从一边拨弄到另一边。"你今天剪头发了?"他问,"用的是几号推子?"

"三号。"

科扎克嘴里嘟囔道,审判前他有几件事要处理,然后离开了房间。

这是我第一次被他激怒,他毫不犹豫地就把我拉入这场麻烦之中。

"这个科扎克真是个怪人。"亚奈站在我身边说。

"太烦人了。"我回答。

"就是,对吧?"亚奈挠了挠头,"你知道,如果这对你来说太麻烦了,你可以不用来,没事的。"

他的声音中隐约流露出一种无助,无论我多想忽视,还是不禁对他产生了一些同情。"我会去的。只希望能帮得上忙。"

"你真的太棒了,兄弟。"他说着,轻轻拍了拍我的后背。

半个小时后,我们两人站在指挥官办公室外。科扎克到审判要开始了才出现,脸上带着令人费解的笑容。

"你去哪里了?"我问道,已经被他气炸了,但科扎克没回答。

"低头,眼睛盯着地板。"他对亚奈说。还没来得及解释,门就开了,贝霍站在门口。

"你们有二十秒的时间把贝雷帽戴到后面,脱掉靴带,然后安静地走进来。"他说。我们马上服从了命令。

6.

科扎克是第一个进去的,然后是亚奈和我。

"向你们的前辈敬礼。"贝霍要求道,然后让我们靠墙站着。我们照做了。有八九位前辈坐在我们左手边两张破旧的皮沙发上看着我们,脸上是大陪审团的肃穆表情。萨卡尔穿着蓬松的羊毛夹克,戴一顶绿色棒球帽,站在我们面前。他身处房间的中央,身后的墙上挂着以色列国旗和连队徽标。他手里拄着一根前辈手杖——这根木枝雕刻得很细,赋予了持有者裁决与资历相关事务的权威,它充当着那些即将退役的前辈们毫无安慰作用的安慰剂。

"士兵,请说出你的姓名、军衔和编号。"萨卡尔说。

亚奈说了。他的贝雷帽掉在了地板上,但他没有注意到。

"你被指控违反三项规定,"萨卡尔宣告,"未经允许进入连长的房间,吃奶酪,未经批准使用烤面包机。你准备好接受新兵事务高级法院的审判了吗?"

亚奈点了点头。

"好极了。你认罪吗？"

"不。"他结结巴巴地说道，仍像科扎克教他的那样盯着地板。

萨卡尔笑了。

"那好吧，让我们来看看目击者这边。"他一边转向沙发上的前辈们，一边说。

"谁在食堂附近看到了一个士兵拿着烤奶酪离开这个房间？"

三个前辈举了手。

"你们中有人能指出肇事者吗？"

他们三人指向亚奈。萨卡尔似乎对整个事态感到好笑，他耸了耸肩。

"三对一，"他说，在空中挥舞着手杖喊，"砍掉他的头！"

亚奈呜咽着向后退缩，好像有个球正朝他的方向斜飞过来。他试图用右手护住脸。

沙发上的前辈们哄笑起来。

"我们只是吓吓你，软蛋，"萨卡尔得意地笑着说，"别担心，我们会揍你揍上个半分钟，然后这事就算了。"

"萨卡尔，你太他妈的残忍了，放他一马吧，老兄，"一名前辈喊道，"他快要尿裤子了。"

萨卡尔后退了两步。"你说得对，那就二十九秒。"他说着抓住了亚奈的脖子，"记住，这只是因为我心软，你得知道你的下场本来应该更糟。"

亚奈抬起头来。

"等等！"科扎克吼道，"我是他的辩护律师，对吧？给我一分钟，我会向你们证明他是无辜的。"

"是胖子吃了烤奶酪！"贝霍模仿着科扎克的英国口音。所有人都笑了起来，除了萨卡尔，他似乎对这个建议很感兴趣。

"一分钟，你就能证明他没干这事？"

"科扎克，别闹了，"亚奈小声对他说，"这只会让他们更生气。"

"打住得了。"我支持亚奈。

"我不同意！"亚奈喊道，但萨卡尔没有理会。"你在选择他之前，就应该考虑到这一点。"他对亚奈说，然后与其他前辈一起坐在了沙发上。他拿起放在他身旁地板上的喇叭，宣布："一分钟，辩护律师，证明给我们看。"

"你真他妈的是个怪人。"亚奈骂了科扎克一声，无助地看向我。

科扎克背着一只手，向前辈们走了几步。

"谁看见他离开了食堂？"他问。

三人再次举手。

"你们当时坐在食堂外面，对吧？所以实际上你们看到的是他的背影？"

"宝贝儿，我们可能老了，但视力还算正常。"贝霍说。

科扎克退后了一步。

"好的。"他站到亚奈身边，不再说话。

"就这样吗？"萨卡尔的声音通过喇叭传了过来。

"是的，这是我唯一的问题。"

"哇，牛津真出天才，是吧？"萨卡尔说。他身后的前辈们窃笑起来，就像排练好的合唱团演出。

"现在，请你打开门，关上灯。"科扎克随口补充道。

"你说什么？"萨卡尔问。

"关上灯，打开门，"科扎克缓慢又清晰地重复，"非常简单的动作。如果你希望的话，我可以自己做。"

贝霍举手表示抗议。

"够了，他把这儿变成了马戏团。"他说。萨卡尔还是没说话，好奇地看着科扎克。

"再给我一点时间，我会向你证明的。"

萨卡尔将身体撑在前辈手杖上，站起身来，然后走向辩护律师。

"我给你们一次机会。但是如果谁想开溜的话，我发誓绝不会饶了你们。"他说。等他俩的脸只相距几英寸时，我才意识到萨卡尔不仅是在表现善意——或许萨卡尔正在寻求科扎克的认可。他想要连队里的这位知识分子承认他的地位。

前辈们还没来得及抗议，科扎克已经关了灯，打开了门。基地另一侧的街灯往进来的两个模糊身影上投下微弱的光。科扎克关上了门，房间里一片漆黑。我感觉有双手在拉着我向前。

"别动。"科扎克小声说。他让我转过身来，把我置于房间里的某个地方。

科扎克再把灯打开的时候，我前面只有几乎贴到我脸上的白墙。我身边有人，但我弄不清是谁。

"搞什么鬼？"一个前辈喊道。

"你们说你们从背后认出了亚奈，"科扎克回答，"那让我们来确认一下你们是对的。"在那一刻，除了他的声音，我什么都接收不到，我听出了他语气中的大胆无畏，还感受到了面对他认为不值得的人时，他拒绝表现出丝毫敬意的那份坚持。

"我不听这个混蛋的屁话，"有人喊，"在别的连队，他们早被打得屁滚尿流了。"

"贝霍，他妈的冷静下来。"萨卡尔说，"你知道吗，这家伙说得对。告诉他你们看到了谁，我们就完事了。"

房间里静了下来。我把头向前倾了倾，鼻子碰到了冰冷的墙壁。我听到身旁某个人安静又紧张的呼吸声。我确信那是亚奈。

"那我会判他无罪。"萨卡尔宣告。

"你说什么？"

"如果你们指不出偷了烤奶酪的人，我就判他无罪。"萨卡尔拔高了嗓门。

"去他妈的。"贝霍带着怒气低声骂道，然后朝我们这边重重地走了两步。我周围的人都绷紧了身子。我听到嗡嗡的低语声，但听不清具体的意思。

"就是他。"贝霍最后说。我僵住了。

"你确定吗？"萨卡尔问。

接着又是一轮窃窃私语。"当然啦,"贝霍回答,"是左边的那个,我就知道。"

"转过身来。"萨卡尔命令我们。我们立刻照做了。亚奈再次短促地叫了一声,声音在整个房间里回荡,不过这次不是害怕的抽泣,而是松了一口气的叹息。他站在队伍中间,旁边是基地的厨师。他左边是一名军械兵,被送来基地禁闭两周。他们的脸长得不像,但亚奈和军械兵的身高差不多,肤色也一样。就在那时我终于意识到,这整场花招,他连细枝末节的地方都预想到了。科扎克甚至设法找到了留着同款寸头发型的军械兵。

亚奈和科扎克快速瞥了对方一眼,努力不笑出来,却没忍住。他们这瞬间的团结让我有点嫉妒。前辈们惊呆了,他们起身站到我们面前,努力想理解现在的情况。抗议声又响起一片,但萨卡尔很快就大喊一声让他们安静了下来。

"好吧。我不得不承认,现在还不太清楚是谁干的。"法官说道,然后坐在了沙发上。亚奈双手抱着胸,一副难以置信的样子,而贝霍向他狠狠地瞪了一眼。萨卡尔又拿起喇叭,把音量调大。

"鉴于有了这些最新发现,我也只能发布一则新的判决,"他宣布道,然后停顿了片刻,"他们四人都将被揍得屁滚尿流,我们会揍上整整一分钟,以免有人觉得自己被冷落了。"

"但你不知道是谁干的!"科扎克高声喊道。

"没错,"萨卡尔带着扬扬得意的微笑,"你可能是个天才,但你还是搞不明白,谁干的从来都不重要。"

科扎克的叫喊被前辈们的口哨声、欢呼声吞没了。我还没弄明白自己怎么变成了被告团的一员,贝霍和其他前辈就向我们冲了过来。亚奈把我往回推,想要保护我,但并没有什么用。我感到第一拳落在我的肚子上方,靠下的肋骨处。我努力举起双手护住头,但护不住。拳头打得更厉害了。

我不知道这场殴打持续了多久。可能没那么久。

7.

我没看见他夺枪。但科扎克就站在那儿,背对着我,手持一把短管M16步枪,枪口离贝霍的额头近在咫尺。两名士兵拔出他们的武器对准科扎克,房间凝固了,好像我们正在玩红绿灯游戏[①]。

至少有四个人冲着科扎克大吼,要他放下武器。他没有回应。

"你不敢的。"贝霍说。

"我真的不确定。"他回答。答话里的那种不确定性比明确的威胁更令人不安。

贝霍闭上了眼睛。"你他妈疯了。"他说。他秃顶的前额上有汗珠在闪烁。

"我觉得你有点反应过度了,不是吗?"萨卡尔用平静的、

---

① 儿童游戏,玩法之一是:当听到"绿灯"指令时,所有人从起点向终点前进;当听到"红灯"指令时,所有人都不能动。

近乎和蔼可亲的语气喊道。他一个人坐在沙发上，对现下的情况似乎很淡然。"真遗憾，我们刚才还玩得很开心呢。"

科扎克一直将枪对准贝霍，目光转向沙发上的法官。

"让他们走。"

萨卡尔站起身，朝门口走去。

"没问题，"他回答说，"我会让所有人都离开。你只要冷静下来，放下武器。一切都好。"

科扎克肯定是觉得萨卡尔这样立即投降令人生疑，因为他把枪管凑得离贝霍的头更近了。接下来他看着我们四个人，朝门口点了点头，示意我们出去。

我们都没动。

"伙计们，没事，"萨卡尔一边开门一边说，"出去吧，别担心，一切都好。"

军械兵和厨师跑到了外面。我没有动。亚奈向科扎克走去，把一只手放在他肩膀上。

"你做得太过火了，兄弟。"他说道，确保整个房间都听到了他与此事无关。

"来吧，我们走吧。"他走向门口时对我说，但我没动。

"嘿，他妈的滚出去。"萨卡尔嘟囔着推了我一把。我想要站稳身子，我挥手以示抗议，我想我甚至喊出声来了。但这都是在作秀。事实是，我只想离开那里。在门关上之前，我最后一次回头看了一眼。我看到科扎克放弃了，他的手慢慢松开了武器，枪掉落在他的脚边，贝霍朝着这个伏向地板的高个儿英国佬扑了过去。

等到门被锁上了,我才尝试去开门。这样在场的人就会认为我试过要帮忙。然后我转过身来。亚奈已经不在了。没有人在。我几乎是飞奔着逃回我的房间。我穿着军装躺在床上,连鞋子都没脱。我用毯子裹住自己,尽可能紧紧地裹住,就像小时候妈妈经常裹住我的那样。我抬头看着上方铺位的金属架子。我试着数羊来入睡。我睡不着。

8.

我在黎明时分起床,开始收拾周末的行李。然后我去了科扎克的房间,站在半开的门旁边。我把门往里推了一英寸,朝里面偷看。几道光线穿透靠在窗户上的纸板,洒在科扎克的身上。我听到他在打鼾。他脸颊上有一道大划痕,让我不寒而栗。我没注意到其他的伤痕。我不知道我站在那儿盯着他看了多久。某一刻,他咳嗽了几声,我退缩了,往后退了两步。

我离开了他的房间,给瓦克斯曼打电话,但不知道要跟他说什么。瓦克斯曼没有接。第二次打也没有接。我给他发了条短信,说这件事很紧急,然后开始在基地周围徘徊。我看着阳光铺满整片沙漠。我得把事情说出来。我必须确保内情能从海王星传出去,传到海王星之外的现实世界。

于是我给她打了电话。我有种感觉,她会理解的;就算她不理解,这对我来说也不再重要了。我想和她谈谈。铃声响了三下之后,她接了,声音里透着一股早晨的清爽。我想象着她在北方的一所房子里醒来,床榻已被白雪覆盖。我把一切都告诉她。烤奶酪和审判,萨卡尔和科扎克,殴打和枪支。她让我慢点讲,解释清楚。她反复问及细节,让我琢磨清楚自己说的话,我沉浸在她的柔言轻语中。

她一直听着,直到我说完所有的话。她几乎不用说一个字,徐缓的呼吸声就让我很安心。她说她会去调查这件事,说她认识能对此做些什么的人,他们不会让这种行为轻飘飘过去的。

"有必要的话,我会给军事记者卡梅拉·梅纳什打个电话,"她说,"亚奈是个白痴,但这不意味着他应该遭受这些。"她明确表示,这可能需要一些时间,但她承诺会尽一切努力。

"你能在那儿坚持下去吗?"她问。我差点说为了她,我什么都可以做。

"能。"我回答。

"你很勇敢,这很不错。"

尽管前一天晚上发生过那些可怕的事,但我带着抹不去的微笑登上了公交车。我坐在后排的一个座位上,戴上了耳机,然而什么也没听。我在半梦半醒中想象着她的声音。离特拉维夫还有大约一个小时,萨卡尔从公交车的前部现身,坐在了我旁边。

"那个老女人说个不停。"

我感到血液在血管里越流越快。我试图表现得漠不关心。

"你在听什么?"他把包推到座位下面问我。我假装没听见，过了一会儿他就不再问了。萨卡尔把头向右侧了侧，看向坐在对面那排的老妇人。她正在两个塞满的购物袋里翻翻找找，喃喃自语说她的眼镜找不到了。萨卡尔弯下腰，用手机屏幕照亮地板，把一副黑框眼镜从黑暗中拿了出来，递给了那个妇人。

"老天保佑你。"她说。萨卡尔笑了笑，继续盯着前面的座位看。

"我不是你以为的那种大混蛋。"他说。

"什么？"我装傻问道。

"我知道你对我的看法。我曾经和你一样。"

"和我一样？"

"像个小孩。我没想到会发生这种事。"

我没有答话。我们短暂地对视了一眼。

"他没事，你知道的。身上有些瘀伤，但没什么大碍。"他说，"那之后，贝霍检查了他的身体，确保我们没不小心打断他的骨头。相信我，要是团长看到他持枪威胁别的士兵，会比我们做得过分得多。"

我想对这份来自前辈团体的善意冷嘲热讽一番，但我不敢。

"你会变成同样的人。"他说道，眼睛又闭上了。

"不，我不会的。"我马上反驳，对他这句奇怪的断言颇为诧异。

"你就等着吧，"他说，"在海王星或者任何一个破基地再待几个月，你就明白了。相信我，你会明白的。"

我想和他争论。想说他的看法大错特错，我一点也不像他。然而，突然间我害怕了，我怕要是我试图争辩，他会以某种方式证明我是错的。所以我什么都没说。

我们在特拉维夫的中央车站下了车，他告诉我，他正要去一家音乐俱乐部听午后音乐会，问我想不想和他一起去。虽然没有正式道歉，但我对他想要安抚我的表示心怀好感。

"这整件事会被曝光的。"我对他说。他对我一向很好，不提醒他一下并不公平。我告诉他，我和军报的士兵谈过了，她认识一位《以色列之声》广播的记者。"我不想坑害任何人，萨卡尔，尤其是你。但总得有人来处理这件事。"

萨卡尔笑了。是他在宣布判决时那种恶作剧式的笑。

"你真是个小孩子啊。"他说道，然后止住了，好像在考虑是否要细说，"你觉得这是巧合吗？亚奈调戏了指挥官的女朋友，三天后我们就把他揍得屁滚尿流。"

我试图理解他话里的全部含义，但理解不了。

"谁的女朋友？瓦克斯曼的？你在说什么？"我问他，但他没有回答。

"你在说什么，萨卡尔？"我冲他喊道。他把手放在我的肩膀上。"你在说什么？"

萨卡尔一句话也没说。他转过身，挤进人群里走向车站。我站着没动，尽量不去思考。我开始在车站外漫无目的地闲逛。脑海里有太多的想法飞闪而过，搞得我差点踩到一只小猫。我绊了一下。小猫横穿过马路，有两次差点被车碾到。我在路边坐下，从口袋里掏出手机。我盯着通讯录里自己给她起的名字看了一会儿：北方女孩。我又试着给她打电话，她没有接。

9.

周日我回到海王星时，才听到科扎克失踪的消息。最后一个见到他的人是跟他住在同一个房间的军械兵。他说，他睡前看到科扎克在铺位上看书，醒来时科扎克已经不见了。另有六名士兵听到了枪声。整个星期六他们都在找他。他们发现的唯一痕迹是食堂附近的一个弹壳，而在几英尺外，一摊血浸透了沙地。

他们没找到科扎克。尸体和枪支都没有。刑侦部门的士兵赶到，进行了调查，却最终空手而归。他们宣称科扎克失踪了。我告诉他们新兵审判的事，说可能与此有关，但他们似乎不太感兴趣。谣言开始散播。一名当晚在瞭望塔值班的士兵声称，他看到一个高大的身影在公交车站搭顺风车。而贝霍说，他在副官处的一位朋友从任何电脑上都找不到有关科扎克的记录。几天之内，一个奇怪的海王星式想法不知不觉地冒了出来：也许科扎克只是我们想象中的人物。前哨基地的一个幽灵。

原本，我可能只会把这些事列入我一长串的离奇军队经历中，但在科扎克失踪两周后，他的母亲出现了——一个裹着围巾和红外套的干瘪妇人。一天早上，她拖着几乎和自己身子一样大的行李箱走进了大门。她走向基地里的每个士兵，用浓重的英式口音问有没有人见到她的儿子。冬日骄阳下，她整整一天都在疯狂地从一个房间到另一个房间,从一个储物柜到另一个储物柜,用颤抖的双手寻找着她的孩子失踪的确切时间与地点。

多年来,她在绿色的垃圾箱后面寻找儿子的画面一直萦绕在我的脑海里,时不时地在我生命中不经意的时刻再次浮现。几年前,我甚至聘请了一名私人侦探,试图调查他身上发生了什么。我希望这次尝试能让我的心绪得以平静。调查得到的唯一发现是:北部的集体农场里一家小图书馆的罚款。六本逾期未还的书,都是南美作家所写。我试着读了其中的几本,希望能找到一点线索,但一无所获。然而,说来也奇怪,这一发现提供了某种安慰。它使我隐秘的、非理性的想法更加强烈了:也许在物理意义上,科扎克就是作为一种超凡的人而存在的,那晚爆发的暴力行径把他从那瘦长、笨拙的身体里吓了出来,使他回归了原初的状态——只寓居于他所阅读的书籍字里行间的一种意识。

住在太阳附近的女孩

1.

在海王星中央飞船站的中心，奶奶接连给我打了三个电话。一瞬间的软弱让我接了电话。几秒钟之内，一份皱巴巴的、怒视着我的六英尺三英寸全息图出现在我面前。我还没来得及说话，她就没有任何寒暄，和我开门见山了。"你怎么啦？为什么不回地球？"她责备我。我周围人的目光都集中在这个女人小小的全息投影上。我迅速调小了音量。

"亲爱的，这可不是闹着玩的啊，"她接着说，"这一年半以来，你一直在太阳系四处旅行，一次都没来看望过你的老奶奶，哪怕是心血来潮，路过一下呢。你知道我的日子不会剩太多了。"

"我保证这次去的是最后一个星球了。等几周，我就能喝上您做的马特佐丸子汤了。"我回答。她窃笑着。

"几周？你怎么回事？天啊，还有十天你就要上大学了。你的朋友们都上大三了，而你连个书包还没有呢。"她说道，然后沉默了，因为她知道再多说一句这样的话，我就会挂断电话。

"那边天气怎么样？"她问道，试着改变一下策略。我回答说总体上不错。大气风暴不时发生，但都不危险。

"告诉我，你决定好要学什么了吗？"

"星关。"

"什么？大声点。"

"星关。星系间关系。"

"你怎么选了这个？"

"我在这儿遇到了几个做这方面研究的人。它听起来像是个有趣的领域。"

"嗯，有趣，我敢肯定。"她说，"但这不是问题所在。"

"那问题是什么？"我问道，说完就后悔了。

"在他们往仙女座星系派遣以色列大使之前，这个专业的学位没什么用。给你爸爸打个电话，他是个聪明人。他说你应该学心理工程学。这是世界趋势。很快，人们就会花大笔金钱来进行精神创伤后重建。"

"他从未跟我说过这事。"我声称。而她抓住了这个机会。"他当然没说过。他怕你觉得他想要影响你，"她挥舞着双臂说，"在我们那个年代，父母对这件事还有发言权，但现在我总听到的是，父母必须让你们这些孩子自己犯错，这是获得生活经验的唯一途径。但你知道接下来会发生什么吗？你们这些孩子会迷路。你们犯了太多的错，让你们突然发现自己正待在太阳系的另一面，无依无靠的。"

我又沉默了，这次带有一定程度的内疚。奶奶靠过来，将她虚拟的双手放在我脸上，从数十亿公里之外抚摸我的脸。"我能说什么呢，宝贝儿，你不能像这样将自己的生活一直搁置着，这行不通的。相信我，你不是世上唯一心有疑问的人。但问题是，没人敢告诉你，你找不到答案的。即便在一个被遗弃的小行星上，你也找不到的。"

喇叭响了起来，通知公共飞船即将起飞，我趁机跟她说我必须走了。她双臂交叉在胸前，忧心忡忡地看了我一眼。我告诉她，等能打电话的时候我会打给她的，要是她打来我没接，也不要担心，因为那边可能信号不好。

"我的乖小子，我能拿你怎么办呢？"她说，"一定要平平安安地回来啊。记得戴太阳镜，好吗？那边的阳光太强了。"我笑了。她的轮廓渐渐变淡，消失在准备登上公共飞船的数十名乘客当中。我拿起包跟着他们上去了。

2.

我在后排找到了一个空位。一个身材魁梧、穿夏威夷衬衫的男人在我旁边坐下，占据了超出他座位范围的空间。航天飞船的过道上闪烁着蓝色的灯光，飞船开始向着太阳系中心航行。驾驶员把无线电广播调到了一个怀旧电台频道，这类电台都喜欢把鲍伊[①]的《基吉·星团》用在节目的开头。我闭上

---

① 大卫·鲍伊（1947—2016），英国摇滚歌手、演员。《基吉·星团》出自他于1972年发行的第五张录音室专辑《基吉·星团与火星蜘蛛的兴衰》，他在其中创造并扮演了雌雄同体的摇滚明星基吉·星团。

眼睛，断断续续地打起盹来。不知道过了多久，我醒来时，看到窗外是金星的暗面，意识到此时改变心意已太迟了。我向后靠了靠，又把眼睛闭上，试着回想我要去见的那个女孩的面孔。

三个月前，我在土星环上一个俗气的太空派对里遇见了她。我一向讨厌派对，更别提要求着宇航服参加的派对了，但那两个时常和我混在一起的澳大利亚人使劲儿把我给拖了过去。我根本没想去跳舞，只是独自坐在酒吧里，用宇航盔上连接的吸管啜饮难喝的本地啤酒，每时每刻都愈发烦躁。我看见她与我隔着两个酒吧凳的距离，正在和酒保调情，跟他说着她从以色列来。我说我也是一名以色列同胞，她说这不难看出来。于是我们开始讨论 0.5 倍的重力加速度如何能将最蹩脚的舞者变成明星，从未去过土卫六[①]的人如何不知疯狂之景是什么意思，以及以色列人如何坚持穿凉鞋在太空中四处走动，即便外面的温度是零下七度。

我认为我俩聊得很好，因为她至少笑了四次。我数了。我问她计划什么时候回地球，她说近期不会回去。她告诉我，她一直住在一个靠近太阳的小行星上。有位老人在那儿建了一套地下公寓，结果发现自己没办法住在离太阳四千九百万公里的

---

① 又称为泰坦星，是环绕土星运行的一颗卫星，是土星卫星中最大的一个，也是太阳系第二大的卫星。

地方①，她没花多少钱就买下了。她说，她知道那听起来很遥远，但实际上那是人能离太阳最近的地方了。于是她掏空了自己的储蓄账户，从他手上买下了这颗星球。她还买了一个来自太空仓库的私人大气系统，带有热带气候特征，十分先进。经过三个月的翻修，她确实将温度降到了五十一摄氏度，还不太理想，但这地方仍比佩塔提克瓦的两居室便宜。我问她希伯来语是不是她星球上的官方语言，她笑了，说她发明了一种特殊的语言，只有那个星球上的居民才能理解。我真的记不得其他事了，因为就在提到佩塔提克瓦之后，她想要吻我，我们的头盔撞到了一起。

她笑得前仰后合，说她可能喝多了，然后把头靠在我的肩膀上。我不知道我们这样坐了多久，直到某一刻，另一个女孩出现，说他们的飞船准备离开了。我还没来得及搞清楚状况，她已经站起身说她得走了。我问了她的电话号码，但她没有全息手机，因为她的星球上没有信号。她告诉我，如果我什么时候碰巧到了那个地区，非常欢迎我过去喝杯咖啡。等她离开后，我才意识到我都没有问问她的名字。

那是六个多月前的事了。

那儿不在飞船的航线上，但驾驶员显然心情不错，答应了绕道而行。我拿着包，在一个空荡荡的站台下了飞船。首先感

---

① 在地球绕太阳公转的轨道上，地球距离太阳平均约 1.5 亿公里。

觉到的是一阵强光的暴晒,就像连连按动相机快门的持续闪光。我马上从口袋里掏出了太阳镜,但它只遮住了部分的光芒。我抬头望望天空,天空被抹上了鲜艳的紫色——就像派对上她对我描述过的那样。我不敢直视太阳,但在飞快的一瞥中,它比从地球上看到的要大得多。公共飞船开走了,我环顾四周,但视野中不见任何房子,只有蓝色的沙丘,还隐约闻到一股令人想起焦糖的甜美气味。

我还没安排妥当,就已经感受到了她的星球上可怕的高温。汗水直往外冒,浸湿了我的衣服。我开始在这个直径不超过几公里的小星球表面艰难行走,它小到你都可以看到地面在向内弯曲。我继续痛苦地跋涉,暗自痛骂坚持要来这里的自己。我放下背包,拿出一瓶水,正要打开瓶盖时,却被一块大石头绊倒了。瓶子从我手中滑落,滚进了一个陨石坑里。

"他妈的。"我骂了一声。过了一会儿,我才注意到有个楼梯绕着圈通往坑底。我迅速走下楼梯,每走一步,热度都会减弱些,后来几乎变得可以忍受了。走到头,我找回了瓶子。此刻我正站在一扇没有任何标志的黑色小门前,汗滴落在门口的地垫上,我想擦干身上的汗,却根本擦不干。于是我深吸一口气,敲了两下门。

3.

等了大约两分钟,她才来开门。她的一头黑发系成了一个高马尾,头发上沾有蓝色的沙子。她上身穿一件褪色的白色吊带，下身是棕色的短裤。一个厚实的睡眠眼罩向上拉到了前额，把左眼遮住了一半。她打了个大大的哈欠。

"喂，你这样不累啊？"她用英语问道，语气介于暴躁和绝望之间。

"什么？不累，"我用英语回答，"我是说，我……"

"这是什么口音？你是以色列人？"她用希伯来语问。

"是的。"

"笨蛋，那你为什么说英语？"

"因为你在说英语。"

"你不太聪明，是吧？"她说道，叹了口气，"但起码你没穿西装来。"

我不知道她在说什么，一时陷入惊愕中。"等等，让我们从头开始。还记得我吗？"我结结巴巴地微笑着说。

"记得，"她回答道，我很肯定我欣喜了一刻，"但我不卖这个星球。"她说道，并朝我这边走了一步，"我跟你，还有其他人已经说了三十次了，我不卖。听清楚了吗？"

"你在说——"

"听清楚了没有，"她拔高了嗓门，"你懂'我不卖这个星球'这句话的意思吗？"

"等等，但是……"我试图解释。

"听着，你开始让我不爽了。你懂不懂？"

"不懂。"我说。

"那太可惜了。"她说道，当着我的面甩上了门。我又敲了敲，但她不开了。我对着门解释说我不知道她把我当成谁了，但我叫戈兰，六个月前，我们在土星环上那场糟糕的派对上见过面。我听到她的脚步声近了。

"只是你当时说过，我要是碰巧来这附近，应该顺便过来看看。这次，嗯，我刚巧在附近。"我撒谎道。过了几分钟她才打开门。"天啊，真不敢相信。"她盯着我说。她没有轻笑几声来缓和气氛，也没有道歉。我站在那儿，快要尴尬死了。

"好吧，"她最后说，"如果你真傻到千里迢迢跑来，那起码在踏上回程前喝点东西吧。"

她挥手让我进来，指了指她那小厨房里的一把椅子，然后开始在凌乱的储物柜里翻找眼镜。厨房与客厅相通，或者更准确地说，与摆有一张大沙发的门厅相通，门厅另一侧通向卧室。墙壁是由蓝色岩石制成的，客厅的天花板上布满了小洞，阳光透下来，照亮了整个房子。卧室里塞满了书，天花板上只有一个洞。她解释说，在一个没有信号的星球上，能做的事只有阅读了。门侧放着一个大篮子，里面装满了几十副颜色不同的太阳镜和滑雪面罩。

"抱歉，"她递过来小半杯温水说，"这里的业主协会对用水管得非常严格。"

我猜测业主协会是指她自己，但我担心问出口又是一种冒犯。我一饮而尽。

"这么热，你不想喝点凉的吗？"我问。

"想喝啊，"她说，"我自己喝的水放在冰箱里。"

接下来的谈话没有什么特别的。长时间的沉默和毫无意义的问题让我俩都提不起兴趣来。半个小时过去，又喝了一小杯水后，我拿起包朝门口走去。最后，我们相当正式，甚至有些可笑地握了握手，简单地道别了。

"你把飞船停在哪了？"她站在门口问。我告诉她我是乘公共飞船来的。"你在开玩笑，对吧？"她拍着额头叹了口气，"到这里的公共飞船每年两班。"

我笑着跟她说别担心。我已经旅行很久了，早就习惯了在太阳底下等几个小时。她看着我，又叹了口气。"我没开玩笑。下一班飞船四个月后来。这还是最好的情况。"

我迟疑了一下，告诉她没什么问题，我只需给朋友打个全息电话，他就会来接我。

她坐在椅子上，紧张地咬着手指："这个星球上没有信号。"

我不知道是该待在门口还是走出去。我开始计算背包里的食物和水够我撑多久。也就几天吧。充其量也就这几天。

过了一会儿，她起身了。"你可以睡在这里，直到我们找到解决这个烂摊子的办法。"她指着沙发说。然后她去了自己的房间，两分钟后，她戴着一副方边太阳镜，穿着牛仔裤走了。我独自一人待在她家里，想搞明白我是怎么把自己弄得一团糟的。我放下背包，脱掉鞋子，躺在沙发上。我尝试着入睡，但热气穿过墙壁渗进房子里，让我完全清醒了。我仍然没能鼓起勇气问她的名字。

4.

接下来的一段时间里我主要是在迫切地尝试离开她的星球。我花了几个小时在她家附近广阔的沙丘上搜寻信号，想发短信让人来救我。我无法忍受在她这个酷热的星球上度过接下来的四个月——除了躲避阳光，躲避她不安的怒视以外，无所事事的四个月。

我们几乎不交谈。我睡在沙发上，她会噘着嘴暴躁地在房子里进进出出，摔上身后的卧室门，然后又冲出去。每隔一段时间，我们会坐在她的餐桌旁，吃几罐豌豆、玉米，或者饼干蘸果酱，有时只有一个放了太多葡萄干的能量棒。我们从来没吃过什么好的。每次吃东西的时候，她都会在我面前放上一杯水，建议我慢点喝，因为这就是她所能提供的全部了。我刷牙不用水。淋浴显然是不可能的。

不吃不睡的时候，我就在外面消磨时光。我们达成了一项默契，避免任何只会使我们更加沮丧的互动。我很快意识到，她的星球与地球不同，并不会自转。太阳从不落下，而是固定在天空中的同一个地方，扭曲了我所知道的关于白昼和黑夜的概念。我找到的唯一一处避难所在一个沙丘旁的巨石下，这为我提供了约一米长的宝贵阴凉。我靠在巨石上，数着分钟度过好几个小时，时间正丧失其意义。每个动作、每个行为都令人难以忍受。狂暴的太阳晒得人只能思考，但就连思考也是挣扎而为，以支离破碎、一掠而过的片段闪现。这些片段大多是恐惧，有关回到家，回到同一个地方，回到那场我花了一年半时间想要摆脱的你死我活之争的那种恐惧。我会在那块巨石旁待几个小时，也许是好几天，不时地打打盹。我渐渐觉得公共飞船永远都不会来了。我将永远留在那里，永远待在同一个地方。

一天，我突然醒来，却发现她躺在我旁边，四肢摊开，懒散地躺在沙地上，这次戴的是白色太阳镜。她一言不发地躺在那里，没有遮挡阳光，也没有不好意思。我看了她一会儿，然后环顾四周。紫色的天空抹上了一条条绿色纹路，还交替变换成蓝色、红色，颜色不断发生着变化。

"我想我可能丧失了理智。"我说。

她笑了。"起初我也有同感。"她承认。她说，不知道她的天空中为什么会出现这些颜色，但她认为这可能与太阳耀斑有关。"有点像北极光，"她解释道，"只不过这里不冷，而且它比那漂亮百万倍。"

"这太棒了，"我说道，只是为了保持住这股交谈的势头，"我打赌人们愿意花大价钱去看这样的景色。我的意思是，这可以成为一个超棒的旅游景点。"

她盯着我看了一会儿，然后把目光转向天空。她说在这么热的星球上，闲聊纯属浪费口水。"说话只会让你口渴。"她说道，然后又安静了好一会儿。而我呢，由于十分尴尬，努力让自己更加安静。我们就这样并肩躺了一段时间。后来，她站起身，抖掉衣服上的沙子，伸出了手。

"你来吗？"她问道。我赶紧站起来，都没敢问我们要去哪里。

她带着我去她小行星上的某个地方，在路上开始探究我的过去。我的旅行。我想逃避的学业。还有不知该拿我怎么办好的父母。她问我有没有女朋友。一开始我说没有，但后来我跟她说了西旺的事。要么是因为我某种程度上仍在想念前任，要么是我想让她知道，我不是她心中那个彻头彻尾的失败者。我告诉她，我们在三年前相遇，我曾确信我们未来某天会结婚，然而六个月前，我们通过全息电话分手了。我刚爬上火星的奥林匹斯山，她就打来电话，说再也受不了我这样闲逛和漫游了。她开始觉得，我与其说是在寻找自己，不如说是在逃离她。我试着告诉她根本不是这样，但她似乎并不关心。

"那从根本上讲，是你太懦弱了，没法主动甩掉她，所以等着她来跟你分手？"

"什么？我刚解释过是她离开了我，"我回答，"我不想分手。"

"那你为什么不回地球呢？"她问。

"因为我在这儿还有事没做完。"

"所以你甩了她是为了再来几次旅行？"她嘲笑道，"因为你还没有找到你想要的答案？"

我没有回答。

"没关系，你并不欠我任何解释。"

"你在说什么？"我问她，确保她听出来我严肃的语气。

"没有人会愿意为一些生活的狗屁答案而失去所爱的女孩，

根本不是这个样子。"她断言,"这只是优先级问题。她可能对你不够重要。"

"你怎么知道?你根本不了解我。"

"你说得对,"她回答,"但有一件事我确实知道。你为了一个在派对上遇到的女孩,千里迢迢地来到了太阳系中心,却连一次都没去看望过你的女朋友。"我还没来得及回答,她又很快宣布说:"这就是我想给你看的东西。"

我们站在一簇巨大的绿色仙人掌前。她说她本没有打算种植仙人掌,她真正想种的是芒果或菠萝,但这些树在她的星球上无法生存下来。最后她无奈接受了十一株仙人掌,通过特别订购买来了它们。其中两株枯死了,但其余的成功渡过了难关。她起初有些受不了,但后来爱上了它们。有株仙人掌旁边放着一副破旧的灰色手套,她捡起来戴上,摘下一个仙人掌果,掰开然后递给了我一块。

"不是有很多刺吗?"我问。

"只是外表多刺。"

我小心翼翼地吃了这块果实。毫无疑问,这是一长段时间以来我吃过的最美味的东西。我说我很确定这是我第一次吃仙人掌果。

"显而易见。"她说道,然后跟我说很久以前地球上就不种仙人掌了,因为空间不足。唯一能买到仙人掌果的地方是中国的黑市,但即便在那里他们也是在地下种植,这样种出来的仙人掌果寡淡无味,因为果子的风味要靠阳光。她说,几打仙人掌果能花上她一整年的工夫。而且人们愿意为它们付大价钱。

"每隔一段时间，就会有房地产经纪人过来想买下这个星球，"她边说边笑，"都是些穿着西装的怪人。刚开始我还以为你也是呢。"她告诉我，实际上她从来不听他们的推销行话，但有时会卖给他们一些仙人掌果。要是他们答应捎一些给她的家人，她还会给他们打折。

"你在这里，你家人不会抓狂吗？"我问。

"抓狂？鼓励我搬到这里的就是他们。"她说。

"什么意思？他们为什么要鼓励你来这里？"

她没有回答。

吃完仙人掌果后，她抓住我的手，拉我去最近的沙丘。我建议我们回她的公寓休息一下，但她说在没有白昼与黑夜之分的地方，时间就不复存在了，所以休息的概念也没太大意义。尽管已经小心翼翼，但最终我的手上还是扎满了细小的刺，不过我什么也没说。我们开始往最近的沙丘上走。这座沙丘的高度不超过三十米，但在酷热的天气下，攀登它真要费些力气。一到达沙丘顶上，我就筋疲力尽地瘫倒在地，确信自己马上就要背过气去了。而她敏捷地坐到我身边，双腿屈膝，抱在胸前。"我看你真是个登山家。"她边说边透过太阳镜冲我眨眼，开起了玩笑。我试图想出个诙谐的回应，但气喘吁吁个不停。

"就在这里，这是一个人最接近太阳的地方。"她说。她从裤子口袋里掏出一包香烟，摸出一支，举了起来。一超出大气系统，烟的一端立刻被点燃了。她在沙地上把烟掐灭，说她不抽烟，这只是她喜欢玩的一个游戏。

我躺在沙地上，跟她讲起了我曾经读到过的一个实验。在实验中，人们被留在一个明亮的房间里整整一周，几乎所有人都疯了。这是这个星球上最让我害怕的事情，我不明白这怎么没有在她身上发生过。

"谁说没有过？"她问。似乎是为了证明自己的观点，她摘下太阳镜，直接盯向太阳。看着太阳，她眼睛都不眨一下。

"什么，你疯了吗？"我冲她大叫道，然后坐了起来，肩膀挤着她的肩膀，"你会瞎的！"

"你根本不知道自己在说什么，"她说，"我这么做已经有三年了，什么事也没有。"她说这只会带来一时的眼花，但之后你就完全能看清楚了。只有那些不敢从望远镜前抬头，直视一眼太阳的胆小科学家才会那样想。"我真不明白人怎么能在太阳底下过一辈子，却从不看它一眼。"她说。我还没意识到，她已经摘下了我脸上的太阳镜。"但凡你想过要从生活中找到什么意义，这就是一个很好的开始。"

我止不住地眨眼，几乎什么都看不见。

"嘿，你在等什么呢？"她问。我伸长脖子，想要睁开眼睛，然而阳光太强烈了，照得我根本睁不开。只眨了两下眼，我就重新将视线移回了山坡。她躺倒在沙滩上，叹了口气，眼睛仍凝视着太阳。

"别担心，没关系。大多数人连尝试的勇气都没有。"她说道，然后闭上了眼睛，"你最终会做到的。就是说，如果下次我们爬沙丘时你没昏过去的话。"

我说不出什么诙谐机智的话来,所以我吻了她。她没有微笑或做其他任何表情,只是说我亲吻一个连名字都不知道的女孩很流氓。

5.
她的名字是阿亚拉。

6.
在酷热中伸出手去。小心翼翼、试探性地摸索,因汗水和沙子而黏腻。在五十摄氏度的高温中,人身体的运作方式也大有不同。话语消融了,取而代之的是长时间的沉默与好奇的注视,就像孩子们第一次探索自己的身体时那样。

不知道过去了多久,另一位真的房地产经纪人来到了她的星球。这人穿着深色夹克、黑色长裤,汗水滴落在沙地上。他看到我和阿亚拉坐在一个陨石坑旁,就问能否占用我们一些时间。尽管耐心有限,阿亚拉最终还是同意了听他讲话,条件是他要买一袋仙人掌果。他把钱付给了她,然后开始游说。他告诉我们,这个星球价值好几百万,可以卖给大型研究机构,或者卖给那些想在极端条件下训练士兵的军队。他接着解释说,这是一个千载难逢的机会,她可以拿着这笔钱去迈阿密的人工岛住,那儿与这儿完全一样,只是气温要比这儿凉快二十度。

"所以你觉得怎么样?"他终于问道,几乎已经因为高温而窒息。

她摘下太阳镜，匆匆扫了他一眼。"我不会把我的星球卖给在这么热的天气里还穿着那套西服的人。"她宣告道，轻弹了一下太阳镜，不再说话了。他开始用数字轰炸她，巨款不断上涨。三百万。四百万。五百万美元。但阿亚拉连回答都嫌烦。我看着他，带着几分歉意。最后他放弃了，拿起袋子朝他的梅赛德斯飞船走去。

"等等。"在他离自己的飞船只有几米远时，她喊道。那家伙把那袋仙人掌果扔在沙地上，跑回来问她是不是改了主意。

"没有，只是这家伙需要搭个便船。"她指着我说。

"别听她的，"我说，"她疯了。"

男人转过身去，而阿亚拉闭上眼睛笑了。

7.

几小时后，也许是几天之后，我不确定，沙尘暴刮来了。我只记得我们面对面坐在一株仙人掌狭窄的阴影下，她正在解释她的第四人称理论。"想一想，用第一人称说话是多么孤独。一次又一次地承认这一点。"

"承认什么？"

"我孤身一人。"

"你当然是孤身一人。你是这个星球上唯一的人。"

"情况恰恰相反。在这里，我没有人可以交谈，所以我几乎不会想到这件事。但在地球上的时候，这简直让我发疯。我觉得语言这整个东西把我困在了我自己的内心深处。"她说道,然后开始拿沙子堆一个小丘。

"得了吧,你反应过度了。这只是词语罢了。而且,第一人称复数基本上就能解决你的问题,"我说,"我们吃饭,我们睡觉,我们。瞧!不再那么孤独了。"

"不对,笨蛋。这是最糟糕的。第一人称复数只会把你和其他人混在一起,把你彻底抹掉。就好像,无论你是房地产经纪人还是大屠杀幸存者,全都没有差别一样。人们会迷失在这堆破烂里。"

"你是唯一迷失其中的人。"

"好吧,那我是唯一会迷失的人,"她咆哮道,"那么,对我来说,第二人称和第三人称甚至比最糟还要糟。你说'你'或'她',就把自己完全地排除在外了,好像你根本不存在一样。"

"我不明白你为什么执着于此。这只是语义学。"

"对你来说是,但对我来说不仅仅是这样,"她说,"这就是为什么我们需要第四人称。"

"那是什么?你怎么会连第四人称都用上呢?"

"我怎么知道?我又不是语言学家。"她抗议道,"我只知道,当你使用第四人称时,你不会感到完全地孤身一人,或完全地迷失。"

"我不明白你在说什么。"

"这就像你把黄色和蓝色混合在一起,而它们还没有完全变成绿色的时候,你知道吗?我说的就是这个。"

我告诉她，这整套想法在我看来有点孩子气。我无意冒犯，但我并不确信第一人称就是让她在世上感到失落或孤独的原因。比这要更复杂。一阵强风从我们身边吹过，吹塌了她堆的小丘。阿亚拉站起身，戴上滑雪护目镜。一开始我以为她只是想享受一会儿她自己的好时光。可能我不知怎么的得罪了她。但当我看到她凝视着地平线时，我转过身去，一堵蓝色的沙土墙在我们身后扫荡。它离我们还有几百米远，正在朝我们缓缓逼近。

"那是什么？"我问阿亚拉。

"快跑，"她回答说，"马上。"她突然跑开。

"等等。"我喊道，但她没听。我看到她连头都不回，这时我意识到她不是在胡闹。她奔跑起来，我努力跟着她，但跟不上。

"嘿，怎么了？等一下！"我大叫道，但她仍没有回应我。然后是阴影逼近，一大片斑块在沙漠上逐渐蔓延。沙尘暴吞噬了太阳，使其在天空中一下子变成一个渐暗的白点。我拼命地跑，然而四周的沙土让我呼吸困难。一阵沙子向我冲了过来。我看不见了。我不知道跑向哪里。她没有回答。我骂自己竟给困在了这里，困在一场该死的沙尘暴中。这个时候我本该坐在装有空调的大学礼堂里。

她的手从沙土里伸了出来，把我拉向她。我跟着她，死命地抓住她。

"小心。"在我又走了一步，差点从门口的楼梯上滑倒时，她说道。她放慢了脚步，一步一级台阶地领着我。"慢慢地。"

她指挥着我，我听着她的指令。我听见门开了，她把我推了进去。门在我身后砰的一声关上，而我一直闭着眼睛。

"没关系，亲爱的，你可以睁开眼睛了。"她说。

我又等了一会儿才睁开眼睛。房间里泛着暗淡的光，就像洒上了落日的余晖。沙子从天花板上的洞里滑落进来，在地板上堆成了小沙丘。阿亚拉提着几个桶从卧室里走出来。"振作点，这种事常有。放宽心。"她递给我一个桶，让我放在客厅中央。

"相信我，你很幸运，因为我带了滑雪护目镜。"她这么说道。

我们干完活后，我瘫在了沙发上。沙尘暴把公寓弄得更热了。沙发上方的天花板上有三个大洞，从那里流淌进来的沙子堆压在我身上。我尝试入睡，但睡不着。

"你可以进来，"她在卧室里喊，"带杯冷水来。"我马上按她的命令，把冷水倒进杯子里，放在她的床头柜上。我给自己也拿了一杯水，躺在她身边。我们沉默地盯着天花板。

8.

卧室天花板上只有一个洞，这使得它成为房子里唯一没被覆盖上厚厚一层沙子的房间。阿亚拉根本不出房间，而我有时会偷偷溜进客厅，换换环境。我会挪一挪桶，随便找点吃的，如此而已。大部分时间我们都躺在床上，肩并着肩。空气越发稠密，房间越发黑暗，我和阿亚拉别无选择，只能靠近彼此，深入彼此，直到我们的汗水也彼此交融。我告诉她，我有时会把我们的身体想象成冰块，它们能让彼此冷却下来。

"相当美好的想法，但现实情况还是格外地恶心。"她边说边笑。她是对的。

狭窄拥挤的空间抹除了浪漫的氛围，我们都无法掩饰各自身体上的细节。她下巴处的皱纹，我脸颊上的毛发，她脚底的老茧，我背上一块鼓凸的疤痕。

"嘿，你是不是准备跳上下一班飞船？"她不时地问道。我会回答说不知道，然后紧紧拥抱住她，希望她不要注意到我有多厌倦在这样一个狭小空间里的生活，有多厌倦炎热和沙子。但她注意到了。

一天晚上，我醒来，浑身浸透了汗水。我看到她在读《麦田里的守望者》。我告诉她我高中时读过这本书，挺喜欢它的。她暂停下阅读，怀疑地看着我。

"那个总是把国王棋子都留在后排的女孩叫什么？"她问。我不知道她在说什么。我跟她说我记不起来了，读这本小说是在很久以前了。她烦躁地叹了口气，说我只是想表现得很聪明。

我跟她讲了关于霍尔顿我能记得的一切，关于他的纽约漫游。她完全不为所动。她哼了一声，说我大概根本没想过霍尔顿在这个故事结束后的遭遇。

"我怎么可能知道他后来的遭遇？"我喃喃地说。我还没来得及再说些什么，她就打断了我。"他自杀了。"她果断地说。

"我想，书上没有这么写。"我犹豫地回答。

"当然没写。"她说，因为作者不忍心杀死他，也不愿让他在疯人院里度过余生，但她很确信他自杀了，"像霍尔顿这样的人长大后可做不了心理工程师之类的。"她调侃道。

我告诉她，她爱怎么想就怎么想，但她对每个下决心要长大的人发脾气，这就没有道理了。

"这不是长大，而是放弃梦想。是逐渐变成一个差劲的第一人称复数，和其他所有人一样。"

"哦，得了吧，那还有什么别的选择吗？"我咆哮道，厌烦她对我摆出高人一等的派头，高温逼得我发疯，"要不然我该怎么办？"

她沉默了。

"你说呢，放弃吗？像你一样就此消失？这就是解决方案？每个人都应该找个洞钻进去？"

"我不知道。"

"你都在这里住了三年了，怎么还不知道？"

她的嘴唇微微颤抖。她端详了我一会儿，然后背过去，侧身躺着，静静地注视着墙壁。

我渐渐明白了没有太阳对她来说有多难熬。有时，阿亚拉会溜进客厅，坐在其中一个大洞下面，试图捕捉几束设法穿越了层层沙土的光线，结果只是更加沮丧地蹑手蹑脚走回卧室。

"去他妈的。什么时候结束？必须结束了。"她会喃喃自语，对着地板跺脚。她也会生我的气。我只要打鼾或者拆一袋咸饼干，她就开始大喊大叫，说受不了我，说我让她无法呼吸。她在房间里踱来踱去几个小时，嘴里吐出一串串不连贯的句子。

沙尘暴终于偃旗息鼓，太阳再次照亮了这颗星球和这座房子。我们花了好几个小时才清理干净所有的沙子。在安静地打扫完之后，我们都知道我们必须找回之前的秩序。我回到沙发上，阿亚拉走了出去，她身后的门敞开着。

9.

我也说不清我是什么时候偶然发现这个池塘的，但毫无疑问，这就是她星球上最特别的地方。我径直回了房子，就是为了质问她。

"你怎么能不告诉我有那个池塘？"

"我不知道你在说什么。"她回答道，几乎没有看我一眼。起初我以为她在开玩笑，但很快就意识到，她是真的不知道。最后我说服她去看了。在绝对的沉默中，我们走了一公里半，到达了那片阴影区域，一个阳光无法触及的地方。"我以前从没来过这里。"她说。空气很凉爽。池塘隐藏在最黑最暗处，那是个位于地表以下几米的小水坑，水面清澈碧绿。我们坐在坑边，凝视着下方的池水。

"这不可能。"她说着，端详自己在水中的倒影。我承认，我也不明白这是怎么回事。也许某颗冻结的小行星曾经撞上过这个星球。"也许不知怎么的，因为大气，这片水……"

我还没来得及说完，她就把我推了下去。

我害怕撞上岩石，但池水的温暖和平静抚平了我的恐惧。我尽可能久地屏住呼吸，然后才上来透透气。我坐在池塘中央的一块大石头上，下半身仍浸在水中，衣服完全湿透了。

"我只是想确保它没有毒。"她笑着说。

"你现在不是应该潜入水中吗？"我问她。

"你看电影看得太多了，亲爱的。"她说道，将脚趾探入水中。我们又沉默了，但这种沉默不同。像我们第一次见面时那样，我们都缩进各自的世界里。我估算着我错过了多少节第一学年的课程，想知道还有没有机会赶上第一学期期末。

"这就是我搞不懂你的地方，"她说道，然后停顿了一下，仿佛在思忖自己的话，"你好像没有选择余地一样地过着你的生活。"

"但你也一模一样。"我回答。

她瞥了我一眼，又看回池水里，手踌躇地拂着自己的头发。然后她站起身，慢慢地爬上岩石，溜回了由太阳掌控的王国。我在池塘里待了一会儿，然后爬出了坑，躺在阴凉处，凝视紫色的天空。

在回公寓的路上，我看到她坐在她最喜欢的沙丘上，眼睛直勾勾地盯着太阳。我站到她旁边。她还在盯着看。

"所以你其实是被送来这里的？"

她点了点头，然后承认道，在好长的一段时间里，她一直想安排好自己的生活，但没办法。她尝试了各种疗法，全都没用。"唯一有点效果的就是待在阳光底下。"她说每次给父母打电话,听到他们颤抖的声音,她都明白他们有多希望她能说事情都解决了。"所有这些疯狂,都只是一个阶段,"她说,"就像对你来说一样。"

然后我突然醒悟:"等等,什么电话?"

10.

橙色的公用电话离仙人掌丛不远。她在到这颗星球的第一天就把它安装在那儿了。我没有问她为什么不告诉我这件事。我觉得她无论如何都不会回答。我去那儿给父母打了电话,解释说我被困在了离太阳最近的星球上。他们听起来不是特别担心,说现在距我上次打电话才三个星期。而学校一天前才开学。

三天后,他们在公共站台旁边降落,告诉我生气的奶奶正在家等我。我想和阿亚拉道别,但当我回公寓拿东西时,她并不在那里。

我们从金星侧面飞驰而过时,我告诉父母我打算学心理工程。我要赚大钱,最后再开始生活。我妈妈说这个主意太好了。然后她打开无线电广播说,有一个关于健康烹饪的节目她很喜欢。我把头靠在窗户上,试图入睡,不去理会阿亚拉的声音,她在对我说别自欺欺人了。

黛比的梦想小屋

1.

我通过报纸上的广告找到了这份工作。我根本不知道还有造梦的人。我曾经确信梦只是自己冒出来的呢。

布鲁诺问我的第一个问题是,我是不是艺术家或者广告商。

我说我都不是。

"很好。这两种都无可救药。他们还以为他们在给戛纳电影节制作电影,"他说,"为一个梦工作两个月,最后在沙漠中央,往车顶贴上一只长颈鹿。"

我没明白他在说什么,所以点了点头。布鲁诺说这份工作是我的了,并说这是一份糟糕的活儿,得通宵上班,自备餐食,而且没有节日礼品卡。

"还感兴趣吗?"

"工资多少?"

"每小时五十。加班的话是每小时七十五。"

"我干。"

布鲁诺握了握我的手,让我签了一份保密协议。他问我结婚了没有。我告诉他,我和黛比有朝一日会结婚的。他表示祝贺,然后警告我说,即使我被囚禁,被严刑拷打,也不能向她透露我的工作。"编个托词之类的。我不希望人们知道我是谁,然后开始要求我为他们的结婚纪念日造一个特别的梦。"

我们离开他的办公室,去了设备中控室。那是一个小房间,三个屏幕并排摆着,看起来有点像商场保安的监控室。

"每个屏幕都是一位客户的梦。我们一天工作十二个小时,从晚上七点到早上七点,每周上五个晚上的班。"

他说,目前我所要做的就是监视屏幕,如果哪个变成了雪花屏,就给他打电话。

轮过一次班后,我意识到这是我做过的最简单的工作。它带来的唯一挑战就是,我得让自己保持清醒。我发明了各种游戏来打发时间。我试着通过屏幕上的图像了解顾客的生活。譬如说,这个人一定是个睡眠技师,因为他所有的梦里都出现了电子设备;又比如这位母亲,她只梦到她的女儿。其中很可能有些故事。这些屏幕看着很吸引人,然而真正让我保持清醒的是想着黛比,想着回家后我会给她做的早餐,想着在她醒来之前我会拥抱她那硕大的身子。

黛比一直在问我的工作,但我什么都不能告诉她。

她说:"至少编点什么出来吧,好让我有些东西可以想象。"我解释说,我不会撒谎。她笑了笑,便不再问了。

实验室是个小房间，里面只有一台传真机、一张桌子和一样看起来像大洗衣机的东西。布鲁诺解释道，每天晚上七点都会有传真发来客户报告，上面是客户的基本信息，以及对他一天情况的详细描述。看完报告后，你会产生关于梦的想法，然后要在一张纸上把它画下或写下来。他说，他把所有的东西在自己桌上摞成一大堆，每天早上随机抽一张。

"我们不应该每天都造一个新的梦吗？"

"这个行业里已经好多年没人这么做了。通常我会把一九八五年或一九九一年的梦拿出来接着用。毕竟他们几乎什么都不会记得。"

然后布鲁诺向我展示了如何将纸送入"洗衣机"，它实际上是一个造梦的大型金属装置。纸会在机器里旋转两个小时，然后把梦吐到一张黑色的小圆盘上。一个月后，布鲁诺开始教我怎么造梦，这项工作就变得愈发有趣了。他建议我别对这件事太上心，因为我们这种商业模式持续不了太久。全球的梦境公司几年内就会接管整个市场。他说，你根本比不过一家拥有数千名工人，还有软件能制作高清晰度梦境的中国工厂。我问他，他是如何联系到客户的，因为人们不知道是谁制造了他们的梦。

"大多数业务都通过健康维护组织[①]开展，也有少数工会干这个。相信我，这整个行业基本上就像是西部荒野。"

---

① 一类医疗保险组织，收取固定年费后为参保者提供医疗服务。

2.

我造的第一个梦是丽塔的。她刚刚开始在一家新的律师事务所工作，喜欢古典乐，也喜欢在她家附近的公园夜跑。根据她的报告，她在办公室待了一整天，回家路上车有点轻微剐蹭。到家后，她看了新闻，在沙发上睡着了。就是这样。我在纸上草草记下了一些想法，然后想出了一个非常奇怪的梦。我让她在办公室走廊里慢跑，随后一辆车撞到了墙上，一名新闻主播从里面走了出来。布鲁诺说这是他见过的最蹩脚的梦之一。那辆车撞到墙上的整个过程，即使在梦境里也是极不合情理的。我问他要不要把它扔掉，再制造一个新的，但布鲁诺叹了口气，打开洗衣机说："没戏。"一周后，他又用了同样的梦。

尽管我不擅长造梦，但我还在继续做着。每造出来一个梦，我就能得到三十谢克尔的奖金，而布鲁诺也很高兴能提前一小时回家。他问我为什么坚持这么努力地工作，我告诉他我需要钱，为了给黛比买房子。这是黛比的梦想。从她还是个小女孩时起，她想要的就是一个可以在墙上乱涂乱画，而不必感到焦虑不安的地方。布鲁诺说，我愿意为她工作得这么努力，她一定很特别；而我告诉他，他根本想象不到。大约是那个时候，黛比开始在某位室内设计师那儿实习，她说他是一位真正的艺术家，她从他身上学到了很多东西。我为她高兴，尽管日子很难熬，因为我俩几乎见不到面。她每晚七点下班，所以我只能在早上见她一个小时。我没有提过这件事，这对她来说也不容易。问题是，即使我们都在工作，我们仍然入不敷出。想要攒够按揭买房的首付款，我们在接下来的十年里都得这样工作。

我问布鲁诺有没有办法涨薪水。

"噩梦的话，每次是一百谢克尔，但别想了。你是个敏感的人，这会让你脑子乱掉的。"

我请他给我一个机会，我真的需要钱。他犹豫了一下，最终还是同意了。他给了我一份报告，是那个总梦见电子设备的家伙的。他三十四岁，单身，和我猜测的一样，在一家小型电子商店当修理工。两天前，他修好了十一台设备，七点下班，回家洗澡。

我问布鲁诺，制造噩梦需不需要特殊的技术。

"没有这种技术。"他承认，即便是他也觉得制造噩梦很难。他说，他曾经读过一本书，书中建议全力制造恶魔怪物这套东西，因为这在数千年来都有着良好的业绩纪录，而且几乎无懈可击。或者尝试下弗洛伊德的各种理论，选择某种象征性的东西，然后从这个角度展开。布鲁诺说，无论哪种方式都不保证有效，所以我应该按自己的感觉去做。

我不会制造怪物，也不太了解心理学。在监视屏幕的那段时间里，我唯一知道的就是，这位电子修理工觉得与人交流很困难。所以我造了一个颇为拙劣的噩梦：他走在大街上，周围所有人都在用外语说话。他跟他们说他听不懂，但没人搭理他。布鲁诺说，他不知道这场噩梦有什么可怕的，但他肯定不会再付我一百谢克尔来制造新的噩梦了。

第二天我上班打卡后，布鲁诺告诉我，他刚刚读了那人的最新报告。上面写着，他醒来后不停地想着我造的噩梦，非常沮丧，几乎没出家门。布鲁诺拍了拍我的后背说，优质的噩梦对生意有好处。卫生部很喜欢这样的梦，他们确信噩梦能帮人们解决问题，或有类似的效果。他说，每个梦境制造商每季度要给每个客户提供三个噩梦，所以在他看来，我只能制造噩梦了。我问他难道不觉得这有点过分吗，因为他自己也说过，这会让人脑子乱掉。

"没什么好担心的。"他说道，还补充了一句，说他只是想吓唬吓唬我，因为他认为我不擅长制造噩梦。我觉得他可能在撒谎，但我没再问了，因为我想要钱。

我就是这样开始每天制造噩梦的，布鲁诺承认，即便是他也无法理解为什么它们如此奏效。我告诉他，造梦的时候你必须有创造力，要设计精妙的幻想，造噩梦则完全不同。噩梦必须简单，因为真正让人害怕的是生活中最基础的事情：没有足够的钱来支付账单，妻子会离开自己。诸如此类。

"只要卫生部继续推荐我们就行。"他告诉我，他已经接到了几个健康维护组织的电话，他们提到了几位需要做噩梦才能解决问题的新客户。

"其中一个也叫黛比。很有趣，是吧？"

"是的。"我回答。我没有告诉他那就是我的黛比。我让她

219

的健康维护组织把她的材料移交到我们这儿。我想，既然我们见得少了，至少我还可以每晚读读她的日报，看看她的梦。布鲁诺为她换了一块新屏幕，她在那上面显得很漂亮。我每天都为她制造新的梦，大部分会涉及新家，有的有大型后院，有的有游泳池，还有一个甚至有爵士牌大按摩浴缸，大到她可以在里面伸懒腰。一天早上，我下班回到家，她告诉我她做了一个非常美的梦，但记不清具体内容了。这让我很开心。

临近本季度末，布鲁诺告诉我，黛比的噩梦不能再往后推了。我并不想做，但造一个小小的噩梦总比让布鲁诺给她造一个巨大的、吓人的噩梦要好。我努力回想她恐惧的东西，比如蟑螂和飞行，试图胡乱画一些选项，但很快就停手了。一想到要对我的黛比做不好的事，我就感到生理性不适。竟要像那样伤害她。所以我只是又为她造了一个美好的梦：我们住在城市最高处的豪华公寓里，每晚都能欣赏夜景，真的开心极了。

第二天是星期五，那晚我抬头看着天花板，对黛比说我快要疯了。她问我怎么了。我想告诉她，为她造噩梦令我焦虑不安。折磨我的与其说是噩梦本身，不如说是我意识到的事实，即只要我愿意，就能给她带来多大的伤害。但我一句话也没说。不仅因为不被允许透露这件事，还因为我不想她害怕我。我觉得辞职也不错。告诉布鲁诺我受不了了，我再也不给任何人造噩梦了。

但黛比想要房子,所以我留下了。

3.

随着时间的流逝,我自己做噩梦做得越来越多,每周至少有两次。但这些噩梦并没有真正影响到我,因为我已经了解书中的每个技巧。我厌烦于自己被一个男人用枪指着,然后数着分钟,直到醒来。造那些噩梦让我对自己的噩梦产生了免疫力,而这正是困扰我的原因。我一直确信,与这种阴暗之事打交道会损伤灵魂,但除了我对伤害黛比的忧虑之外,它似乎没起什么其他作用。相反地,每当我遇到某人,我都会在脑海中为他们定制一个噩梦。在超市买牛奶的时候,我会自问什么东西会吓到收银员。布鲁诺注意到我有点太享受这一切了。他说有几份客户报告提到了安眠药,他让我对客户再温和一些。我说没问题,但事实上我忍不住。我正在以所有这些恐惧为食,我也不知该如何控制。

那些日子里,我最大的安慰来自黛比的梦。我可以花三个小时为我们建一个客厅。我一遍又一遍地读她的报告,想象她正在经历些什么。那个雇用她的设计师的名字出现得愈发频繁。办公室里只有他们两个人,他们一天要开好几次会。这让我嫉妒。我问她关于设计师的事,她说他是个好人。我跟她说了实话,我害怕她会离开我。她紧紧地拥抱了我,说她永远不会离开。黛比希望我们在早上多说说话,但我只想和她一起躺在床上,让她用胳膊搂着我。

"我们该放弃买房的事了。"一天她说。她说我们几乎见不上面,这对她来说太难了。在她看来,只要我们能有时间多多陪伴彼此,我们可以一辈子住在一间小小的出租屋里。

"我知道你有多想要那房子。"

"我没有,"她噘起嘴,"三十年来,我没有它也一直过得很好。"她说她渐渐觉得,比起爱她,我更爱那个我想买给她的房子。

"是因为那个设计师吗?"

"你在说什么?"

"因为他,你才会这样跟我说话。"

黛比说我疯了。那天晚上她不愿再和我说话,我紧张起来。我开始觉得她真的爱上了他,就要离开我了。我开始怀疑她不知怎么发现了我的工作,知道了我每天都会收到她的报告,于是不得不想办法隐藏他们的婚外情。她出门了,我则躺在床上睡不着。

我决定跟去看看。公交车在她办公室窗前停下了,我看到她坐在电脑前,而隔着一扇窗的位置,他坐在另一个房间里。这一整天,我都站在公交车站后面看着他们,等着抓到他们在一起,找到证据。但什么也没发生。黛比时不时走进他的房间几分钟,但他们看起来只是在聊天。他们甚至没有一起吃午饭。

这让我冷静下来,让我意识到自己反应过度了。黛比很棒。我真的很爱她,我必须弥补过去的一年里我给她带去的伤害。第二天早上，我向布鲁诺请了一天假。他不想替我上夜班，但最终还是同意了，他说没有什么比爱更重要。我花了一整天的时间去买黛比最喜欢的食物，意大利面、番茄酱、沙拉和优质奶酪。我只买最好的，这样她会知道，我对她总是尽心尽力。我回到公寓，整个下午都在做饭。然后，我尽我所能布置出最漂亮的餐桌，铺上我特意为此场合而买的新宜家桌布，还拿出了一瓶我们留待某个特殊时刻品尝的葡萄酒。晚上七点，我打开门，坐在餐桌旁等她。

但黛比没有出现。

九点，我给她打了两次电话，她都没接。我发去了一个问号。十点半，她回短信说她没看到我的消息，因为她在洗澡。我回了个"好"就上床睡觉了。她打来了几通电话，但我把手机调成了静音。我尽量什么也不想，很快就睡着了。半夜，她把我叫醒。她抚摸了我一会儿。我无法直视她的眼睛。我不想知道。

"你希望我解释一下吗？"

我说不用了。她吻了吻我的后颈，躺在我身边。就在那一刻，黛比将不再属于我的想法悄然出现。我想象着自己独自一人在这个世界上醒来，身侧没有了她高大的身体。

我早上醒来时，黛比已经上班去了。我在家待了一整天，晚上才去办公室。布鲁诺问我这一天过得怎么样，我告诉他再好不过了。然后我去了实验室，坐在桌旁开始造梦。造她的噩梦花了我大约半个小时。我没做太多。只是让她站在镜子前。赤身裸体。她松弛的皮肤和斑点，我喜欢的这些都在上面。我只是让她站在镜子前，告诉她真相。只有我会喜欢她这样一个女巨人。她本身没太大的价值，事实上，在没有我的情况下，她根本无法开始新生活。我造完了噩梦，并向自己发誓这会是最后一次。事情平息之后，我们又会重新相爱，一切问题都会自行解决。

4.

三年后，我和黛比有了一座房子。是她自己设计的，包括桑拿区，那完全是她的想法。布鲁诺把公司卖给了我，然后退休了。他不时打来电话，说他正开着吉普车，在冰岛或希腊旅行，他热爱着每一刻这样的时光。自接管这家公司以来，我们收获了很多新客户，因为没有人像我们这样制造噩梦。我手下有八名员工了。他们不如我擅长造梦，但足以留住客户。我不再上夜班了，所以我和黛比总能一起睡觉。她紧紧地抱着我，我吻着她的脸颊。我不时在她身上植入噩梦，只是为了确保她不会无意中又考虑要离开我。这没什么，真的，因为我非常确定那些噩梦她连记都记不得了。一天中，我最喜欢的时光就是入睡前，她紧紧地抱着我，让我几乎无法呼吸。我有时在她耳边低语，说我不敢相信我们真的拥有了一直想要的生活。她笑着说，她也不敢相信。

调频 101.3

1.

几天前,有位老人拿来了这个收音机。他花了两分钟才打开店门。本尼帮他把收音机拿到柜台。老人没精打采地站在本尼身后,喘着粗气,然后用浮肿的眼睛看着本尼说,收音机坏了。

"这是什么牌子的?"我透过储藏室的窗户喊道。

"根德3059,木壳的。"本尼回答说。

"哇,古董。需要我看看吗?"

"不用了,它已经修不了了。"他说道,然后建议老人别修了。他说,光是备件就比三个索尼的新款还贵。

"不,不可能,"老人说,"内恰马不会同意换新的。"

我从储藏室里出来,站在柜台后面。

本尼笑了笑说,他可以帮忙说服她。他会出一个好价钱的。

老人低下了头。

"她已经去世了。两年前。"

本尼道了歉，转过来面对我。

"修过这种吗？"

"没有，但我想我可以。"

本尼犹豫了一会儿，然后告诉老人我们会尽力修。老人点了点头，重新整理了一下围巾和绿色的帽子，离开了。

本尼慢吞吞地走进储藏室，把收音机放在桌子上，问我有没有看昨天的比赛。

"昨天有足球赛吗？"

"你就像与世隔绝了一样。是篮球赛！马卡比打进了决赛。"

"哦，对。是的，太棒了。"

他笑了。

"我们可以一起看决赛。"我说道。

"我很乐意，相信我，"他叹了口气，"但尤塔姆不会让我去的。这是他第一次看决赛。"

"当然，你说得对，真希望我也能有个孩子陪我看。"

"干吗急着生孩子？你在这世上还有很多时间，你才三十岁。"

"我三十四了。"

"三十四更好，相信我。"他说着走出了房间。

只剩我和收音机在一起。这是二十世纪六十年代早期的款式，虽然老旧，但品相良好。我打开了收音机，但没接收到任何电台的信号。我花了几个小时摆弄它，但找不到故障的根源。

我更换了天线和其他一些部件，但没有任何效果。这让我恼火，因为我讨厌把整段工作时间都浪费在一台设备上。本尼倒不会说什么。他确实是个好老板。他知道与客户交谈不是我擅长的事，也能接受我整天待在后屋里修理设备。他总告诉我，可以自由地按自己的节奏来，就他而言，我想花多少时间都可以，不过我不知道他这话说得有多真诚。毕竟，即使他愿意，他也没有那么多时间给我。我知道这听起来有点心胸狭隘，然而当人们说一些场面话时，我会感到厌烦。就我个人而言，我更喜欢尽可能地明确。我用苹果手机的笔记记录日常开支和在电脑前花费的时间。所以我才会知道我的日均维修量是十一台设备，从我家到旧商店街需要十四分七秒——要不是努里特，只需要十三分半。她在本尼的店旁边的药店工作，每天早上都会在商店街入口处拦住我，总是找我的茬。譬如说，我颓废的姿势，我头发少到没必要买洗发水用。我觉得她对每个人都这样，但我也无从得知。也许她就是受不了我。

2.

我花了四天时间修理老人的收音机。我是说，我认为我修好了，但不能百分之百确定。它接收不到以色列国防军广播电台或 B 广播网，只能收到我从未听过的电台，比如调频 93.1 和调频 108。音质也没那么好，噪声干扰很多。我用两分二十秒对它进行了微调，直到最后我无意中发现，它能清晰地接收到一个电台：调频 98.6。

四、百、三、十、加、八、十、五、加、六、百、他、妈、的、等、等、增、值、税、忘、了、该、死、从、最、高、五、百、零、三、加、一、百、不、不、这、没、什、么、意、义。

尽管我什么都没碰，音量还是一直上升。

本尼走进房间，问我记不记得昨天那个女人花了多少钱修她的微波炉。

"九十九谢克尔四十五阿格洛①。"收音机里播音员的话成了刺耳的乱语。

"我跟你说过要收她两百。"

"什么时候？"

"把那个关掉，关一下。就在我出去吃午饭之前，你不记得我叫你收她两百吗？"

我试着回忆，但想不起来。

本尼看着收音机。"你全身心都放在这个上面了，是吧？没关系，别担心。"

"我很抱歉，本尼。我可以付差价，如果你……"

"没事。接着修收音机吧，要修多长时间你自己看着办。"

我重新打开了收音机。接收到同一个电台。过了一会儿，我才意识到这声音很熟悉。

---

① 以色列货币单位，100阿格洛等于1谢克尔。

五、百、零、三、加、一、百、白、痴、三、百、六、十、五、谢、克、尔、他、妈、的、到、底、是、什、么、好、让、我、们、看、看、总、计、刚、好、超、过……

我猛地向椅子后面靠，躲开那个声音。我朝窗外的商店望去。本尼就坐在收款机旁清点收据，还在笔记本上潦草地写写画画。他没说话。收音机一直在播放。我看着他，想象他在说话。

一、百、五、十、加、二、百、七、十、五、总、计、为、什、么、这、对、不、上？

我一跃而起，结果椅子倒了。本尼转过来冲我微笑。

天啊、我、忍不了、他、了、这个、讨厌的、家伙、现在、想、干吗？

我把收音机的音量调小，从后屋里走出来，走进商店。

"还没修好？你怎么不出去吃个饭？都工作一整天了。"

"不了，谢谢，只是想找把螺丝刀。"

本尼猛地拉开抽屉，递给我一把。我回到后屋，关上了门。

螺、丝、刀、个、屁、他、只、是、无、聊、想、找、茬、好、再、来、算、算、二、百、七、十、五、加……

我关掉收音机，手指在开关上又停留了四十六秒。我不想听了。我修理了另外十台设备。商店打烊时，我向本尼道了声晚安就冲了出去，避开了他的目光。我回到家就直接上床睡觉，感觉自己的身体出了问题。双手在颤抖，而我无法不让它们抖动。最后我睡着了。早上七点醒来,我写下了我还记得的梦。或者更应该说,我的噩梦。我平均每个月做一次噩梦。我洗了脸就去上班了。到达商店后,我立刻再次开始测试收音机。九点四十分,老人打来电话,问我们修好了没有。我告诉他,我们还在等一个来自德国的配件,至少还需要一个星期。他说了谢谢,挂断了电话。每当有顾客走进来,我就开始调整频率。我没能捕捉到前七位顾客的电台,但在十点五十三分,一个留着胡子的高个儿男人走了进来。我开始调频,直到收音机里传来断断续续的声音。我调大了音量。

还、有、奶、油、脆、饼、什、么、我、现、在、该、拿、什、么?、拿、打、印、机、打、印、机、和、蕾、切、尔、的、药、物、处、方、在、我、口、袋、里、还、有、什、么?、回、复、约、西、关、于、公、寓、的、事、去、意、大、利、的、票、对、现、在、几、点、天、哪、已、经、十、一、点、了、早、上、过、得、飞、快。

我扫视了我修好的所有设备。打印机只有一台,机体很小,黑色的。我拿起打印机,走近柜台。

"是的,就是这个,"他指着打印机说,"你们是最棒的。"

"他是最棒的。"本尼说道,拍了下我的后背。我点了点头,回到了后屋。我盯着收音机,觉得已经够了。我不打算再打开它了。

五点钟左右,本尼说他要参加婚礼,留我一个人在店里直到打烊。我盯着来来往往的顾客告诉自己，我对他们在想什么一点也不感兴趣。但在六点二十三分，一位年纪较大的女士走进店里。她想买个苹果手机的手机壳。她穿着蓬松的羽绒服，戴着红色墨镜，站在那儿仔细地研究着一众手机壳。我问她需不需要帮助。她取下墨镜，扫了我一眼。很明显，她在看我后退的发际线，可能还在想我有多丑。我跟她说我要去后屋拿点东西。我走进去，把收音机调到了她的电台。我必须知道。

黑、色、的、还、不、错、他、妈、的、阿、摩、司、竟、然、在、二、十、年、后、拆、散、一、个、家、庭、随、它、去、事、实、上、银、色、的、更、好。

我从后屋出来时，她走到了收款机前。我甚至没跟她说就给了她八折。

"一切都好吗？"我轻声问。

"好极了，亲爱的。怎么这么问？"

"没什么。"

"亲爱的，为什么这么问？"她又看了一眼我的发际线。这让我很生气。

"因为阿摩——"我踌躇了，陷入沉默。

"你是阿摩司的朋友吗？"

我没有回答。

"他已经告诉了所有人，是吧？"她把手放在脖子上，抚摸着一条五颜六色的项链。我把银色手机壳装进袋子里,她一把从我手中夺了过去。

"告诉你的朋友,他就是个该死的窝囊废。"她说着走出了商店。收音机发出的噪音逐渐减弱。

我一动不动地站了一会儿,然后打电话给老人,告诉他从德国来的货运延误了,至少还要再等一个月。他说一个月太久了。我问他是否希望我取消订单。他犹豫了一会儿,说不用。内恰马不会想要这样的结果。他挂断了电话。我也不知自己是高兴还是失望。

第二天,我也告知了本尼延误的消息。他什么都没说,只是觉得应该把我换掉,他的侄子很快就会从职业学校毕业,而且还愿意拿最低工资。我回头接着修其他设备,但现在平均每天八台。我一边工作一边听收音机,音量放得很低,以免本尼听到。除了把频率调到来店顾客的电台,我还喜欢收听大楼管理员艾伯特的电台,他哼的大多是阿里克·拉维①的歌曲,还有努里特的电台,调频 101.3,这个信号最强。她有个有趣的怪癖:背诵关于不同国家的冷知识。譬如,加拿大的湖泊数量超过了其他所有国家的总和,或者"西班牙"这个名字最初的意思是"兔子之地"。每天中午,她会准时想到自己想吃的东西,

---

① 阿里克·拉维(1927—2004),歌手、演员,出生于德国,9 岁移民至以色列,代表作有歌曲《红石》、电影《魔鬼任务》等。

比如奶油红薯意面，或者金枪鱼橄榄油沙拉配羊奶酪。她在面对面时能迅速地说出伤人的话，而独自一人时，脑海里的她却更犹豫不决——怕老板嫌她太慢，或担心工资撑不到月底，这点我也很喜欢。一天早上，我匆匆走进药店买牙膏。努里特在收银台。她抬起头说："总是买杂牌货，对吗？小气鬼。"我一句话也没说，只是回到店里打开了收音机。

两、个、肥、皂、十、块、非、常、便、宜、我、自、己、也、要、买、一、些、太、可、惜、他、总、匆、匆、忙、忙、离、开、他、能、过、来、一、下、真、的、挺、开、心、噢、等、等、上、个、月、是、三、个、十、块。

我猛地抬起了肩膀。我确保房门关好，然后打开了收音机。直到下班前，我一直在听她的广播：她又有三次觉得我可爱，两次为我们没有更好地了解彼此而遗憾。

第二天，我们在商店街的入口处相遇。

"你今天很紧张。"她说。

"也许吧。"我回答，注意到她脖子上有颗大美人痣。我笑了。她也回以微笑。那天，她花了七分四十六秒的时间想我，四次告诉自己，如果我约她，她不会拒绝。我想了想，距离我上次约会已经有整整三年零四个月了。

我走进药店买口香糖。努里特坐在收款机旁，看了看那口香糖说，这个味道很糟。我问她愿不愿意和我约会。她考虑了一会儿，说不。

我说好吧，低头看着地板，回了商店。我身体有些颤抖，坐在了后屋的椅子上。收音机还在播放她的电台。

我、总、是、毁、掉、一、切、真、是、白、痴、我、不、敢、相、信、他、妈、的、白、痴、那、要、多、少、钱、二、十、六？、天、啊、我、希、望、他、回、来。

我听着她的话，笑了。我又思索了一个小时，然后决定再去一趟药店。我站在收银台前说，我忘了收据。而她回答："太好了，你回来了。"

我们约好那天晚上去看电影。她有六次希望我们能去看安吉丽娜·朱莉[①]的新片，还希望我能给我俩买一大桶涂上了很多黄油的爆米花。

我们在售票处见面。她穿了一件漂亮的黑色连衣裙。我马上告诉她，我们要去看安吉丽娜·朱莉的电影，然后去买了一大桶她想要的那种爆米花。努里特说没必要，我跟她说我无论如何都要买，她真的很生气。我开始担心，她可能改了主意，我毁了一切。但我想我做对了，因为最终她握着我的手看完了整部电

---

① 安吉丽娜·朱莉（1975— ），美国演员，代表作有《换子疑云》《古墓丽影》《史密斯夫妇》等。

影。我们走出影院时，她告诉我她看得很开心，而我说我也是。我考虑过吻她，不过在我确定她喜欢这样之前，我选择先不做。

3.

第二天早上，她觉得我没在看电影时搂她真是太遗憾了。接着她又觉得奇怪，像我这样的男人居然从未正儿八经地谈过恋爱。实际上，这让我很开心，因为我承认，我自己也开始担心此事了。她有九次觉得昨天真的很完美，两次觉得我的衬衫有点难看，四次不明白自己怎么这么幸运，能找到像我这样的人。她有三个消极的想法，这让我有点不安，但大体上我很高兴我俩的约会相当成功。中午她发短信给我，建议我们在她家附近的一家餐厅见面，但我提议我们午休好好放松一下，可以去商店街的小咖啡馆里坐坐。我想听收音机听到最后一秒，这样我就能告诉她"我感觉你遇到了一个非常讨厌的顾客"，而她会说我好懂她。我们点了卡布奇诺，十六分钟后我告诉她，我刚刚想起本尼在店里有事需要我帮忙，然后就匆匆回储藏室去听她的电台。她觉得我在午餐约会的中途消失有点奇怪，但我们聊得很开心，所以她并不介意。

第六次约会时，我提议在她家附近的餐厅见面，因为我知道，餐后她想让我去她的公寓。一切都如她所愿，包括葡萄酒和甜点。我们上床时，我已经知道她喜欢什么了。我轻轻地咬了她的耳朵，一完事就和她紧紧相贴。第二天，她觉得和我做爱可能是她经历过的最棒的一次。听到这个我真的很高兴，因为我一直怀疑自己在这方面不太擅长。我也承认,"可能"这个词让我很沮丧。但我并没有时间为此纠结,因为没过多久她就觉得她爱我,怎么说呢,是真的爱我。我笑了,自初二以来,第一次有人对我说这话。我很兴奋,但同时有细碎的想法冒出来,也许她就要把爱收回。也许她反应过度,这其实不是爱。但我又告诉自己,只要有收音机,那就永远不会发生。我会确保一切都按她的愿望去做,她就永远不会离开。然后我仔细倾听了她对我的每一个想法——百分之九十三是积极的,只有百分之七是消极的。这让我很开心。就连本尼也为我高兴,他说他一直认为我们会合得来,我们还可能会生下漂亮的孩子。这是另一件让我开心的事,我喜欢想象我们孩子的事。但几小时之后,我收到了他的电台。

他、妈、的、懒、汉、甚、至、不、做、最、基、本、的、事、情、了、每、天、午、休、两、个、小、时、还、是、和、那、样、的、人、他、也、没、有、其、他、选、择、这、一、对、丑、八、怪、等、着、吧。

那天中午,我告诉努里特我只能午休三十分钟。她说她觉得有什么在困扰着我。我告诉了她本尼的事,说我听到他和一位顾客谈论我们。努里特笑了笑说,她不在乎别人对我们的看法,并紧紧地拥抱了我。我觉得她是我在这个世界上的支柱,我真的很想把收音机的事告诉她。所以我说,我读到一篇文章,有位韩国科学家正在研究一种可以读心的设备。她沉默了一会儿，然后说这听起来有些令人悲伤：每个人都知道你脑子里在想什么，你没有片刻属于自己。

我回到储藏室，对倾听努里特的想法感到不安。我甚至试着两个半小时不听，但没撑下去。我必须知道她对本尼整件事的看法，所以我告诉自己，就把收音机打开一小会儿。我听到她向自己大喊，说这他妈的是一场灾难。每个人可能都在想同样的事情。我们真是一对丑八怪。她希望我不要那么冷漠。她真的很爱我，但性爱并没有她最初想的那么棒。她不明白为什么每次我们坐在一起，我总要匆匆回店里去。也许如果她知道我在店里做什么，她会更理解我。我试着安慰自己，没关系，每个人时不时都会有不快的想法，但当我查看这些记录时，我发现她对我的负面想法激增了百分之二十三。积极的想法并不是没有，它们甚至占了大多数，有百分之七十呢，然而，鉴于我听到的所有那些消极念头，我没办法把注意力集中在这些好的想法上。在她所有的念头中，有一点非常突出——如果我都到了三十四岁，还没有正儿八经地谈过恋爱，也许我真的有什么问题。出于纯粹的挫败感，我开始认为她也没那么好。她真的是有点丑，也不够聪明，有时我觉得她在脑海中背诵的国家冷知识都不够准确。就在那天，我发现自己开始对她恶言相向，就和她过去冲我吼的一样。譬如，她的笑话没那么有趣，她看起来比实际年龄要大。这些话不只是琐碎轻浮的评论，还是直接瞄准她痛处进行的言语攻击。我甚至不需要收音机就能知道我伤害了她的感情。她有十一次想到我为什么这样对她，而问题是我自己也不太确定。

几天后，我们在午休时间见面，但谁也没说话。我们沉默了十七分四十六秒，直到她问："发生什么了？"

"你在说什么？"

"你为什么这样？"

我看着她在我面前因痛苦而身体僵硬。我不知道为什么，但这只让我更生气。

"因为你在骗我，"我说，"你觉得我有问题。"

"我从来没说过这样的话。"

"但你这样想过，不是吗？"

她保持沉默，一动不动地坐在椅子上。我看了她一会儿，然后站起来，跟她说我有东西落在店里了，便走开了。

"你要去哪里？"她喊道。

我没有回答。

她开始追着我跑，说她不明白我怎么了，我不能在给她个晴天霹雳之后就逃走。我看都没看她一眼就进了店。我确信她不敢在本尼面前大吵大闹。然而我稍不注意，她就从我身边跑过，跑进了储藏室，并返身锁上了房门。收音机还开着她的电台。我开始砰砰地敲门，但她不肯开。我透过窗户偷看。她站在收音机旁边，收音机突然爆发出刺耳的静电噪音。她捂住了耳朵。

"关掉收音机。"我冲她喊道。

她伸手去碰设备，但没有关掉，而是开始调试电台。我觉得她像是把手伸进了我的脑袋里。我大声地叫她停下。现在就住手。但她还在继续拨弄。本尼叫我俩行事都稳当一点，但我只是一直盯着她调整电台。

她猛地朝我的方向抬起头来，但不像是在看我，而像是看透了我一样。我觉得自己完全暴露了。我试着倾听自己的想法，以了解她在接收什么，但这没用。我把手挡在头上，就像造一个盾牌，但我知道这无济于事。我转身走出了商店。很快，我跑起来。本尼冲我喊，要我回来，但我没理会，只想离开她的信号范围。让她从我脑袋里出去。

我回到家，快速冲了个澡，然后上床睡觉。本尼打了四次电话，也发了短信，但我都没有回。我把毯子盖在头上，竭尽全力让自己睡着。

我醒得很晚，九点四十一分才到达商店街。就在我打开店门的那一刻，老人拿着收音机走了出来。

"等等，还没弄好呢，"我说，"我还没修好。"

"骗子。"他背对着我说。我试着去抢，向他解释德国的配件还没到，但他不听。

"够了！"本尼喊道。我抓住收音机不放，又抓了好一会儿，才终于松开了手。老人愤怒地叹了一口气，慢吞吞地离开，最后消失在了停车场。本尼冲我吼，说我疯了，我不能那样对待顾客。我向他道歉，说我不知道自己到底怎么了。

我设法躲了她一整天，但第二天早上九点整，她就站在店门口。我眼睛盯着地板，试图从她身边绕过去，但她挡住了门，不让我躲开。我们在那儿站了几分钟，直到我抬起眼睛看她。我对她有太多的感情，但我不知该如何在不了解她想法的情况下应对她。我有很多事想告诉她，但不知道该从哪里开始。我想在她的左脸颊上轻轻地吻一下，我知道她喜欢，但我不知道现在是否合适。

"你很不擅长这个，是吧？"她笑着说。

我回以微笑。

4.

现在我平均每天修 15.6 台设备。我仍在等本尼的侄子过来替代我，但坦白地讲，本尼的想法对我来说是个谜。我和努里特依然每天见面，通常是在晚上。有时她过来找我，我会做奶油红薯意面。她说这很好吃。我不知道她是否真的这么想，但我倾向于相信她。她告诉我，伊斯坦布尔是世界上唯一一横跨两大洲的首都，而我默默地想，她没与我分手，我是有多幸运。有时我们根本不说话，只安静地并排坐着，直到睡着。她不告诉我那天她在收音机里听到了什么，我觉得最好也别强求。自从店里的那件事以来，她一直没对我说她爱我。我承认这有时会让我忧心，但我尽量不去想。我不能完全确定我们之间是什么关系，但也许有些事情不必说出来。

人生意义有限公司

1.

我要说清楚——我从来没想过要自杀。一点也没有。我并不是不想再活下去了，完全不是这样。只是突然间，当我真正去思考的时候，我找不到一个合适的理由在早上起床。为什么想当然地认为我会起床、刷牙，在这个世界上又度过一天呢？

爸爸说他高中毕业后也有同样的感受。按规矩生活很难。但我感觉还要更深层一些，因为无论我费多大力气，都不能忽略脑海中突然冒出来的奇怪念头：世界上有数十亿人，但大多数人——如果不是所有人——都不知道自己在这做什么。我也不知道答案从何找起。我对去非洲山顶上隐居并不感兴趣，所以我尽了我愿为此付出的最大努力——在谷歌上搜索"人生的意义"。搜索出来的结果从里雄莱锡安的冥想中心到耶路撒冷贝塔足球俱乐部的官方网站，不一而足。第二页底部的一则小广告吸引了我的视线：

"人生意义有限公司"

在短短三十天内就能找到意义的个性化项目！

我填写了我的详细信息。

第二天，一位公司代表出现在我家门口——一个穿着白色衬衫的年轻女人。她问我这辈子想做什么。

"我真的不知道。"

"好极了，好极了。"她喊道，并说她有个项目特别适合我，"你一定要参加我们的搜索日。"她断言，并叹了口气，"说真的，特别适合你。"

"搜索日？那是什么？"

"你没看到第二频道为我们做的报道吗？"她真的很惊讶，"我不想剧透。你自己来看看吧。"她解释说，如果我报了豪华项目，还可以每周参加一次互助小组会，配有一位私人导师，还送一张上城区牛排店的代金券。她强调，他们的项目跟那些雨后春笋般涌现的业余项目不同，他们获得了卫生部的批准，成功率高达百分之八十二。我们商定了一段试用期，当天我就参加了第一次互助小组会。

2.

小组顾问是一个叫亚龙的男人。六年前，他还是一家私人投资公司的副总裁，赚了大把的钱，却从未真正快乐过。

"我记得那种胸口沉闷的感觉。"他说道,把左手放在心脏部位,做了个深呼吸。他说,多亏人生意义有限公司,他发现了园艺是他人生意义的所在。一旦意识到这一点,他的生活就彻底改变了。"谁知道一株银莲花能解决这么多问题?"

亚龙安排大家做了一轮自我介绍,很快我就觉得房间里的其他人都比我更有理由待在这儿。雅各布寻找意义是因为他的孩子们都已经离开了家;米里最近与结婚二十年的丈夫离婚了;而利安从印度神志恍惚地回来之后,一直未能找回自我。

"我?嗯,我不确定,我真的没有一个理由。"我说。

"有时,不知道才是最困难的。"亚龙轻声回答,众人点头表示同意。会议结束后,亚龙递给我一份调查问卷,上面有各种随机选取的问题,比如我的爱好是什么,我更习惯乡村还是都市生活。他说,这有助于他们根据我的具体需求来定制项目。我问他搜索日的事,但他只给了我一张纸条,上面写着一个地址:佩塔提克瓦,哈布罗什街26号。他告诉我,我需要去这里,他还坚称,进一步的信息只会折损我的体验。他强调,这个过程并不简单,他们不希望我中途放弃,所以指定了塔莉娅作为引导人——一位只比我大一岁的同项目校友。

3.

"你在寻找什么?"在人生意义有限公司办公室对面的公园里,我们第一次见面时,她睁着棕色的大眼睛看着我问。

"我真的不知道,"我说,"但这不是说我有抑郁或者其他什么，我的生活挺好。"

"我讨厌别人这么想。"

"怎么想？"

"想着你必须是个疯子，要么就是哲学家，才会想要找到真正的意义。"她说道，用手拂过脖子，"不明缘由地在这个世界上四处游荡，基本上就是与自己灵魂中的巨大空洞共存。其他人都忽略了这一点，这并不意味着你也必须忽略。"

塔莉娅告诉我，在来到人生意义有限公司之前，她有多不知所措。而她讲述的那些事，在此之前我都确信它们只存在于我的脑海中。

"要不是因为这家公司，在接下来的七十年生命中，我不会知道自己真正的使命是找到治疗癌症的方法。"她告诉我，自从认识到这一点，生活变得简单多了。她通过了高中同等学历考试，写了一篇生物学研究论文，还获得了教育部长卓越奖。基于她的研究，她应邀参加了伦敦的一个青年科学家会议，并在那儿结识了她的男朋友克里斯托弗。他来自丹麦，最近刚搬到刚果去做一年的志愿服务工作。"还不能完全确定，但我和克里斯似乎发现了皮肤癌致癌基因。如果我们的假设是正确的，这能为一种新药开辟道路，每年将拯救数万人。"

"心里明白自己东奔西忙救了这么多人的命，我只能想象这种感觉，"我说道，并没有试着掩饰我内心强烈的嫉妒，"这正是我想要找寻的东西。"

"你会找到的，"她回答道，柔软的手滑过我的肩头，"这一切都在你的内心，埃亚勒。相信我。如果你足够想要，你就会找到它。"

4.

第二天，我开车去了哈布罗什街。我找不到26号，在街上踱来踱去。后来有辆黑色吉普车在我身边停了下来，一个穿黑色西装的秃顶男人把头伸出后车窗。

"那些该死的法国人会终止这笔交易的。"他喊道。

"什么？"

秃顶男人打开了车门。"上车。快点，时间不多了。半小时后会议就开始了。"

"我想你认错人了。"我试着跟他解释。

"你叫埃亚勒·鲁宾斯坦吧？人生意义有限公司的？"他举起手机问道，屏幕上显示着我的照片。

"什么？是我，但是……"

"我和亚龙谈过了，别担心。来吧，进来吧，我不想迟到。"他把我拉上车，司机就启程了。

"我是莫蒂，公司首席执行官。"他用力地跟我握了手，并作了自我介绍，"我打开天窗说亮话，我们陷入了可怕的赤字，如果法国人不收购我们，那将是一场灾难。我们得劝包括你在内的两百人下岗。"

"等一下，听着，我真的不知道你在说什么。"

他从杂物箱里拿出一份报纸递给我。第四页的标题写着：

"法国更好生活公司称,未来几天内将从比尔图维亚收购一家维生素公司"。

"我猜那是你的公司?好消息。"

"我也是这么想的,"莫蒂叹了口气,"直到有位台湾朋友发现,他们也向一家台湾维生素公司派了代表,唯一不同的是,他们已经向那边提了正式报价。这些反犹太主义者只是把我们作为备选方案,以防万一。"他向前倾了倾身子。

"超车。"他冲司机说道,然后又将目光转向我,"你建议我们怎么做呢?"

"我?"

"你看车里有别的战略顾问吗?"

"我不是战略顾问。"

"危机管理者,谈判专家,随便你怎么称呼自己。我怎么能让他们收购呢?"

"听着,我真的不是那种——"

"亚龙跟我说你很谦虚,"他打断了我的话,"我不喜欢这样。嘿,靠边停,我们到了。"他指示司机在一家高档餐厅门口停下了。莫蒂下了车,打开后备厢,拿着挂在衣架上的一件帅气夹克和一条长裤回来。

"换上。他们随时会到。"

两分钟后,我身着我所穿过的最华丽的衣服出来了。

"定制的。亚龙把你的尺寸发给我了。"

我们下了车。一个留着胡子的高个儿男人喊了莫蒂的名字。

从口音来看，他无疑是那些法国人之一。莫蒂和他握了握手，然后操着以色列口音浓重的英语介绍说我是公司顾问。我不敢纠正他的话。莫蒂打开餐厅门，我们三个人走了进去，在一张白色圆桌旁坐下。这位法国人立即向服务员索要酒单，然后对每一款酒水都嗤之以鼻，最后决定喝一杯当地的梅洛红葡萄酒。

"有报价的消息吗？"莫蒂问。

法国人表示了歉意，说他们的会计师还在核查账目。"我们公司工作比较缜密，因此要进行彻底、严格的评估调查。"他解释道，然后提议再认真讨论一下公司的业务目标。

"非常乐意。"莫蒂说。他挠了挠脸颊，满怀疲惫地开始口述我听不懂的财务数据。

"像上次一样，用 PPT 演示如何？"法国人一边精心地往一片酸面包上涂厚厚的黄油，一边问。莫蒂犹豫了一下，然后说没问题，我们去车上拿笔记本电脑。

"喂，你怎么了？"我们一上车，莫蒂就问，"你一言不发的，难道是某种我不明白的商业策略？"

我不知道该说什么好。莫蒂发现在我这里得不到答案，就点了一支烟。几分钟后，我的电话响了，是亚龙打来的。但我知道现在退出已经太晚，于是我摁掉了铃声。

"什么牌子的？"莫蒂指着我的手机问。

"某个不怎么样的中国品牌。电池只能撑两个小时。"

"他们还坚称这是智能手机，"他嘲笑道，"营销做得就好像每部手机都有张哈佛毕业证一样。"

"我猜这能刺激人们购买。"

"是吧，嗯？可惜我们没有聪明药，不然法国人会当场买下我们公司。"

"他们不知道你有没有聪明药。"我说道，并不十分清楚自己话里的意思。

"等等，你在说什么？"莫蒂问。我说我也许有个主意，但我很肯定它不会奏效。

"就告诉我吧，我们又不会有什么损失。"

我试着跟他解释。与我不同，莫蒂似乎明白我的意思。

"我真的不确定这是不是个好主意。"我强调道，但莫蒂已经走回了餐厅。

法国人嘴里嚼着一片熏鱼。我们还没坐下来，莫蒂就说："我很抱歉，我们要退出这场交易。"

法国人从盘子里抬起头来，困惑地盯着我们，也许在想这是不是什么以色列玩笑。

"我们昨天收到了一家英国公司的报价。"莫蒂解释道，鉴于他们在谈判中缺乏诚意，我们决定与英国人交易。

"哪家公司？美好生活？幸福生活？"

"很遗憾，我无权透露这些信息，但确实感谢您百忙之中抽出时间来商讨。"莫蒂说。我接着补了一句，说我们真的感激不尽。莫蒂的手机响了。他瞥了一眼屏幕，道了个歉，说他得接下电话。

"没问题，我们会去签字的。"他对着听筒说，"当然，《纽约时报》可以报道，但他们需要明确指出，聪明药是一种全新的药物，前所未有。"

"什么聪明药？"法国人焦急地小声问我。

"很抱歉，但我真的不能谈这件事。"我说。我握了握他的手，跟着莫蒂回到车上。

两个小时后，法国人打来电话，提出正式报价。四千五百万。莫蒂差点当场成交，但我告诉他再等一天，多要一百万。他点了点头，掩不住笑意。

"他们要是问起聪明药，你怎么办呢？"我问。莫蒂说这不是问题——他会让人生意义有限公司给他派一名生物技术员，随便做点什么出来。我对他说，我不确定事情真能这么简单，但莫蒂只是不屑一顾地挥了挥手。

"你工作完成得很出色，这才是最重要的。"他说道，在我背上拍了一巴掌，然后说服我去酒吧喝了杯庆功酒。

5.

我在凌晨四点结束了第一天搜索日，第一次喝香槟让我有些醉意。十分钟后，我正在刷牙时，听到了敲门声。一时间，我以为自己可能把什么东西忘在出租车上了。我打开房门，看到一个身穿绿色连衣裤的家伙正盯着我。

"怎么回事，埃亚勒？我们等你半小时了。"

"我父母在睡觉，你能改天再来吗？"

"不会有别的时间了，相信我。"

我不情愿地跟着他下了楼。楼下发动机传来的嘎嘎声是给我的第一个提示。一辆大垃圾车停在大楼入口处。"哦,老天。"我喃喃道。

那家伙跳上卡车后部,挥手让我过去。

起初我以为每一分钟都会是煎熬,但事实上,体验不算太糟糕。趁着世界还没醒来,先感受感受它,这是件不错的事。在街上闲逛,不用被困在某间办公室里。并不是说与垃圾箱打交道让人特别愉快,但也没有我预想的那么糟糕。

那天下午,人们陆续来到我家接受心理治疗。一个女人在整场会面中一句话也不说,另一个女人则在谈到自己害怕独自变老时突然哭了起来。第二天,我发现自己穿着警察制服,在特拉维夫的街道上追捕一名毒贩。最终,我在一间小宴会厅里,作为一个汗流浃背的婚礼歌手结束了这一周。在下次小组会议上,我说我从未想过生活会提供给我这么多选择,而亚龙向我保证,我这才只见识了皮毛。

6.
三个星期过去了。我们小组中越来越多的人开始找到他们的意义。雅各布意识到,自己生来就是要做一名小丑医生[1]的,

---

[1] 也叫"医疗小丑""治愈小丑"或"医院小丑",是一群受过训练,通过爱、希望、幽默等积极力量改善患者情绪的专业人士。

米里参加了瑞诗凯诗的瑜伽师培训课程，利安在海法开了一家鹰嘴豆泥店。我是唯一还没有规划好生活的人。

"所有搜索日真的都很有趣，但每个我都觉得缺少了些什么。"我向塔莉娅解释道，"做一名战略顾问意味着要疯狂地工作，而当一名心理医生似乎在情感上负担太重了。说实话，我甚至不确定自己有没有得到为什么要在每天早上醒来的答案，我还发现了很多绕开这个问题的好方法。"

塔莉娅沉默了一会儿，然后告诉我，曾经有段时间她感觉自己什么都做不了，那些日子她记得很清楚。"在报名人生意义有限公司之前，我每周二下午都会去加阿什海滩。"她告诉了我，她过去是如何坐在小径边的悬崖上的，而且周围没有其他人。她会看着海浪，直到太阳沉入海里，她想弄明白自己每天早上怎么会有动力醒来。

"你还去那个海滩吗？"我问。

"不去了，人生意义有限公司给了我一直在寻找的答案，"她说，"我希望你也能找到你的答案。我真的这么希望。"

7.

夏天快结束时，亚龙把我拉到一边谈话。他说我可能是他最棘手的案子之一，豪华项目对我似乎不起作用。

"但在人生意义有限公司，我们不能放弃。"他说道，并解释说他们即将推出钻石项目，特别针对像我这样的人。项目基于在该领域高度发达的奥地利的创新方法，专为资深的意义寻求者设计。

"显然，我不能强迫你，"亚龙说，"但我确实认为，现在放弃就像离珠穆朗玛峰顶只差几米却退缩了一样。"

我打电话给塔莉娅，跟她说我拿不定主意。一方面我太累了，没法再继续，但另一方面，我又觉得自己走得那么远了，现在已经不能放弃了。

"也许人生意义有限公司并不适合所有人。"她略带犹豫地回答。

"你这是什么意思？"

"也许，也许你真的应该放弃。即使只是暂时地放弃。"

"放弃？"

"是的。我认为他们帮不了你。"

"但你说过他们帮了你。你自己说过，如果没有人生意义有限公司，你现在还坐在加阿什的海滩上呢。"

"但你是另一回事，"她说道，我意识到这句话已经在她脑海中萦绕一段时间了，"我是说，我只是觉得你是对的。就你而言，这些搜索日只是在分散你的注意力。"

"从什么上面分散注意力？"我问道，不知该如何应对她突然的决断。应对这种她已放弃了我的感觉。

"我不知道。真的不知道。但最近我一直在想，也许并不是总有一个正确答案的，这也是一个人需要学会与之共存的事。"她说着，深呼吸了几下，"也许人们应该停止寻找宏大的意义，开始为微小、简单的东西而活，比如孩子的笑声、绿色的草地。我不知道，任何能让他们微笑的东西。"

现在轮到我沉默了。片刻的安静后，我问："你真的认为这些对我来说就足够了吗？"

"也许吧。"她回答。

"那看来你并不了解。"

"看起来是。"

电话两端都很安静，直到我告诉她以色列红大卫盾会[1]的救护车已经在外面等我了。

"祝你好运。"她说。

我没有回答。

8.

塔莉娅走了。亚龙第二天给我打电话，说她受邀去瑞士某研究所继续研究，只得不辞而别，乘飞机离开了。"别担心，明天你会见到新的引导人，一个名叫阿米尔的友好的家伙，他刚刚在阿拉瓦建了个澳大利亚狐獴养殖场。他都等不及要见你了。"

然后我突然明白了。

我赶上一辆北行的公交车，在2号公路的一个车站下了车。我穿过大桥，一直往前走，站在了海滩入口的栅栏前。我从一个小口溜了进去，开始沿一条通往不知名地方的土路继续向前走。

她就坐在小路的尽头，望着大海。我感觉她看到我出现在那儿并不惊讶。

---

[1] 以色列全国性的紧急医疗、灾害、救护车和血库服务机构。

她说她是最不适合谈什么人生意义的人。"我不是神童,也不是那种学术天才,甚至从未踏进过实验室。我没有参加过伦敦的任何会议,也没有来丹麦的男朋友。"

她解释说,她只是一个高中时参加过戏剧社的女孩,厌倦了当着服务员等待薪水汇票的生活。人生意义有限公司雇她扮演一个见过光明的人,让人们相信,如果他们升级到钻石项目,就会找到一切的答案。

"一两个项目之后,大多数人相信他们找到了一直想要的生活,他们的问题已经得到了解决。但实际上,只有很少一部分人真正找到了意义。"她说,"在几个月内,大多数人都意识到,他们所寻求的答案并不在香港的最高建筑上,也不在北方的德鲁兹村庄里。但到了那时,他们已经不会在内心寻找答案了。"

她举起手臂,好像要拥抱我,接着她又改变了主意,让双臂从两侧垂落。"对不起。"她说。

"我很高兴你没有来自丹麦的男朋友。"我回答。

她笑了。

9.

我们在海滩上静默地坐了大约有一个小时。与她安静地相处是一件令人愉悦的事。

我想我会继续寻找人生的意义。但那一天,坐在海边,坐在她的身旁,我感到能活着这么几个瞬间而无须追究缘由,就很美好了。

柏林外三小时

1.

塔玛拉立刻认出了他，尽管他脸上戴着新的圆框眼镜，还留着黑胡子。不幸的是，他也认出了她。她意识到他们注定要谈话。她希望交流会很简短，但她知道这种可能性渺茫：关于新近况的开场白至少两分钟，回忆他们的大学生活需要三分钟，概述他在德国的生活又要五分钟。倘若他们偶然说起柏林的房价问题，那就老天保佑吧。

走近他，她挤出一个假笑。

"哎哟哟。"她假装很惊讶。

"真巧，是吧？"他回应道，拥抱了她，他的红毛衣又软又厚，"什么风把你吹到了哈代拉？"

"三天的研讨会。"

"哇，太棒了。主题是什么？"

"数字时代的税务。"她说道,连自己都感到厌烦。她只记得他叫迈克尔·察巴里,曾在耶路撒冷和她一起学过会计,毕业后的某一天,他搬去了德国,在一个她记不起名字的小镇上做了一名视频艺术家。"不提这个了,你怎么样?你到以色列干什么?"

他告诉她,他是来做一次短期拜访的,与工作有关,但她并没有在认真听。有时候,在进行这种毫无意义的对话时,她很想随便问一个问题,比如"你相信上帝吗?",或者"你小时候梦想成为什么人?"。然而这一次,她甚至不能以想象这种可能性来自娱,因为他道歉说他得赶紧离开,他约了一位对他的艺术感兴趣的著名策展人见面。"很遗憾,我没时间了。"他说道,然后消失在附近的巷子里。不知道为什么,她感觉受到了冒犯。

2.

每当一天结束的时候,她都会烧上水,研究在水壶底部游动的白色小块,再给自己冲上一杯加了糖的黑咖啡。然后,她会坐在客厅沙发上,把平板电脑搁在腿上,窥视数百位遥远的虚拟朋友之中的某一位的生活。那天晚上,她查看了迈克尔的个人资料,花了好多时间研究:

在德国待了一年,仍然不能理解布莱希特[①] ☺

[①] 贝托尔特·布莱希特(1898—1956),德国剧作家、诗人,代表作有《巴尔》《三分钱歌剧》等。

我该怎么跟爷爷说我已经成为拜仁球迷了？

#牛奶抗议：在柏林确实更便宜——但我还是不喜欢牛奶布丁。

她想到世界上有三种人：生活得比她糟糕的人，生活和她一样无聊的人，以及她忍不住嫉妒的人。以察巴里为例，他在一处世界遗产地拍的照片就让她不战而败。塔玛拉又仔细地看了几张照片。迈克尔是个英俊的人，他的笑容里有一种孩子般的气质——尤其是在许多照片中，在他穿着的那件朴素的黑夹克衬托之下。有些照片的主角是一位脸上总挂着微笑的胖乎乎的德国女人，塔玛拉想知道这是不是他的女朋友。她想着自己怎么也不敢和一个德国男人约会。她得出的结论是：他的生活比她的要好。接着她打开电视，看了一场百科知识竞赛，节目里被淘汰的选手会通过地上的活板门直接掉下去。不出一个小时，迈克尔·察巴里就成了她非常嫉妒的几十个人中的一员，然后被她抛之脑后。但那天晚些时候，他打来了电话。

他开口就为他在聊天中途离开了而道歉。

"别在意。"她说道，她为他的这种姿态而感动，并希望自己的声音不会泄露这一点。

"也许我们可以再见一面？"

她没有回答，但迈克尔很执着——他告诉她明天他还会来哈代拉，如果她能为他腾出时间，那就太好了。他承认，他想请她帮个忙:"在电话上拜托不太合适。"

她考虑过拒绝,然而迈克尔的奇怪请求是个难得的机会,让她不用与老板共进午餐。老板总是点菜单上最贵的菜,然后坚持他们应该平摊费用。她告诉迈克尔,研讨会期间有一个小时的休息时间,而迈克尔回答说,这段时间正合适。他给了她一家餐厅的地址,并让她不要提他们即将见面的事,然后又一次突然地结束了谈话。她试着继续看电视,但总止不住地好奇他想让她做些什么。即使她不会承认,但这种突如其来的兴趣悄然进入她的生活,并非不称她的心。

3.

他们约在一家健康餐厅见面,塔玛拉确信这只在特拉维夫才有。在她去往餐厅的途中下起了毛毛雨,她不知道这是好兆头还是坏的。她在靠窗的座位坐下,墙上贴满了浅绿色的墙纸,上面涂画着美好生活的建议:"改吃大豆""随波逐流""沟通为上"。她无意践行其中任何一个。为表郑重,她戴了一条细细的金项链,上面挂着一枚古董硬币垂饰,她现在把玩着这枚饰品,让它从一边滑到另一边。

他来了,穿着照片中的那件黑夹克,面带微笑地坐在她面前。

"在哈代拉吃午饭这么穿相当时髦啊,"她嘲弄地笑着,"再配上一顶礼帽,看起来就像个十足的英国绅士。"

他笑了,说烟斗被他忘在家里了。他向服务员示意,点了一份带自制面包的辣味北非蛋。她也想点同样的东西,却选了扁豆沙拉。服务员把菜单拿走后,他们前三十分钟谈的都是她令人赞叹但完全虚构的职业抱负,以及他移居德国的决定。

"搬家前的那个夏天,我就开始盘算这件事了。"他说道,并告诉她整个八月他都在罗斯柴尔德林荫大道度过,与达芙妮·里夫①隔着两个帐篷的距离。他一直希望,抗议活动最终能改变这个国家的状况,但等帐篷被拆除的时候,他意识到这不会发生。要是她这时有争辩欲的话,她会说他听起来就像一个足球迷,在一场失利后就换队站了。可她现在并不想跟人争执。

"你愿意解释一下我们为什么会在这里吗?"

"这有点复杂。"他回答说。

"所以才需要解释。"

他默默地用叉子蘸了蘸番茄酱汁,然后把它抹到蛋清上。"我昨天不该在这里。"他说道,抬头看着她。

"从来没有人应该在哈代拉。"她说。听到他的笑声,她心里很高兴。

"我的意思是,在以色列。"他颤抖着声音继续说。他说他是秘密来访,要她别跟任何人说见过他。

"我会跟谁说?"她问道,试图理解他的意思。

"我不知道,只是别跟人说。"他回答道,然后向她靠过来,"我要问你一个奇怪的问题,可以吗?"

---

① 达芙妮·里夫(1986—),以色列社会活动家、视频艺术家,2011年7月14日于特拉维夫发起了反对高房价的"帐篷村"游行示威行动。

"问吧。"

"比方说,"他慢慢地开口了,斟酌着用词,"某人接近你,给你一张单程票,并承诺你将接触到一种前所未有的生活。你会去吗?"

"穿着夹克、戴着礼帽的某人?"

他笑了。

"这里面有什么问题吗?"

"你不知道你要去哪里,"他说道,表情严肃起来,"还不能告诉你爱的人你要离开了。"

"我不想这样。"她犹豫地说。

"明白了。"他说道,毫无征兆地举起手,示意服务员结账,"我得走了。"

"什么?"

"我得走了。"

"你能解释一下发生了什么吗?"她问道,震惊于他约她出来吃午饭,结果却在中途抛下她。

"我会跟所有人说我看见你了。"她坚持要一个答案。

"不,你不会的。"他果断说道,语气尽量友好。

"看着吧,"她瞥了一眼桌上的手机,突然想到这个主意,"我会把我们的事分享在脸书上。"

她会在未来几年里回顾那一刻,就自己坚持不让他走的原因给出长长的、合理的解释。但在内心深处,她知道真正的答案很简单——她很孤独,不想和这个意外敲响了自己人生之门的人说再见。

"再确认一下你的姓是？察巴里？"好像不知道似的，她问道。

他偷偷瞥了一眼她的手机。"你的意思是打卡，而不是分享。"他纠正她，紧张地挠了挠胡子，"你以前要更友善。"

她知道他说得没错。

"你什么时候回德国？"她问。他没有回答，于是她开始输入他的名字，让他知道她是认真的。"你什么时候回去？"

"不回了。"他话里带着坚定且不受控的决心。她从屏幕上抬起头，打量着他，意识到他透露的信息超出了他的本意。

服务员拿着账单出现了，把他们的盘子都收走，而他俩各自沉思着。迈克尔摘下眼镜，揉揉眼睛，直到眼圈泛红。

她觉得她做得有些过分了。

4.

"抗议后的那个夏天，我已经在柏林了。"他每说一句就叹一口气。他告诉她，抵达柏林三个小时后，他就和一些嬉皮士鼓手一起租了一间公寓。在接下来的两个星期里，他像个兴奋过头的日本游客，试图用相机镜头捕捉这座城市，甚至有那么一小会儿觉得自己几乎做到了。他在导游的带领下参观了德国国会大厦，并在克罗伊茨贝格区六家不同的酒吧里喝醉了。他说，嬉皮士鼓手甚至帮他在附近的一家唱片店找了份工作，而楼上房间的黎巴嫩小姐都撩了他两次了。

"听起来不错。"她说。他回答确实不错。"但一个月后,我意识到我根本不可能留在那里。"

他解释说,他从一开始就受不了那儿的寒冷天气,那些油腻的食物,德语,还有在不到一个月的时间里给他开了两张罚单的地铁检票员。"我连那些真心对我好的人都忍受不了。"他形容自己在那儿的时光就像夏令营的第一个夜晚:感觉自己无法呼吸,好像有人拿一把钉枪指着你的脖子。"问题是我不想留在德国,但也回不了家。"

"为什么回不了?"

他说人们不会理解的。在他告诉老板他要离开了之后,在他把他的腋下吸汗垫丢在市场附近之后,人们就不会理解他了。"在向所有人宣讲了以色列没人敢追求自己的梦想之后,就不会了。"

他告诉她,有天晚上,在柏林,他站在浴室的镜子前,想象自己成了一个满脸皱纹的八十岁老人,一直过着自己不想要的生活。

一股震颤流过她的全身。她觉得他像是从她脑子里偷走了一个想法,并当作了自己的。他接着说道,那天晚些时候,他正在浏览脸书,刹那间感到一种强烈的自拍欲。当时他躺在床上,穿着邋遢的汗背心,脸上是沮丧的表情。他想把自拍传到社交网络上:"向每个人展示,我在柏林的生活与他们所认为的相去甚远。"他正要自拍,但在最后一刻又觉得这毫无意义。他点开自己的个人资料,研究了自己多年来发布的数百张照片,觉得它们描绘的都是别人的生活。

"所以你意识到脸书是一个巨大的谎言?真是富有洞察力啊。"

他说她是对的,然而这也正是他看到的人的荒谬之处。"每个人都知道,自己的虚拟形象就是个弥天大谎,但他们又坚持维护着这种形象,甚至不断完善它。"

他讲话的激情让她想起了十六岁的自己,当时她读完了切·格瓦拉[①]的传记,并宣誓效忠共产主义革命。这一誓言她两周后就违背了,她开始在麦当劳打工。"让我猜猜,"她怀疑地说,"就在那时,你决定删除脸书账号,并向自己承诺要开始一种真正的生活。因为有了这种心情,你买了一本励志书。"

"恰恰相反,"他回答,"这让我意识到,我可以把谎撒得有多大。"

她没明白。他的目光转向墙上。她不太确定,但觉得他正在看挂在那儿的海报:"投入健身。不是明天。就在今天。"

"你过着你想要的生活吗?"他问。

"是的。"她撒谎。

"那就没必要解释了。"

他们又一次完全沉默地对坐着。他从口袋里掏出一张一百谢克尔的钞票放在桌上,这时她瞥了一眼手机上的时间。

---

① 切·格瓦拉(1928—1967),古巴共产党、古巴共和国和古巴革命武装力量的主要缔造者和领导人之一,1967年在玻利维亚被捕,继而被杀,其后他的肖像成为反主流文化的普遍象征、第三世界共产主义革命运动中的英雄和西方左翼运动的象征。《时代周刊》杂志将其选入"20世纪最具影响力的100个人物"。

"拜托，不要跟任何人说我们见过。"他说道，然后起身走出餐厅。她没有试图阻拦他，而是去了洗手间。她站在镜子前，左眼下方被睫毛膏晕脏了。她吐吐舌头笑了起来，心想她得开始锻炼了。也许可以打排球。

她赶上了最后一节讲座，高新技术企业与管理。她坐在后排，闭上眼睛，回忆起小时候自己常常闭上眼，感觉整个世界都随她消失了。

5.

如果不是因为那张照片，他们可能再也说不上话了。两个小时后，她登录脸书，看到了他发布的内容。迈克尔穿着蓝色外套站在那儿，面带微笑地指着身后的一个德语标志。她一时间以为这是一张旧照片，偶然被推送到她的首页。但很快她就注意到，这是二十七分钟前刚刚发布的。而下面显示的位置是：德国。还有一条几乎无可置疑的配文："如果我发现了一个拼写错误，这是否意味着我终于成了当地人？"

即使她尽了最大的努力，这件事也想不通，最终她决定放弃。

第二天她回到了办公室。这段时间很忙，她像往常一样，想找借口早点离开。她计划和人力资源部经理一起出去玩，那是个身材矮小、性格爽朗的女孩，比她小三岁。她觉得这是个好机会，证明自己还可以结交新朋友。但一个小时后，塔玛拉觉得她们的友谊已经结束了，在此期间人力资源部经理坚持要她们一起评出办公室里前五名最性感的男人。回家后，她在脸书上分享了埃胡德·伯奈①那首关于三十岁大男孩的歌曲。她觉得，她分享的歌曲能让世界对她的生存状态有一些了解，这些歌曲从未得到过一个赞，也许这就是她经常分享的原因。然后她查看了WhatsApp联系人列表，希望找到一些被她遗忘的亲友。翻到字母M时，她看到了迈克尔的脸。她点开照片并放大：他拿着一瓶啤酒，表情严肃地盯着镜头，看起来比现实生活中更强硬。她心想，也许这就是他说的把谎扯大的意思。

一个绿点出现在他的名字旁边。她转发了他那张有德语标志的脸书照片，并写了一句话："有趣的配文，我不明白你是怎么这么快就到德国的……"

他没一会儿就打来了电话。"我猜你看到了照片。"他说。

她没有回答。

"听着，这是一个有意思的故事，但……"他的声音被巨大的背景噪音吞噬了。

"你在哪里？"

他避开了这个问题，继续他那令人困惑的长篇大论。她把注意力集中在背景噪音上，听到喇叭里响起了刺耳呆板的声音："特价，十谢克尔三杯可乐！"

---

① 埃胡德·伯奈（1953— ），以色列歌手、词曲作家，出生于耶路撒冷。他有一首知名的歌，讲述的是一个30岁的男人仍与父母住在一起，找不到自己在这个世上的路。

"你还在以色列。"她断言,并对自己的结论颇感惊讶。

他沉默了一会儿,然后问:"你想要什么?"

"一个解释。"

"我不能在电话里给你解释。"

"那我们见面吧。"她回答。她想她这一步可能迈得太大了,但又决定等他的回应。

"在哈代拉河见面?"他提议。

她同意了,不过假装犹豫了一下。

6.

第二天下午四点,她找借口离开了办公室,开着破旧的斯巴鲁牌汽车去了哈代拉。这辆车是她两年前从一个住在约旦河西岸的红发男人那里买来的。她停车时,隐约可见发电厂的三个烟囱,接着她走下楼梯来到河边。迈克尔已经在那里了,正双手插在灰色羊毛大衣的口袋里站着,凝视着水面。她蹑手蹑脚地走到他身后,把手放在他肩膀上,他转过身来。

"我会解释一切。"他说。

"等等。"她回答道,想慢慢来。她站在他身边,也注视着河流。在她还小的时候,她向自己许诺长大后要在户外生活。她深吸一口气,坐到长椅上。迈克尔仍站着。"你可以坐下来。"她说。

他笔直地坐在她身边。太阳正消失在地平线上。他告诉她,有位诗人曾令这条河名垂千古,但他记不起那首诗的名字了。

"这种话可不会让女人爱上你。"

"我应该让你爱上我？"他极其严肃地回答。

她微笑着，喜爱他难以折损的纯真。"这取决于你。"天气很冷，他们都呼出了白汽。

"我告诉过你，有一次我站在镜子前，想象自己成了一个八十岁的老人，还记得吗？"他问道，并说就在那时，他意识到社交网络身份可以解放他。他称之为"摆脱现实卡"。这张卡让他可以既过他想要的生活，同时也拥有人们期望他过的生活，他从未想过能做到这一点。他承认，他从来没当过视频艺术家。在柏林待了一个月后，他回了家，在他的房间里——一个面朝大海的小公寓中，度过了一年的时光。

她听出他激动的颤音，这是第一次泄露重大秘密的人发出的颤音。她悄悄靠近他，把一只手放在他的膝盖上，感觉到它在颤抖。

"天气很冷。"她说。

迈克尔跟她讲了他的另一面人生。之所以选择视频艺术作为职业，是因为他周围无人了解这个领域，而他选的那个小镇距离柏林有三小时的车程，所以不会有以色列人想到去找他。他说，他租车在德国上上下下跑了一个星期，与一个胖乎乎的德国女孩拍了上千张照片，她甚至不是他的女朋友，而只是他雇来拍摄的一个失败的女演员。

她告诉他，她也撒过一次谎，当时她发布了一张和朋友在基尼烈山山顶的照片，配上他们登上了山顶的标题，而实际上他们是乘坐了那辆斯巴鲁牌汽车才勉强到达了山顶。

"生活在危险的边缘,是吧?"他说。

"毕竟搬到郊区真的是与危险共舞,对吧?你真是无所畏惧……"她说着,轻轻戳了戳他的肋骨。

"我选择这个城市是经过深思熟虑的。"他说道,还解释说,他在脸书上察看了好友列表,确保没有一个人住在那里。然后他推断,这离他在耶路撒冷的家人和朋友已经足够远了,而且还不够有魅力,不足以吸引他们周末心血来潮来度个假。

"然而,我来啦。"她回答说。

"当然,只是个小差错。"他回答道,笨拙地把手放在她肩膀上,把她拉得更近。

她被触动了。

"你知道,像这样逃跑听起来有点懦弱。"她说。注意到他的表情时,她觉得自己又一次在好事即将发生之前就毁了它。她靠在他身上,轻轻地吻了吻他的嘴唇,像是为了补偿。他们微笑着彼此分开。他把她的双手握在手里暖了起来。

他们每隔几天见一次面。起初,她有些失落,因为他坚决不迈出哈代拉的边界。但随着时间的推移,她逐渐爱上了这座城市,在这里,事情同时保有发生与不发生两种状态。她每周至少会提前下班两次,并安慰自己说,下个月她会把工作时间补上。她很享受同事们猜测她要溜去哪里时的窃窃私语。"很抱歉,我真的不能说。"她会这么回答。看着他们脸上好奇的表情,她感觉自己手中好像握着某种真实的东西,而他们只能在心中渴望。

他们大多在咖啡馆见面,但时不时地会在更有陌生感的地方安排约会:健康维护组织的自助餐厅,社会保障办公室外的长椅。在这些时间、空间都受限的会面中,她总会透露出比预想的要更多的信息。她跟他说了脖子后面的伤疤,说了她第一次也是唯一一次抽大麻的事,说了她十四岁时离家出走,坐公交车去海滩,在那儿待了一整晚,结果直到第二天早上回家时才得知她母亲惊恐发作被送去了医院。他总是理解地点点头,她不知道该如何应对他的这种态度,他一直对她所说的任何话都毫不质疑。

7.

一个月后她被解雇了。她的老板声称,他们被迫进行了痛心的裁员。她不相信他的话,但还是忍住了没跟他争执。被裁让她下定了决心。迈克尔早在一周前就邀请她了。当时他们在哈代拉森林散步,他告诉她,她是不可能理解的,除非她与他在一起。

"没办法靠得比现在更近了。"她说道,伸出手来比画他们之间微小的距离。

"靠近不是地理意义上的。"他断言道,然后补充说,如果她真的想理解,可以加入他。

"去哪里?"

"德国，"他说，"如果你有胆量，就是那里。"

她突然大笑起来。他停下脚步，她轻轻地用手拂过他的胡子。

"我在听。跟我解释下它是怎么起作用的。"她说。

"没有说明书，你就来吧。"他回答说。

她抬起头，喃喃地说着天要下雨了。他抚摸她的后颈，说他不理解她怎么愿意放弃获得真正自由的机会。她做了个鬼脸，感到不爽。他的话有点居高临下。

"你说得对。"她说。她承认，也许选择会计只是因为父母说服了她学一些实用的东西。她和朋友们的大多数对话都真的很肤浅，毫无意义。还有，是的，她在十八岁时就做了隆鼻。"但你不明白，这就是支撑我的力量。"她解释说，她几近虔诚地遵守了所有那些限制和细微的规则，它们帮她保持理智，使她感到安全。如果每周看一次《厨艺大师》是过正常生活的代价，那她愿意支付。

她想赢得这场辩论，但他没有回应。他陷入了沉默之中。

他们在压抑的沉默中返回车上。就在临别的前一刻，她已经打开了车门，他从口袋里拿出一个黄色信封递给她。

"这是什么？"她问。

"一张飞往柏林的机票，"他抚摸着她的脸颊说，"去两周。"

"哈代拉还是德国？"她困惑不解。他很快回答道："看你的选择。"他告诉她，欢迎她用这张机票，在柏林独自度过两周。"或者你可以来这里。"他说道，并承诺会在火车站的入口处等她，甚至不必她事先提醒。他会在那儿等着，以防她决定赶到。

她看着他问，是不是想让她爱上他。

"这取决于你。"他回答说。

她调整了后视镜，关上车门，发动了汽车。她在阿波罗尼亚海滩停下，想看看海浪。她原计划在那儿待一整晚，仔细考虑他的提议，但十分钟后她就觉得冷了。她又一次想起离家出走时的情景；而今天，如果她消失了，没有人会惊恐发作。

周五晚上在父母家，她说她正在考虑去德国旅行。她急忙解释，她想清醒一下头脑，并立刻感到自己已经暴露了，桌上的每个人现在都知道在过去的两个月里，她和一个来自哈代拉，又甚至都不在那里的男人有了奇怪的关系，而现在她正在考虑是去德国度假还是去找他。但她的坦白只等来了若无其事的反应。她的父亲推荐了柏林市中心的一家酒店；姑姑拍了拍她的后背说，重要的是玩得开心一点。塔玛拉笑了笑，因自己再次被挤出关注的中心而略感失望。

8.

她父母坚持要开车送她去机场。他们在本·古里安机场的入口处告别，她的父亲看起来有点悲伤，母亲则勉强接受了一个简单的拥抱就赶她去逛免税店。说再见之前，她和父母自拍了一张，她认为谎言应该从第一时间开始。她把照片和"然后我们征服了柏林"的配文一起发了出来,并告诉自己,向莱昂纳德·科恩[①]致敬让谎言变得没那么可怕。

她看着他们离开,已经开始极度地想念他们了。

她进了机场,溜进卫生间。她拖着行李箱挤进一个隔间,斜靠在门上,从左边口袋里掏出了手机,打电话给航空公司。她精心准备了一个故事,解释自己为什么不能成行,但客服小姐连问都没问。塔玛拉打开行李箱,拿出了一件碎花长裙。几年前,她从母亲那里收到了这件衣服,之后她向任何愿意听她说话的人表示,她永远不会穿它。而现在,她希望它会让人更难认出她来。

半小时后,她走出了卫生间隔间,清洁工已经敲过两次门,问她有没有事。她乘自动扶梯下楼,经过到达大厅,在火车出发前两分钟赶到站台。她很快买了一张票,登上最后一节车厢,把包咚的一声放在旁边的座位上。她目不转睛地盯着地板,祈祷不要碰到任何认识的人。她很高兴地发现,她和父母的自拍获得了十一个点赞,还有一个她不认识的女孩的评论,写着"嫉妒得不得了"。

塔玛拉把头靠在窗户上,尝试入睡。

[①] 莱昂纳德·诺曼·科恩(1934—2016),加拿大创作型歌手、小说家、诗人,代表作有歌曲《哈利路亚》、书籍《渴望之书》等。"然后我们征服了柏林"是他的歌曲《首先我们征服了曼哈顿》中的歌词。

9.

他在车站入口处等她。她一开始没注意到，正忙着研究自己在手机屏幕上的影子。他咳嗽了一声，她惊得跳了起来，然后又为这种情况感到尴尬。他们沉默了一会儿，他一直盯着她。

"裙子很好看。"他说。

"我很高兴你喜欢，"她回答，"但这是我最后一次穿它。"

他犹豫了一下，然后伸手拂过她的头发。触摸中带有一定程度的敬重。她很喜欢。

"你剪了头发。"她说。短发让他看起来更严肃了。他搂住她，把她拉向自己。已经好多年没有人这样紧紧地拥抱过她了。前男友们没有，朋友们没有，家人也没有过。他们在那里站了一会儿。他放开她的时候，她真希望他不要放手。他拿起她的行李箱。"好重。"他们下楼梯时，他说。

他们走出车站，开始步行。塔玛拉希望他的公寓就在附近，她觉得自己好像已经飞越了半个世界。

"我们只要先为脸书拍两张照片，然后就去吃点东西。"

"不能等明天再拍吗？"她问道，打了个大大的哈欠。但他说很遗憾，不能再拖了。他解释说，消失不见的最初几个小时很关键，因为任何人都还没有任何理由质疑它。然后他告诉她，哈代拉有几个地方，如果用合适的角度拍摄，再裁掉部分背景，拍出来的照片看起来就像在柏林。

"如果哈代拉人知道就好了。"她说。

他笑了。

她想过要不要继续表示反对,但好奇心占了上风。

离火车站不远的地方,有一堵石墙,上面满是超大的涂鸦艺术。

"怎么,像柏林墙?"她嘲笑道,"听着,它看起来一点都不像。"

"等等。"他说道,把行李箱放在一块大石头旁边,挥手让她跟着。他停在鲍勃·马利[①]的一幅巨幅画像前,闭上了眼睛。

"你全都想到了。"她说。他满意地笑了笑,指着画旁边的"传奇"[②]一词。

"为什么拼错了?"

"这是德语。"他解释道。他向她要了手机,然后让她背靠着墙,他自己则后退了几步,对着那幅画拍下了她的照片。

"笑得真一点。"他这样要求。她说她害怕踩到狗屎,很难笑出来。

"我们有彼此在。"他说。看到照片时,她意识到他是对的。制造幸福的假象非常容易。

他们沿一条狭窄的小路走回大街上。他牵起她的手,向手心处呵了口热气。

她看着人行道上步履沉重的人们,然后看向他,想着自他

[①] 鲍勃·马利(1945—1981),牙买加创作型歌手,被认为是雷鬼音乐的先驱之一。他去世后,牙买加为他举行了国葬。1984 年,他的音乐精选集《传奇》发行后畅销全球。他被《滚石》杂志评为"100 位最伟大的艺术家"之一。
[②] 原文是"Legende",跟英文中的"Legend"差一个字母。

成为这世上唯一知道她确切位置的人以来,他们之间产生了多么亲密的联系。

他们去了一家普通的意大利餐馆吃饭。她点了意大利方饺配蘑菇,他让她拍张照片,最好从上方拍。她表示抗议,指出这不是一道德国菜。迈克尔则坚持认为,涉及食物的照片时,国别特征无关紧要。

"只有啤酒会暴露实情。"他争辩道,然后点了两瓶维森牌啤酒。他说他更喜欢金星牌的,但为了目的只能不择手段。

"所以说真的,你活着就是为了给别人留下深刻印象。"

"嗯,部分时候是。"他承认,"问题是,别人可一直都是这样。"

他的公寓在离火车站不远的一栋楼的二层。他说,他觉得住在安全出口旁边是犹太人的习俗。他打开房门,还没等他开灯,她就摸索着走到了床前——好像是在说,别再拍照了。她闭上眼睛,过了一会儿,感觉他躺在她身边。他伸出手,但没有碰她。她转过身来,贴近他的脸,吻了他。然后她睁开眼睛,抚摸着他的脸颊。他们俩都调皮地笑了笑,仿佛他们刚蒙骗了全世界,并活下来讲这个故事。

10.

第二天早上醒来时,有一杯咖啡在床头柜上等着她。她好奇地环顾四周,惊奇地发现他的公寓并不是她想象中的那种昏暗的藏身之处。地上是镶木地板，四周是淡奶油色的墙面。她从塞满的书架上认出了他们大学时期的课本，书架上方还挂着一把木吉他。迈克尔从厨房走出来，手里端着一个托盘，上面放着面包、煎蛋卷和切碎的蔬菜沙拉，他表示，这是为他说服了她在哈代拉待上两周的一点微不足道的补偿。她咬着新鲜的面包，小口地吃着沙拉，心里想问他是不是从意识形态上就反对用盐，但决定不问了。

他的笔记本电脑上有一个文件夹，里面是几十张柏林的旅游景点照片。"是时候造一些谎言了，"他对她说，"这些都是我自己拍的。"他吹嘘着，让她从中选三张。他说，不一定选最漂亮的，但要选她可能会去的地方。

"然后你把我修进图里？"她问。

他皱了皱眉，显然觉得这个想法很冒犯。"当然不是，"他抗议，"你得知道你能把谎撒到什么程度。譬如说，你和父母拍的那张照片就不太好。"

"为什么？"她问道，感觉受到了侮辱。他告诉她，他研究了她使用脸书的习惯，得出结论——她不是那种会发自拍照的人。

"你会知道这一点，让我感觉有些不安。"她说。"这没什么，"他说，"如今的计算程序可以通过照片上一个人的表情来判断他是否患有癌症，或是否即将与妻子离婚。"

迈克尔说，与之相反，发不带照片的莱昂纳德·科恩的歌曲才更像她。不过他也让她放心，这个失误不会引起任何人的怀疑。他建议她等上两天,发一张配文好玩的旅游景点照片——就像她在雅典旅行时发的那样。然后在快到周末的时候,上传阿萨夫·阿维丹①歌曲的德国现场混音版。她受不了他的极度精确,也理解不了生活在一个每次呼吸都如此可预测的世界里,到底有何意义。

她冲了个澡,给父亲打了电话,让他知道她一切都好。迈克尔认为这可能不是个好主意,建议她发短信,但她明确地表示,这事没有商量的余地。她也知道没必要担心,因为父母从来就对她不感兴趣;她最多只能指望他们例行公事般地问上一句,比如,她的酒店提不提供早餐。

父亲的声音安抚了她。她觉得,父亲如果发现了她一直就在离他不远的地方,很可能会难过。

之后,迈克尔带她去了被他当作办公室的咖啡馆,离公寓只有五分钟的步行路程。他告诉她,他每天都会带着笔记本电脑在那里坐上几个小时,为一家通过直布罗陀服务器运营的加拿大在线赌博公司查账。刚搬到哈代拉时,他向自己保证绝不再干会计这一行,然而在积蓄耗尽后,他决定每天干四个小时,这是他可以忍受的牺牲。

"我知道这不像当一个德国的视频艺术家那么浪漫,"他说,"但我意识到——"

---

① 阿萨夫·阿维丹(1980—),以色列创作型歌手,出生于耶路撒冷,以木吉他、口琴和动人的歌词开始音乐生涯,后来他在音乐中融入了更摇滚的元素。

"那你到底在哪里？"

"什么？"

"你的真实处所在哪里？"她把手放在桌子上问。

"你是什么意思？我在这里。"

"是的，现在在这里。但有时你在德国。而工作时，你又在加拿大或直布罗陀。"她说道，努力想将自己的想法表达出来。

"你知道，数字游民可不止我一个。"

"所以，"她说，将另一只手也放在桌子上，"你不觉得这糟透了吗？生活在一个身体变得——我不知道怎么说——毫无意义的世界里？"

"恰恰相反，"他坚定地回答，"这是解放。"

她不喜欢他的回答。他从包里取出笔记本电脑，放在桌子上。

"也许你应该独自度过今天余下的时间。"他提议说。

"你在说什么？"她怒气冲冲地问。他很快澄清，自己并不是想摆脱她，并以一种抚慰的姿态把手放在她的手上。

"欢迎你和我待在一起，"他说，"我只是觉得，你也是为自己而来。"他解释说，这两周是一次难得的机会，她可以做任何想做的事情。不用考虑工作，甚至不用考虑他。"真正体验这种自由。"他说。

她伸手轻轻抚摸他的脸颊。"我正希望你能这么说呢。"她撒谎道，为在这个世界上没有明确目标地度过一天而害怕。

她在街上闲逛，偶然看到一位拉手风琴的老人，她稍稍松了一口气。她往老人面前的箱子里投了二十谢克尔，心里感激这个让她能站定片刻的机会。然后她走进附近的一家冰激凌店，买了一份开心果冰激凌。她慢慢地吃着，希望能延长这段行动明确的时间。她把手机落在了他的公寓里，但不想回去，不想让他觉得她独自一人并不好过。

她决定去海滩。多年以后，她又一次坐上公交车，而到达那里时，她发现在这个冬日清晨，自己是海滩上唯一的游客。

夏季的星期六，哪怕在海滩走上一英寸都会踩着小孩子们的脑袋，而现在整个海滩都归她了。她站在海边，意识到自己多年来行走于这个世界上，从来不带什么雄心壮志。她不想在吉夫阿塔伊姆买房。不想在公司向上攀升。不想去纽约度假。她不确定这些梦想是从谁那里借来的，但她确信它们真的都不是她的梦想。她舒展身体躺在沙滩上，头发上沾满细小的沙粒。灰色的云朵从她上方飘过。那个曾经离家出走的女孩会为她感到骄傲的。

在她回去的路上，开始下雨了。公交车上坐在她前面的两个上了年纪的女人不停地交换眼神，而她为自己感到骄傲。

"你去哪了？"她走进公寓时，迈克尔惊呼着迅速用毯子裹住她，"你淋湿了？"

他让她坐在餐桌旁，给她端来玉米汤，并跟她说他特别愧疚，没让她带上伞就出去。她不喜欢玉米，但狼吞虎咽地全喝光了。

"怎么样?"

"很好,"她回答,"真的很好。"

他满意地笑了。"我没想到仅仅过去几个小时,我会变成这样。"他说。

"怎样?"

他脸红了。"这样想你。"

她笑了。看到桌上的《孤独星球·德国》旅行指南,她问:"在研究新帖子的内容?"他说没有。他坐到她旁边说,以备她决定待超过两个星期,他正要开始为此准备。这样的话,他们真的得一起去柏林,拍更多的照片。"要不然人们会起疑的。况且,囤些照片也不会有什么害处。"

"也许吧。"她说道,细细品味了一番这个主意——他们两人住在一家四星级酒店里,坐在阳台上凝视着某条河流。如果那里有河的话。

11.

她开始意识到,维持虚假的生活需要付出相当大的努力。

他们每天花费数小时来绘制详细的旅游地图,上面有她去的所有地方、吃的饭菜和买的物品,并寻找值得发布帖子的时刻。在她终于允许自己的想象力天马行空的时候,真正的满足感到来了。譬如她写的一篇帖子,关于潜入一场为柏林市长举办的活动;或者她上传的一张啤酒瓶照片,说她把里面的啤酒泼在了想搭讪她的已婚德国男人身上。她为收到的点赞和评论而高兴，人们毫不掩饰他们的嫉妒。她喜欢这么想：也许有人正在看她的主页，就像她过去看别人的那样。

他们每天都有相当一部分时间在一起，但有时迈克尔会无缘无故地缩回自己的世界。他会一下子从公寓消失好几个小时，或者整个上午都躺在床上沉思，露出让人难以弄懂的神情。

"这对我来说不容易，"他承认，"一个人待了整整一年，然后突然要和别人一起度过所有时光。"

这听起来并不舒服，但她理解了。她试着给他空间，希望能学着应对他灵魂中捉摸不定的暗流。她告诉自己，生活不是非黑即白的，她必须学会与灰色共处。她想把琐碎的想法都抛到一边。尤其是她脑海中不断浮现的、她与迈克尔之间细微但本质的差别。尽管她很享受这整段经历，但她根本无法理解，一个人怎么能这样生活一整年。她开始怀疑，他并不是真的想同时过两种生活，而是只想过其中一种。

"一个月后这就老套了，不是吗？"一天晚上，她问道，又加了一句，她的两个星期快结束了。他没有回答，但他的表情一清二楚。她意识到，对迈克尔来说，存在于现实世界只是一个技术故障，让他无法生活在他真正想去的地方。

"你不明白生活就在那里吗？"她问，"互联网并不能真正代替它。"

他没有否认。"我有时也这么想，"他说，"在过去的几个月里，我一直在问自己，是不是该摆脱它了。但另一方面，有太多的可能性我甚至都还没有探索过。"他说着，眼睛里闪过一丝亮光。他开始谈论网络生活的无限潜力，谈论提前准备数千篇帖子的可能性，在他去世多年后它们仍将继续上传，让他完全摆脱时间和空间的限制。

"但为什么你总是逃避这里发生的事情？"她沮丧地问，"为什么不在现实世界中过你想要的生活？"

他咬着嘴唇点了点头，仿佛已经不止一次地问过自己同样的问题。"因为所谓的生活只由两种感觉组成，"他说，"想念某个你从未去过的地方，渴望某个你永远不会去的地方。剩下的都是日常琐事。即使是生活中最美好的时刻，也会被无聊的日常琐事消磨。毕竟，即使是在天堂造房间的人也要缴纳所得税。"

"那你想要什么样的生活？"她问道。他笑了。

"创造一个仅此一份、完美无瑕的空间，让其中的每一刻都成为纯粹的快乐。脸书允许你做到这一点。只活在顶峰，抛却其他，明白吗？"

她僵住了。"等等。在天堂造房间的人。那是什么？"

他笑了。"你不记得了？"他问，"在大学食堂里，我们一群人谈到如果不考虑钱，我们会选择什么职业。"

"我记不太清楚了。"她喃喃自语，双臂抱在胸前。

"只有你给出了好的答案。你说，在你很小的时候，你意识到并不是每个人都会去同一个天堂，因为每个人对天堂的概念都不一样。小时候，你把天堂想象成一栋公寓大楼，每个人都有自己的房间，在那里实现自己最疯狂的幻想。"她看着他，想起了她当时把一个男人的房间想象成一座椰子岛，把一个女人的房间想象成一整座水下城。

"然后你说，如果这就是天堂的样子，你想成为造这些房间的人。"

她的心跳开始加速。"真奇怪，你会记得。"她说。

他把手放在她的手臂上，温柔地抚摸着。她不知道他居然还有这种温情。"早在那时我就爱上了你，"他说，"余下的不过是出于礼节。"

她没想到是他先敞开心扉。她把他的脸拉到自己面前，直到他们的额头碰在一起。她闭上眼睛，立刻意识到了自己真正想要的东西。"我们走吧，"她说，"我们去柏林。"

这次是他犹豫了。"我们等一两天，好好考虑一下吧。"他说道，还承认自他们上次谈话以来，他开始怀疑自己是不是其实一切都做得太过了。

她不让他反悔。"在柏林，你和我会有整整一周的时间来考虑这件事。"她坚持道。

一个小时后，他们已经买好了票，甚至预订了第一晚的酒店。他仍存有的一些疑虑很快就消失了，接下来的几天里，他不停地谈论着旅行，谈论他们会到哪里参观，在哪家餐厅吃饭。她决定给父母发一封简短的电子邮件，告知他们她要延长行程。她不在乎柏林，也不在乎他一直在说的度假的事。她只是想有更多的时间和他在一起。她知道他们之间有些东西需要更多的时间和更亲密的关系来培养。她只要确保他们能一起去柏林。

一天晚上,在杂货店里,她从货架中间看到一个和他们一起上过大学的女人推着婴儿车走进来。她马上把迈克尔推到黄瓜区。他们躲在西红柿和红薯之间,一动不动地藏了好几分钟,并带着神秘的微笑对视。这个女人和她的孩子离开商店后,她松了一口气,想着也许真的可以像这样过一辈子。

12.

她的母亲在飞机起飞前两天的深夜打来电话。她没有听到电话铃声。她醒来去卫生间时,碰巧看到了短信。

我带你爸去医院了。胸疼。

塔玛拉惊慌失措地拨打母亲的电话。她打了一次又一次,直到母亲给她发了另一条短信,说他们在诊疗室,稍后会给她回电话。

"我马上回去。"塔玛拉写短信给她。母亲则回复说,为了他俩缩短她的行程实在太可惜了,并答应她,得知更多病情后会与她同步。塔玛拉没有看完信息就开始收拾散落在房间各处的衣服。迈克尔醒来后发现她坐在地板上,试图再把一件毛衣塞进她的包里。

"你在干什么?"他问。

她指了指手机。他看了短信,坐在她身边,用胳膊环住她,紧紧地拥抱着她。

"别忘了你还在德国。"他抚摸着她的头发说,"我会帮你找最早的航班。你明天下午就到了。甚至可能更早些。"

她躲开他,向后靠了靠,打量着他,觉得他一定是在开玩笑。

"你刚才真的这么说了吗?"她问道,对他痛苦的表情感到愤怒,仿佛他抢走了本属于她的痛苦。

"你要怎么向你母亲解释,你只花了一个小时就到了伊奇洛夫医院?"他说,"我知道这很艰难,但我们必须想清楚。"

她把他推开,拿起被他坐住的衬衫。

"我现在最不关心的就是该死的德国。"她喊道。越是想他说的话,她越觉得荒谬。"我这辈子从没想过一个人能如此冷漠。"她站起身,开始在房间里走来走去。

"你知道你现在的处境,"他喃喃地说,"这事也会牵连到我身上,你明白吗?"

她想杀了他。"你怎么回事?"她冲他尖叫,"你不明白我父亲快死了吗?"

他没有回答,她也没什么好说的了。她又看了他一眼,他退缩到了自己的世界里,眼睛盯着地板。她不明白自己还在那里做什么。

"我给你叫辆出租车,"他说道,没有看她。他试着拨号,但手抖得厉害。

"不需要。"她如是说道,并开始向门口走去。走得很慢。

"我希望你回来。"

一出公寓,她就自己叫了一辆出租车。等车的时候,她又收到一条母亲的短信:"是胆结石。他会没事的。抱歉让你担心了。晚安,玩得开心。"

她偷偷溜回公寓。迈克尔坐在沙发上,喘着粗气。她给自己倒了一杯水,坐在了他旁边。

"他没事。"她说。

"很高兴听到这个消息。"他平静地回答道,没有看她,"你说得对。我做得太过火了。"

她轻轻地拍了拍他的头说,是她做得太过火了。

他没有回答。

"希望你不会为我们的相遇而后悔。"她说道,展露出了过去几天里在她内心升腾起的恐惧感。

他抬起头来,眼睛红红的。她注视着他,注视他颤抖的双手。

"我们的相遇,"他说,"不是巧合。"

他承认自己在脸书上监视了她。当看到她勾选了"参加"会议,意识到她会出现在哈代拉时,他策划了一次偶遇。他承认他不知道会有什么结果,但决心不让这样的机会溜走。

她把杯子放在桌上。"真让人惊讶。"她说。

"惊讶我监视了你?"

"惊讶我自己没想到这一点。"她看着他的眼睛,"但为什么是我？"

"因为那些天堂里的房间。"他说。

她不信。"为什么是我？"她坚持道。

"因为我孤身一人。"他喃喃道。接着他说她从一开始就是对的，这一切太过了，他在过去的一年里完全迷失了自我。"我必须离开这里。"他说。

"等等，"她回答，"让我们飞去柏林，在那里做决定。"

他一言不发。

13.

航班前一天傍晚，她发现他坐在床边，整理衣服。然后他说要为这次航行去买本书，吻了吻她的脸颊，离开了公寓。她躺在床上，闭上眼睛，感到心里沉甸甸的。

塔玛拉醒来时，已经是夜里了。她伸手拿起手机，查看WhatsApp上有没有新消息，然后登录了脸书。她想看看自己最近上传的一张照片获得了多少点赞。推送给她的第四条帖子是迈克尔的。上传于三十分钟之前。

"没有比家更温暖的地方

几个小时后回以色列。"

文字旁边有一个飞机的表情，根据他的签到信息，他正在"去以色列的路上"。

她下了床，走进厨房。正如她所想的那样，迈克尔穿着他那件熟悉的黑色夹克坐在桌边，脚下放着一个小行李箱。他静静地看着她，仿佛一直在等她。

"有位英国绅士要上他的马车啰。"她说。

他笑了。"对不起，我不能再在这儿待下去了。"

"你一周也等不了吗？"

"我这人做事冲动。"

"我可没注意到。"她用讽刺的口吻回答道，担心自己会哭出来。她拉过一把椅子，在他面前坐下。她一直看着他，和曾经在餐厅里坐在她对面的那个缺乏信心的家伙相比，他有了何等的不同。

"这间公寓的房租付到了月底。"他说道，还说他认为她最好还是去德国，"这样你描述去过的地方会更容易一些。没有亲自到过那里是不一样的。"

她明白说服他留下来没什么意义。她比预想中更快地接受了这个事实。

"你和我在一起开心吗？"她问。

他又笑了。

"开心，"他说，"现实还没机会把它搞砸。"

"生活不是非黑即白的。你也得学会与灰色共处。"她告诉他。

"没错。"他说着站起身来。有那么一会儿，他似乎在考虑要不要拥抱她，并最终决定应该抱一下。她站了起来，但没有拥抱他。

"但我做不到,"他说,"我宁愿要一个没有那些灰色的你。"

他的话让人感到痛苦。

他转身走了出去。她坐在他的椅子上,听着他的行李箱被拖下楼梯的声音。

14.

没有河景。也没有阳台。但酒店的房间舒适而温馨,人们都像他说的那样好。她其实本没打算看脸书,但她的手机自动连接了酒店的无线网络,而他刚刚上传了几张回国聚会的照片。她观察了他周围的人,一个也认不出来。整场聚会中,有个戴眼镜的女孩一直坐在他旁边。她点开了女孩的个人页面,但找不到关于她的任何信息。

她躺在床上。在绝望的瞬间,她分享了阿米尔·列夫[①]关于霍尔顿的鸭子[②]的歌。她不知道自己这样是想表达什么。但也许正因如此,她觉得这是她在虚拟世界里发布过的最真实的东西。

[①] 阿米尔·列夫(1962—),以色列创作型歌手、吉他手、音乐制作人。
[②] 指《麦田里的守望者》中主人公霍尔顿的鸭子,象征着童年的纯真。

如何记住一片沙漠

1.

在那里,白色的候诊室里,她突然畏缩了,意识到阿米凯是对的。一直都是对的。事实上,两个人是可以处在同一个地方的,严丝合缝得连一个分子的间隙都没有。如今,你可以挤进另一个人的内心,紧紧抓住不放。

每当阿米凯提出这个想法时,她都会表示抗议:"总会留有些空间。"而且不管是谁确保了这些空间的存在,她都会在心里暗自感激。但阿米凯态度坚决。他悄悄地贴近,将空间压扁、挤碎,而她任由他继续尝试。他确实尝试了。在卧室里,浴室里,汽车里。在哪里他都紧贴着她。她在离开前告诉他,由于他的种种奇怪尝试,她皮肤都红了。但他直到最后都在坚持。

一个穿着手术服的年轻女人走进来,大声喊出候诊室里的人的名字。露丝打量着她,觉得她的眉毛修得很好看。然后她把注意力转向坐在他们周围的夫妇们，意识到他们是候诊室里年纪最大的一对。她试着猜他们比其他人大多少。至少二十岁。也许三十岁？

"伊兰和露丝·扎米尔？"

"他姓扎米尔，我姓迈纳。"她急忙纠正，"我的意思是，从明天起，我俩都姓扎米尔了。"她瞥了伊兰一眼，担心他会生气，但他看起来很平静。

"没事，现如今婚后你可以用连字符，成为扎米尔－迈纳。"女人说。伊兰笑着回答："来不及改了，我们是传统型的。"

房间里有几个人笑了起来。

"欢迎来到透明记忆公司。"那个女人说，并提醒候诊室里的人，准婚夫妇们在术后可以享受舒适的水疗护理。然后她解释了流程，过了一遍安全守则，递给他们表格，并指出手术结束时，有些人可能会感到头晕，"尤其是高龄顾客"。露丝想知道最后一句话是不是针对他们的。在离开房间之前女人说，一次会叫一对夫妇。坐在他们左边的两个男人手拉着手，低声耳语。其中一个男人转向她。

"我不得不问一下，你和创始人迈纳是亲戚吗？"

"你不是不得不问一下，你是想问一下。"她回答。伊兰很快补充道："他是她的前夫。蛮好的人。"

"他至少给你打了个折吧？"那人问。另一个人笑着说："打折？他不给他们植入虚假记忆就是万幸了。"

"他是个正派的人。"伊兰说道，她握住他的手使劲捏着，人们谈论阿米凯时她就会这样。

2.

那个女人把他们领进手术室。房间中央放着两台又圆又宽的机器。她解释说，它们的外观和操作方式都有点像核磁共振成像仪，然后她递给他们绿色的手术长袍，让他们在窗帘后面的小角落里换上。伊兰先进去。她跟着。这件长袍小了一码，但她没有说。

"兴奋吗？"女人问。伊兰说是的。露丝点点头。

"你们今天要分享几段记忆？"

"两段。"

"你们报名时，他们没有跟你们说明至少要分享五段吗？"

"我不会分享两段以上。"露丝说。伊兰补充道："我们和你们的人在电话中说好是分享两段了。"

"很抱歉，我们的价目表上没有两段的选项。"

"那我们分享两段，付五段的钱。"伊兰回答道，露丝笑了。她喜欢他的决心。决心不参与这些游戏。决心做她的后盾。

女人快速打了个电话，询问了一下。"抱歉，他们应该把情况同步给我的，"她说，"是分享两段记忆。"她提醒他们，分享的记忆要有明确的时间和地点，这很重要，否则机器将很难复制，它们目前还无法抓取抽象的记忆。"整个过程要花三十分钟。如果你们有人需要去小便，可以现在去。"

"我们在家去过了。"伊兰说。女人笑了。她给他俩各递上一杯透明液体，解释说这有助于大脑记录新的记忆，强调了它的散焦效果。伊兰慢慢地喝着。露丝一饮而尽。实在太甜了。

"我们开始吧。"

伊兰亲了亲露丝的脸颊，走向他的机器。露丝也走近她的机器，躺在手术台上。垫在身下的材料很凉。没有考虑到这一点，很是阿米凯的风格。

她看着伊兰，伊兰也回望她，给了她一个飞吻。这让她很尴尬，所以她盯向天花板，听到一种嗡嗡的声音。机器启动了，滑动着把她带入白色的隧道，直到吞噬她整个身体。

"闭上你的眼睛，"一个舒缓的声音通过扬声器传来，"深呼吸。"

她试着深呼吸。想起她和阿米凯的儿子。想起儿子跟她说，他进入那台机器的那天，意识到她错了。人们并不是注定要独自在这世上漫游的。他告诉了她他和妻子内奥米第一次交换记忆的事。他说："语言败退处，由科技进驻。"她看着自己热恋中的孩子，为他感到高兴。她尽量不去想孩子与母亲之间令人遗憾而又不可避免的远离。

"我觉得这不对劲。"谈到这台机器时，她向他坦言道。她感觉这样人们离得有点太近了，每天分享所有的记忆、照片和信息。他给了她一个白眼。她想他可能会告诉内奥米，说他母亲"跟不上潮流了"，就像他谈论别人时那样。几年前，自从她的老人卡给邮寄了过来，他就在用不同的眼光看待她了。每当她忘记把钥匙放在了什么地方，或者努力想记起某位老同学的名字时,这都是对她的考验。

"露丝,从你的脉搏看你有点紧张,"声音传了过来,"别担心,一切都在掌控之中。"

"我知道。"

"很好。继续专注于你的呼吸。现在我要请你们两位想一想你们要分享的第一段记忆。"

她试图回想。直到那时,她才意识到自己无意分享任何一段记忆。她同意进行这场闹剧只是因为儿子的态度非常坚决。有那么一会儿,她考虑退出。或者只是唤起一些微不足道的记忆。在办公室午休,诸如此类的事情。为什么不和伊兰分享它呢?毕竟,这会让他那么开心。让他俩都开心。她觉得自己在抗拒世界前进的方向,但不知道为什么会这样。

"试着回忆一下那一刻你周围发生了什么,你看到了什么,闻到了什么。"

她觉得身体的每块肌肉都在反抗她。一块接一块地紧绷起来。

"试着感受你所处的温度。"

她的身体拒绝了这一要求:她只看得到一片漆黑。他们随时会识破她。他们会问她为什么不回忆,有什么问题。

"我们将在几秒钟后继续手术。"那个声音说道,她知道自己已经被发现了。

机器发出的噪音减弱了。

"很抱歉,出了个小故障。如果您允许,我们将重复这一步骤。深呼吸，想一想——"

"等等，"她说，"我要去卫生间。"

"您不能再忍一下吗？"那个声音回答，"不会占用太长时间的。"

"忍不了，我现在就得去。"

"中断手术会有点麻烦。您能再等——"

"不行，我等不了，我要尿身上了。你好？能听到我说话吗？"

片刻的沉默后，手术台开始慢慢滑动出来。年轻女人站在她右边。"过来，我们快点好吗？"她说道，脸上带着那种令人讨厌的微笑，"我会带你去。"

"我不需要人陪。"

"我最好和你一起去，"她说，"我们给你用了镇静剂，你走路会有点困难。"

"没事吧，我的露丝？"

"没事，伊兰。没事。只是去下卫生间。"

"好的，我在这里等你。爱你。"

"马上回来。"

那个女人扶她从手术台上下来。露丝走近更衣的那个角落，拿起裤子，从口袋里掏出手机。女人告诉她没有必要带任何东西，但露丝没理会她。她们通过走廊时，她感到身子有点摇晃，紧紧抓住了女人。

"你想让我陪你进去吗？"

"不用，不用，我没事。"

"好的，我在这里等你。记得从同一扇门出来啊。"

"好的。"露丝回答道，想起了她的儿子。有时，当他不确定她是否听懂了他的话时，他会用和现在这个女人同样的眼神看她。

她走进卫生间。只有两个隔间，都没有人。她进了左边的那个，锁上了身后的门，用几张卫生纸在马桶圈上小心地铺了一层。她坐下来，伸手想把手机放在什么地方，但找不到一个平面。手机哔地响了，收到一条短信。她试图解锁手机，但解不开。她讨厌这部智能手机，想用回她的简易机，但儿子给她买了新的苹果手机。他把它作为礼物送给了她，两个月后却发现她身上的新手机没电了，而口袋里还藏着她的简易机。他三天都没跟她说话，直到她把旧手机交给他，留下她独自与触摸屏斗智斗勇。

不知怎么的，她发现自己打开了联系人页面。她想点击返回，却向下滑动了列表。她在阿米凯的名字那儿停了下来。注视着这些字母。她试图回到主界面，却不小心拨通了他的电话。她想按下挂断键，但手机没有反应。黑屏了，可是铃声还在响。

"该死。"听到阿米凯的语音留言时，她生气地骂道。

"嘿，欢迎留言。"

他这种声望的人留言竟然这么简单？很好。她一句话也不说，希望电话能自行断线。她了解他，沉默十秒钟后，他就会挂断电话，她知道他会的。要是他没挂呢？他会认为她在盯他的梢。他不会明白她为什么在婚礼前一天给他打电话。她最好还是说点什么，这样就不会造成任何误解了。

"嗨，是我。你不会相信我在哪里，"她说道，犹豫着要不要继续说下去，"在你的大楼。公司大楼里。在和伊兰分享记忆。你能相信吗，我们儿子，那个小淘气鬼，他设法说服了我。"

她听到卫生间门开了。"没事吧？"那个女人问。

"没事，"她从隔间内回答道，用手捂住屏幕，"我还要几分钟。"

"好吧，快一点。需要帮助的话喊我一声。"

"谢谢。"她说，不知道自己会需要什么帮助。她听到门关上了，又看向没有反应的屏幕上。"好吧，不管怎样，我想你可能会在这里。但我们快结束了，所以也没什么。明天婚礼见。就这样，再见。"

她试着挂断电话，但不知道有没有挂断。她站起身来，把卫生纸扔到马桶里，然后冲水。站在洗手池前，她感到腿软了。幸好那个女人在外面等着。她看着镜子，觉得伊兰一定很担心。她把手放在烘干机下面，让热气慰藉自己。然后她打开门，它喷涌而下。

冷水冲遍了她全身。从她肩上倾泻下来。她整个身子都畏缩起来，她想要保护自己，但不知该怎么做。它从哪里来？她的身体感觉不一样了，僵硬了。浑身湿漉漉，冷冰冰的。她看着自己的双手，十分困惑。她完全是干的。没有水。这种知觉一出现，就又消退了。

她停顿了一下，然后伸了伸胳膊，试图弄明白自己在哪里。但她依旧很困惑。"喂，你给我的镇静剂里有什么东西？"她问那个女人，但女人不在那里。她自己也不在那里。这不是她来的那个走廊。黑色的瓷砖，曚昽的日光从灰暗的窗口透进来。她试着打开卫生间的门。它锁上了。她注意到墙上有一副银色的电子门锁。不知道密码。她想打个电话，却不知道打给谁。她试了试打给伊兰，但他没有接。

"有人吗，我被困住了，"她大声喊道，"有没有人？"

没有回应。她开始踉跄地走在走廊上，每走一步都觉得自己更加不可信。

"这里有人吗？"

没有回答。她伸出左手，扶着墙支撑身子，在走廊里走着，跌跌撞撞地走进房间又走出房间。她不知道自己在哪里，也不知道怎么回去。

水又一次突然地浇到了她身上，没有留下任何痕迹。这一次是细雨绵绵。不再冰冷了。感觉很愉快，几乎是爱抚。这种感觉伴随着模糊的图像。她看到儿子站在她面前，赤膊站在大瀑布下瑟瑟发抖，他穿着灰色的短裤大笑着。她已有好几年没看到他这样了。

她明白了。

这不是她的记忆。是伊兰的记忆，他想和她分享的记忆，来自两个月前他和她儿子的旅行。只有他们两人，前往朱迪亚沙漠。她想要快进或回溯脑海中的图像，但做不到。她所感觉到的只有伊兰的身体从她体内浮现出来，弯曲而僵硬。她回忆起儿子说的他进入内奥米身体里那天的事。他说他感受到了她，就好像他以前从未感受过她一样。"好像我们俩就在同一个地方。"

她也感受到了。硌着伊兰的脚的石头，过去一年里他一直抱怨的背痛。

她的电话响了，把她从那个身体上拉开。屏幕又黑了。她与手机斗智斗勇，按来按去直到铃声停住。

"喂，喂？能听到我说话吗？我被困住了。你能听到吗？"

"露丝？"

她退缩了。

"我是阿米凯。你被困在哪里了？"

她深吸一口气。"哦，没有，我只是，我只是在和这边的人说话，你——你怎么样？"

"很好。听到你的留言了。你和伊兰还在大楼里？"

"是的，还在。"她说道，然后把头靠在墙上。很冷，让她想起了水。

"不错，很高兴听到这个消息。他们有好好接待你吗？"

"嗯。每个人都很好。"

"太棒了。你想顺便来我办公室喝杯咖啡吗？"

她闭上眼睛。儿子站在她面前，在瀑布下，浑身湿透。画面慢慢清晰，他身体的每个部分在她眼中都更加清楚。

"实际上，我们还在进行中。"

"明白了。如果你愿意的话，欢迎在结束后过来。我的办公室在十四层。"

她感觉到了脚下油滑的苔藓。

"好吗，露丝？"

"当然，好的。我看看情况，没法保证。"

"别有压力，我们明天就要见面了。"他说。她试着想象阿米凯的脸。回忆起他们结婚那天他穿的那件皱巴巴的白衬衫。电话断线了。她把手机扔到了地板上，盯着瓷砖，看着水在她下方打着旋儿。水漫到了她的膝盖。她闭上眼睛，感觉记忆开始像电影一样在她内心激荡，水在她周围的薄雾中荡漾。一阵微风从她后颈吹过。在眼角的余光中，她看到孩子们在玩耍，但很模糊。她无法聚焦到他们身上。她的注意力全在儿子身上。他开怀大笑。一阵健康、深沉的笑声。他在喊着什么。满面笑容地大喊着。她听不见。她也读不出他在说什么——水模糊了画面。她感到伊兰的身体在回应，在跟他说什么，但她听不清这些话。

伊兰肯定一直想着她，她很肯定。他知道她有多渴望这种和儿子共度的时刻。她有多希望看到更多的他。她意识到伊兰只有善意，但她越想这些善意，就越生气。这向她展示了她所错失的东西，让她亲眼看见。她在那里多待了几分钟，试图深入探究这份记忆。现在，她也能闻到沙漠的气味，这让她想起了她在米茨佩拉蒙工作的两年时光。一切都变得更加鲜明，更加清晰。但她一点声音都听不见。她的儿子站在她面前，仍然喊着她听不见的话。

她凝视着天花板。不明白自己在这里做什么。她甚至都不想接受手术。她双手抱着头，想取出被植入的陌生记忆。没有用。她朝两边看了看，确保走廊上空无一人，然后发出了微弱的哭声。她想尖叫，但不想让任何人听到。然后她开始沿着走廊走，来到电梯时已经筋疲力尽。她按下电梯按钮，感觉眩晕略有减轻。电梯门打开，她走了进去。她瞥了一眼按钮，同时按下了十四楼和一楼，仍然没拿定主意。

3.

她独自一人来到了阿米凯的办公室。门打开了，她站在漂亮的镶花木地板和大理石墙壁前。他们一开始没注意到她，但在走向前台的路上，她发现已有几个员工在盯着她看。

"一切都好吗，女士？"秘书问，"您脸色有些苍白。"

"我好极了。"她说道，确保脸上带着笑容，希望这多少能遮掩她身上的绿色手术袍和疲惫的身躯，"我是来见阿米凯的。他的办公室在哪里？"她问道，心里想着伊兰。想着要是他发现他们见过面，他会有多悲伤。想着他什么时候会发现。接待员仔细地盯着他的电脑屏幕。

"抱歉，他的日程安排中没有任何预约。"

"我是他的前妻。"她说。

接待员犹豫了一下，向坐在他旁边的女孩示意，对她耳语了几句。她站起来，朝一扇门小跑过去，敲了敲门就进去了。

"那是阿米凯的办公室吗？"

"请稍等，女士。"

女孩走了出来，对接待员小声说了几句。

"他正在开一个重要的会议，"他们告诉她，"至少要半小时。"

"我只是想打个招呼，可以吗？"

"很抱歉，有交代说不要打扰他。"

"我明白了。"露丝回答道，叹了口气，"那好吧，改天吧。"

"好的。扎米尔夫人，您想让我们送您回去手术吗？"接待员微笑着说。她知道他们已经盯上了她。他们知道了。

"是的，"她顺从地回答，"也许你能先告诉我卫生间在哪里？"

"当然可以。在您左边。"

露丝感激地点了点头，向左拐，然后转身朝着阿米凯办公室的门走了过去，打开了门。接待员大喊了句什么，但她没有理会他。她大步走进房间，坐在柔软的白色扶手椅上，盯着地板。

"关上门，没事的。"她听到阿米凯声音里的果断，接着是关门的声音。她抬起头，与他的目光相遇。

4.

他看起来几乎是老了，但又几乎没什么变化。他的头发大多都白了，但皮肤仍然光滑紧致。她以前从未见过他穿西装，但他的姿态和她记忆中的一样沉稳平静。他看着她，对着听筒说："我得处理一下这里的事情，很快给你回电话。"他挂断了电话，盯着她。

"好久不见了。"他说。

"确实。"

他问她过得怎么样。她说很好。

"喝茶还是咖啡？"

"不用了。"她回答。

"手术怎么样？"

"我能说什么呢，你的这些技术全都令人印象深刻。"她说道，有点踌躇，咬着下唇。

"一切都好吗，露丝？"

"我累了，阿米凯，"她叹了口气，"我不能。"

"你不能什么？"他身体前倾问道，手伸在桌子中间。她回忆起他那种奇怪的能力，可以同时表达同情和冷漠两种感情。

"我不知道我在这里做什么。"她把注意力转向书架说。干净整齐。她想起了两人交往之初在海法合租的房子。他们在地板上睡了将近一个月，因为搬家工人带着他们的箱子一起消失了。

"露丝，我不确定我有没有听懂。"

她想起了他们后来在拉马特甘的房子。还有他们的约旦之旅。想起他们的儿子，他仍站在瀑布下，困在她的脑海里。她努力阻止所有这些记忆再次浮现，却做不到。

"把它弄出来。"她说。

"弄什么出来？"

"你植入给我的记忆。抹去它。"

"什么记忆，露丝？刚才手术时植入的记忆？"

她点点头。

"里面有什么？"

"有区别吗？我不想脑子里有任何东西。不想有人在那儿胡乱刺探。"

她明白他不知该怎么看待她。他会确信她疯了。她太了解他了。"没那么简单，露丝。我们不能就这么抹去它，技术还——"

"但我不想要，"她喊道，"够了，我不想要。"

他挠了挠头，从书桌抽屉里拿出一张纸，开始在上面涂写。她知道他的那套把戏：表现得很忙，直到事情自行解决。她不会让他这么做的。

"我会起诉你。"她紧抓着扶手说。

"什么？"他抬头看着她，困惑不解。

"你听到了，我会起诉你。我会聘请我能找到的最好的律师起诉你。全国上下都会知道。"

阿米凯往后靠了靠，表情严肃地看着她。他的一根手指滑过下巴。他身上发生了某种变化。现在她看到的他不一样了。不是她在土耳其市场上偶遇的阿米凯，而是大家嘴里那个严肃专断的总裁。

"你为什么来这里，露丝？"

"我不知道，"她低下头，坦承道，"我真的不知道。"

"为了钱？是吗？"

"你疯了吗？"她抚摸着自己的手臂喊道。

"多少钱？"他问。

"我不想问你要任何东西。"她反驳道，注意到他握笔的手在颤抖。他也注意到了，于是把手放在桌子下面。他瞥了一眼电脑屏幕，然后又回头看她。

"这都是你的主意。"

"什么？"

"这整个公司。"

现在他是那个看起来有点不对劲的人了。

"你到底在说什么？你所有的实验我从来都没有兴趣。"她回答道，知道他非常明白她的意思。

"对，这就是为什么你说了那些话。"

"什么话，阿米凯？你在说什么？"

她看到他突然犹豫了一阵子，好像在忍住不告诉她。他不再信任她了。"你说我必须找到另一种方法,因为仅仅通过身体是无法发挥作用的。"

她不明白他在说什么。她试图理解,却失败了。但他没有撒谎——这写在他瞬间苍白的脸上。"我不记得说过那样的话。"她平静地回答。

"记忆是个奇怪的东西。"他回答道,并开始详细阐述技术流程。解释记忆是如何印在大脑中的,以及他的机器是如何工作的。

"你在瞎扯什么?你如何记住一片沙漠?"她打断了他的话。他说了大脑中的神经元,阐述了记忆不能简单地被抹去。他解释了所有这些她根本没兴趣知道的事。她看着他,但她整个人都在那道瀑布下面。

然后,敲门声响起。

"进来吧。"他说道,而她已经知道了。

5.

回程的路上,她一直牵着伊兰的手。紧紧地抓着。等着他说些什么。

"我不知道我在那里寻找什么。"

"我知道。"他情不自禁地以柔和的语调回答。他们开下高速公路进入了城区。

"你知道,有段记忆确实转移到了我身上。"她看着窗外说。

"我知道。"

"问题是——"

"没有声音。"

"你怎么知道的？"

"他们告诉我了。他们解释说这段记忆没录好。"

她透过后视镜瞥了他一眼，希望他回头看看，但他眼睛一直盯着路上。

"是你们两个月前的旅行吗？"

"是的，在沙漠里。"

"你很冷。"她笑着说。

"是的。"他回答道，试图忍住一声轻笑。她注意到了，将他的另一只手握在手中。

"我和你分享的记忆中有声音吗？"

"你一段记忆也没有分享。"

"什么？"

"你没有和我分享任何东西。"

她的腿绷紧了。她把它们贴在一起。

"他们是这么告诉你的？"

"不是。我了解你。"

她深吸一口气，打开车载广播，希望找到一首她喜欢听的歌。没有找到。

"你们说了些什么呢？"

"谁？"

"你和他。他在瀑布下对你说了什么？"

伊兰迅速瞥了她一眼，然后盯回路面。他们继续沉默。十分钟。也许十五分钟。

"他喊道，你不在那里太遗憾了。你可以在水下站一个小时。"最后他微笑着说，"我告诉他，他说得对。"

露丝放开了他的手。

"我不明白，我以为你会很高兴。"

她大口大口地呼吸，感觉自己快要窒息了。

"靠边停车。"她要求道。

"什么？"

"靠边停车。现在。"

"这里没地方停车，露丝。我们马上就到家了，我们之后好好谈谈。"

"你可以在另一条车道那里靠边停。"她断言道，用自己的整个身体指向那条车道。

"我不能变道，这里是黄色实线。"

露丝靠了过来，确保路上没有其他车辆，然后向左猛打方向盘。

"露丝，够了！"他喊道，推开了她。汽车突然转弯，差点撞上一辆停着的车。伊兰设法及时刹住了。前挡泥板几乎擦到前面那辆车的后挡泥板。警报响了。

"你完全丧失理智了。"他说道，挂上倒挡。他想离开中间车道，但她不让。她举起双臂，扑到他身上，尽可能近地贴住他。起初，他还努力继续驾驶，但很快就意识到这不可能。身后的汽车一直在向他们鸣笛，但他们一动不动。她侧身进一步贴着他，他屈服了。他用双臂搂住她。

"我不能呼吸了。"他说。

"你好着呢。"她回答。

他用宽大的手臂把她压在自己身上，她也继续往他身上挤。她尽可能紧地抓住他不放。

安妮塔·沙卜泰

你可能不明白，和别人攀谈能有什么大不了的。和出租车司机说话有什么难的，你只需把词儿一个又一个地抛出来，对吧？你也许觉得这是世上最简单的事情。然而，我会让你知道，对于某些人，凭空想出些机智的话说出来并不那么简单。显然，我不是在说每个人。对于有些人，话语就像流水一样从他们身上涌出。我告诉你，我爸爸——保佑他的灵魂——就是个真正的专家。你从没见过这样的事。他甚至还没进出租车，就已经在说话了，不下车是不会停的。可别误会了我的意思，爸爸平时不是个健谈的人。实际上他是个沉默寡言的人。他每天晚上从印刷厂回来，几乎一言不发。

有什么作业？吃了？洗了？

这就是他说话的方式，吝惜言辞。你怎么解释这种情况？他在别的地方都很安静，在出租车上却很健谈？我能告诉你什么呢，当我还是个小女孩的时候，我想也许每个人每天能说的话都是有限的，而爸爸更喜欢一次说完它们，把一切都说出来。现今我不太肯定这一点。我所知道的是，每次谈话总是以同样的方式开始。爸爸会递给司机一张写着地址的纸条，然后叹口气。司机会问"你怎么拉着个脸啊？"，接着爸爸会用他仅会的几个希伯来语单词告诉他妈妈的事，癌症的事。

别为我难过，他会说，这个小女孩的处境更糟。他会解释道，他要带我去他在海法的姑姑那里，而她甚至不是他的亲姑姑，但她是他在塞萨洛尼基唯一的亲人了。他会跟司机说，我们每周都从特拉维夫到海法去，因为每个孩子都需要一个女人紧紧地拥抱他，尽管这要花掉他一半的工资。爸爸释放了一点悲伤之后，才会开始谈论其他的事情。他曾经告诉我，秘密就像金钱，如果你分享了一个真正好的秘密，和你说话的人会感到亏欠。所以，当他告诉他们妈妈的事情后，他们会像菜蓟球一样敞开心扉，每一个人都会。他们也会开始告诉他一些事情。天啊，他们说的那些事情！甚至连情妇的名字都跟他说！我一直想加入谈话，但这对我来说很难，你明白吗？所以在整个旅程中，我什么都不会说，而一回到家，我就跑到镜子前，在那里站上好几个小时，试着模仿爸爸严肃的语气。

你看到他们是怎么绞死伊莱·科恩[①]的了吗？那些叙利亚人

[①] 伊莱·科恩（1924—1965），以色列间谍，出生于埃及，1961年至1965年间在叙利亚从事间谍活动并因此闻名。他窃取了大量绝密的政治、军事情报，于1965年5月被叙利亚反间谍机构抓获，并当众绞死。

谁的话都不听。或者——你能相信达扬①掠夺了那些文物吗？我永远也不明白他怎么能单靠一只眼睛就把文物给抢走了。

有一次坐在车里，我们从车载广播里听到了《金色的耶路撒冷》，我突然鼓起勇气大声喊出了爸爸的一句老话。

"舒莉·纳坦②的歌喉多么动听，就像天使一样，我跟你说。"

爸爸和司机笑得很厉害，于是我当时就发誓再也不说一个字了。你看，这就是为什么我说对于有些人，攀谈并不容易。这点毫无疑问。对有些人来说，这种被称为生活的东西就是有点太难了。我，譬如说吧，我可以告诉你，我只差几英尺就错过了人生。我能说什么呢，它开始得太快了，当我注意到的时候，它正在没有我的情况下飞速前进。你可能认为这只是一派胡言。是我没有好好努力。相信我，我努力了，比任何人都努力，它只是没起作用。不，别无他法——总有人错过末班车，而在这段人生中，恰好轮到我了。

我是什么时候意识到的？问得好。我确实说不清楚，但我

---

① 摩西·达扬（1915—1981），以色列军事领导人、政治家，曾在第二次世界大战期间参加英军，并在1941年的叙黎战役中失去左眼。他在第三次中东战争期间监督了对东耶路撒冷的占领，并在之后几年中在以色列获得了极高的声望。
② 舒莉·纳坦（1947— ），以色列歌手，作为《金色的耶路撒冷》的原唱而闻名。《金色的耶路撒冷》是以色列经典歌曲，创作于1967年，描绘了以色列人流散两千年后回归耶路撒冷的坎坷历程。

想在我小的时候，一切都还没有问题。我不会撒谎，跟你说我是个天才少女，但也不是每个人都必须成为爱因斯坦。不过，我确实没有朋友。我的意思是，如果孩子们和我说话，我会回答，当然啰；但如果他们不和我说话，我就保持沉默。问题是事情在那一点上陷入了困境。你看，人们认为要想在这个世界上生存下来，你所需要的只有呼吸，但提醒你一下，实际情况比这复杂得多。因为你还需要刷牙、吃饭、时不时洗个澡。那么多的事务，你该怎么把它们全部记住呢？我想是在八年级的时候，我的名字莫名其妙地从名单上给遗漏了。谁知道呢，也许是七年级。我猜可能是哪个内勤给搞错了。我真的不知道这是怎么回事，但有一天数学老师点名，就是没叫到我的名字。几天后，我打算说些什么，但班上的孩子们劝我不要这样做。他们说，这样我可以想什么时候逃课，就什么时候逃课。我心想，我终于走了运，我不该毁了它。

到我上高中的时候，他们不再给我的试卷打分了。我的意思是，我交了，但每当老师挥舞着试卷问是谁写的，我都不会回答。一开始，沉默是因为我真的认为这样更好，后来我只是无法鼓起勇气回答。

我知道你在想什么。举起你的手并喊出你的名字有什么困难？有什么大不了的？如今我能立刻应对这种情况——正如你所看到的，对今天的我而言，交谈不成问题。但那时候呢？单单是接近别人感觉就像在攀登乞力马扎罗山。这就是为什么我告诉你，你不该加以评判，明白吗？因为当你遇见一个人的时候，你只看到他人生中的一部分，从未见过全景。谁知道呢，也许就在一秒钟前，他灵魂中有一座火山爆发了，而你甚至不曾了解。这就是为什么我认为上帝的十诫也有疏漏，因为他要是在其中写了"不要评判"，也许事情会大有不同。

军队连一封征兵通知都没给我寄。我几乎每天都给他们打电话。他们总是态度很友好，承诺之后会处理，但就这么说吧，已经过去四十年了，我还在等待。最终，爸爸受够了，他为我在海德的杂货店找了一份工作。他说，在我对生活的苦等结束之时，生活已经从我的指缝间溜走了。但自那时起，一切都在走下坡路。因为你知道的，在有三十个孩子的班级里迷路还可以理解，但迷失于一家小杂货店里——那得是真正的人才。

杂货店之后，爸爸给我在干洗店找了一份工作，然后是夏皮拉社区里、我们家附近的面包店。他总是尽力帮忙，但也承认自己太疲惫了。我们每晚都会坐在厨房的餐桌旁，陷入极致的沉默，我确实能看到岁月如何让我们俩愈发相似，长出各自的皱纹。一天晚上，他问我今天过得怎么样，我大喊说我不能像这样一个人继续下去了。过只身一人的生活并不健康。爸爸沉默了几秒钟后说，如果上帝希望我们成双成对，他一开始就会这样创造我们。你可能觉得我听到这话会很痛苦，但说实话，这让我心里踏实。那一刻，我终于意识到，这就是我的生活。也正是那时，我开始像明天不会再来那样喋喋不休，因为我知道反正没人在听。相信我，这并不像听起来的那么糟糕。我看着街上从我身边走过的人，感觉也没有好到哪里去。所以即使在他们说话时人们的确回应了,那又怎样,那其实也没有多大不同。如果说有任何问题存在,那就是被困在原地的感觉让我很困扰,就好像我坐在一列火车上,停靠处却没有站点,你懂吗?但我想,或许其他人也有这种感觉,所以我为何要抱怨呢?爸爸去世时我就是这么告诉自己的。如果我和其他人一样痛苦,我应该庆幸自己还能有所感受。

七日服丧期没有多少人过来。只来了些邻里街坊和同他一起在印刷厂工作的人。他们向我保证一切都会好起来,生活才刚刚开始,然后他们走出门,再也没有回来。他留给我的唯一东西就是每个月都会收到的大屠杀赔偿金。我试过向社会保障人员解释,爸爸死了,他们不用继续支付了,但他们不听。他们并不是听到了我的话却什么也没做,而是我一个接一个地对着他们的耳朵说话,可他们甚至都没有回应。好像我不存在一样。最后我放弃了,我去墓地看望爸爸。公交车转了很多圈,到那儿时我已经筋疲力尽,所以我就躺在坟墓上休息了一会儿。我望着天空,无法理解七十亿人如何能安然地生活,对我来说,早上能醒来感觉就像半个奇迹了。我在那儿睡着了。我说不出自己睡了多久,噪音吵醒了我。我转过头,看到艾格德公司的公交车司机在栅栏的另一边游行示威。他们都穿着蓝色衬衫,打着领带,在抗议些什么。别问我是什么,我不记得了。但他们喊得太响了,想继续睡觉纯属浪费时间。我记得我看着他们,心里想道,为什么不加入他们呢?不如去人群中间待一会儿?

没有理由尴尬。于是我站起身来，朝他们走去，和他们一起行进了大约一个小时，也许更长时间。有时，我还会和他们一起大声喊叫。一开始我声音很小，几乎是窃窃私语，后来我想起根本没人在听，于是就声嘶力竭地大喊。反对市长和财政部长，反对上帝和爸爸，反对总理和姑妈。反对罪有应得的人，因为宣泄愤怒的感觉真好。我一直往前走，直到有个人把手放在了我的肩膀上。他问我是不是工会派来的，还说他从未见过如此卖力的抗议者。

我发誓，那一刻我确信自己的心脏从胸膛里掉了出来，滚到了大街上。我不明白为什么突然有人能看见我了。我确实希望有人和我说话，但我总认为在那之前我会有些时间收拾自己，做做头发，穿上漂亮的衣服。所以我开始恐慌，没等他再说话，我就飞快地跑开了。我上气不接下气地跑回家，然后三天都没走出家门。我甚至不敢往窗外看。在这段时间里，我一直想要弄明白我是怎么突然被人看见的。一开始我告诉自己，这可能是我臆想出来的，但随着时间流逝，我开始觉得这也许和大声喊叫有关。也许大声喊叫时，就连我这样的人也可以被听到。我越想越觉得有理，我真的觉得有人给了我一个从后门重新进入世界的机会。

总之，我开始参加各种抗议活动。我会坐公交车去任何需要去的地方。到戈兰高地、谢莫纳城、死海，或者南部的工厂。他们让我去哪儿我就去哪儿，我弄清楚谁反对谁，然后开始大声喊叫。通常几分钟后，人们就会开始露出钦佩的表情，对身边人低声耳语：瞧瞧她喊的，瞧瞧。我会脸红，然后继续喊下去，心里期望这种窃窃私语永远不要停。起初我还会先确认抗议者的看法我同不同意，但很快我就意识到我不需要这么做。显然，我并不是说那不重要。只是我到那里后会听一听，他们总显得那么悲惨，那么正确，让我在某个时刻决定，如果有人痛苦得要吼出自己的心声，那我有什么资格跟他说他错了？

但乘坐公交车对我来说很难。因为每天乘车去戈兰高地的某个集体农场或纳布卢斯附近的某个定居点都需要精力，而在我这个年纪，我几乎都无法在特拉维夫市内乘公交车，你明白吗？幸运的是，大约两年前，我家附近开始了抗议活动。抗议那些睡在列文斯基公园的非洲人。有一天，我在中央公交车站附近看到一张抗议传单，几小时后，我已经站在所有我认识的邻居旁边了。我太高兴了，几乎以为是有人为我组织了这次抗议活动。每个人都站在那里努力呼喊，但说实话，他们看起来真的不懂该怎么做。我连想都没想，就拿着别人的扩音器开始喊，内塔尼亚胡[①]下台！还喊着，对警察国家说不！你知道，就是平常那些玩意儿，没什么特别的。但现在所有人立马都看向我，好像我是伊迪丝·琵雅芙[②]一样，或者比她还有名。有些人

[①] 本雅明·内塔尼亚胡（1949— ），以色列政治家、外交家，1949年出生于特拉维夫，曾任以色列第九任、第十三任总理，并于2022年起再次上任，是以色列独立以来任期最长的总理。
[②] 伊迪丝·琵雅芙（1915—1963），20世纪上半叶最重要的法国歌手之一，作品多为她悲剧一生的写照，代表作有《玫瑰人生》《爱的礼赞》等，她去世时法国为她举行了国葬。

甚至拍手叫好，说有我在旁边他们真的有机会成功，说实话，我也有同感。因此我们开始每周抗议，只有我们，来自这个社区的人。但这对我来说还不够，你明白吗？我每两天至少需要参加一次抗议，要是一次都没有我就撑不过去。我建议我们每天都做些什么，即使只是一些象征性的事，我甚至可以准备茶点。但他们说没有时间，因为他们有工作，有家庭和孩子。我真的很生他们的气，但后来支持非洲人的抗议活动开始了，谢天谢地。所有这些我不认识的人开始和非洲人一起抗议，说我们必须让那些可怜人留下。我承认，一开始我在犹豫要不要加入，今天抗议明天又反对似乎有点奇怪，但我告诉自己必须加入。不仅是为了那些可怜人，也是因为我又有什么资格说哪一方是对的呢？

我不得不承认，在最初的几个月里，我仍然心存疑虑，但在我见到梅厄的那一天，疑虑消失了。他在附近开了一家果蔬店，他参加所有反对非洲人的游行，总是穿着平整的衬衫。你看，这个叫梅厄的家伙跟我不一样，他话不多。他不大爱说话，但当他说话时，他说得很好听。他说他非常同情那些来自非洲的可怜人。他对他们没有意见。他不是在与他们战斗，他只是在为自己的生活而战。在另一个世界里，他会和他们玩双陆棋。和他们每个人玩，甚至让他们赢。他会直接从他的店里过来参加每次的游行，他身上有股罗勒味，而我会站在他身后嗅闻他的衬衫。有一天他转过身来，说很抱歉自己臭烘烘的，我大声吼道他一点都不臭。梅厄问我为什么总是大喊大叫，我甚至想都没想就编了一个故事，说我耳朵有问题，几乎听不见。于是他微笑着说，像我这样大喊大叫，难怪耳朵会有问题。除了那次谈话，我们并没有聊太多，但随着时间推移，我们渐渐站得更近了。在每次游行中，我都会等到我们全被挤在一起，才站得离他再近一些。他什么都不说，我也不知道这是好兆头还是坏兆头，但我一直这么做，因为我觉得在这一生中，我没有什么可失去的了。

但事实证明我错了。我是在支持非洲人的大游行那天发现这一点的。你可能听说过，每个频道都报道了。当我对着镜头大喊以色列是一个种族隔离国家时，整个社区的人都来了。显然，他们决定要接管这个地方并进行反击。一意识到这一点，我就试图藏起来，但为时已晚。有人看到我，开始大叫——瞧，是安妮塔。很快，每个人都在大喊叛徒、左派、以色列之敌。有趣的是，支持非洲人的人也开始对我大喊大叫，因为他们认为我是个内奸。人们把我推出了游行队伍，我发现自己正站在支持者和反对者之间，瑟瑟发抖。最糟糕的是，我突然看到梅厄站在我面前。他什么也没说，只走近了几步，然后在我耳边低语道：说，你是支持我们还是反对我们？我立刻尽可能大声呼喊，以确保他听到我说的话：我支持你们，我支持你。

梅厄抓住我的手，把我从那里拽出来。每个人都对我们大喊大叫，但他告诉我，我不该听任何人说的话。我们上了一辆公交车，梅厄说他要邀请我去上城区的一家餐厅，他想要安抚一下我。我大叫说我不能去，因为我连体面的衣服都没有。但梅厄说，跟他争论没有意义，如果有必要，他会把我拖去那里。他还说，我不用再喊叫了，因为他现在完全可以听到我说话。

我们在伊本·戈维罗街下车，走进了一家相当不错的法国餐厅，是我从未去过的那种。他为我们俩点了前菜、主菜和葡萄酒，说今天我们要吃得像国王一样。我大喊道他是我见过的最浪漫的人，他脸红了。然后他再次让我说话小声一点，因为那是一家高档餐厅，大声喊叫不太合适。

我看得出来，对他来说，发起一场对话并不容易，但他已经尽力了。他问我做什么工作，我喊叫说没做什么。然后他问我有没有孩子，我告诉他没有。梅厄沉默了一会儿，然后说我在这儿几乎不说话，而在游行中说话声却很大，这很奇怪。我说他是对的，然后感觉自己又要消失了。某一刻，他告诉我，我脸色看起来有些苍白，也许我应该洗个脸，我说这个主意似乎不错。我去了卫生间，站在洗手池前。我告诉自己必须冷静下来。我不能让这个终于走进我生活的人离开。但接着我照了照镜子，差点尖叫出来：我的皮肤太苍白了，近乎透明，我都要看不见自己了。

我冲出洗手间，隔着大厅开始对梅厄大喊，这个国家每个人都是堕落的，你不能再相信任何人。财政部长是个他妈的笑话。食客们都看着我，好像我是一个刚从疯人院逃出来的疯子。梅厄小声说，不能这样，你得冷静下来。我从他的表情中知道我要失去他了，但我没办法，因为那一刻我意识到，为了不让自己再次消失，我愿意做任何事情，甚至卖掉爸爸的坟墓。梅厄放弃了，点了一支烟，静静地坐在那里，而我还在继续叫喊这里的一切都是狗屎，你无法在这个国家获得片刻安宁。他最后买了单，留下一百谢克尔的小费，以弥补我造成的尴尬。我们走到街上，我对着他的耳朵喊道，这是我一生中最美好的一天，他说他很高兴听到这话。然后他问我能不能自己回家，因为他得在这附近办点事，我一句话也没说，我知道他因为我已经吃尽了苦头。

事情就是这样。实际上我刚从餐厅回来。你知道吗，我想我不会再去附近的游行了。其他城市有足够多的可怜人，足够多的理由来抗议。所以我不得不乘上长途公交车，但我会存活下来。总比再撞上梅厄要好。

什么，我们已经到中央公交车站了？一晃就过去了！你能从这里拐进夏皮拉吗？哦，我看到你在这里停下来了。没问题，我这就下车。我会留五十谢克尔在这里，好吗？你听到我说的话了吗？我把钱放在座位旁边，可以吗？呃，算了，我得走了。最坏的情况是，明天早上你会看到它，并认为这是从你的口袋里掉出来的。

列侬在中央车站

1.

在阿尔文十岁生日的时候,这个胡子－下巴－高个儿－女人给他带来了一只黑耳朵的白兔。兔子被塞在一个特百惠的塑料盒里,躺在吃了一半的生菜叶上。她的眼睛睁着,前腿不停地抓挠盒子,阿尔文把脸贴在盒盖上,好奇地听着她尖厉的叫声。

"祝福你,亲爱的。开心吗?"女人拍拍阿尔文的头问。

他没有回答。她的手很粗糙,但抚摸很温柔。她从钱包里拿出一张皱巴巴的五十谢克尔,递给阿尔文。"要是她不开心,就给她买根胡萝卜。"她告诉他。

阿尔文用双手轻抚钞票,把它塞进了左边的口袋。

那女人抚摸兔子的后背,兔子僵住了。阿尔文好奇地看着她俩。

"摸摸她吧,亲爱的,摸摸,你怕什么吗?"

阿尔文伸出手,摸了摸兔子,然后缩了回去,把手放在身侧。然后，他又试了几次，直到毛皮柔软的触感让他难以抗拒。"我一直想要只兔子。"他小声说。

"这不是兔子，亲爱的，"女人笑着说，"这种动物叫什么来着？嗯。我想不起来了。甜树。豚树。豚鼠。噢，他妈的。你知道我在说什么，对吧？"阿尔文苦笑了一下。胡子－下巴－高个儿－女人叹了口气。"亲爱的，你需要学习更多的词语，"她说，"要不是因为词语，我还会觉得你们和泰国人是一样的呢。"她把手伸进衬衫口袋里，掏出一个上面印了裸女的打火机，还有一支卷得很烂的香烟。她正要点烟，但随后看了看阿尔文的脸，又把它放回了口袋。"嘿，你问过你妈妈为什么不送你上学吗？"

阿尔文点了点头。

"那……？"

"她说她爱我。"阿尔文说道，仍然抚摸着他的这只可能是－兔子，想知道她喜不喜欢这样。

"那是什么意思？"女人靠着阿尔文问，"解释解释，亲爱的，这样我就能理解了。"

阿尔文嘴里吸满了气，想要屏住呼吸，然而过了一会儿就憋不住了。"她说，其他父母其实并不爱他们的孩子。"他说着，然后又试了一次，这一次他吸入了更多的空气。

"什么意思？"她问。这次，阿尔文设法坚持了一会儿，直到他的脸颊瘪了下去。胡子－下巴－高个儿－女人拍了拍他的脑袋。"告诉我，亲爱的，告诉我。"

"她说，其他父母让别人照顾他们的孩子，因为他们自己懒得照顾。"

"而你妈妈因为爱你而把你留在身边?她就是这么说的?"

阿尔文把头扬上去又低下来,夸张地点了点头。

"天啊,"女人喃喃道,"你觉得这没问题吗?整天待在车站的垃圾堆里?不去上学?"

"是的,"阿尔文回答道,将他的细眉向上挑了挑,咧嘴挤出了一个扭曲的笑容,"是的,是的,是的。"他重复道。他希望她不要再问关于外界的事了。他一想到发生在中央公交车站之外的事,就感到特别不安。有时他会从大窗户向外偷看,好奇地盯着眼前的建筑看。他可以容忍它们,勉强接受它们的存在,但接受不了它们背后他所看不见的一切。他曾试图想象那无尽的黑斑,那是他人生中第一次感受到令人不安的虚无存在。

"你在干什么?!"胡子-下巴-高个儿-女人尖叫道。他的手指被白色的绒毛覆盖了。"你为什么扯掉她的毛?"她咕哝着,抓住阿尔文的小手。这只可能是-兔子的背上露出了一块粉红色的皮。那个女人用力拽他,让他在附近的长椅上坐下来。阿尔文低下头,眼睛发红。"不能再这么做了,阿尔文。你明白我在说什么吗?"女人训斥道,"你明白不能再这么做了吗?"

"随便,"阿尔文嘟囔道,"我都不想要她。"

胡子-下巴-高个儿-女人默默地坐在阿尔文身边。然后她建议给这只可能是-兔子起个名,她说彼得这个名字很好听,但阿尔文只是耸了耸肩。他们沉默了一会儿,阿尔文轻轻地抚摸这只可能是-兔子,但只用了一根手指。胡子-下巴-高个儿-女人在他头上吻了一下。说他很可爱。阿尔文专注地看着卧在女人身边的小动物想,她怎么比妈妈以前每周给他喝一次的皇冠牌可乐还要小。当他抬起头时,那个胡子－下巴－高个儿－女人已经不在了。印有裸女的打火机她没拿走。阿尔文看了看裸女图,把打火机放进口袋里,然后双手端着特百惠的塑料盒出去走了走。

2.

阿尔文在六楼徘徊,在一扇门前停下脚步,看着乘客们下车,走进车站。他对着乘客点兵点将,直到手指停在一个留八字胡的男人身上。他开始跟着他,但过了一会儿就厌倦了。他转身跳下楼梯,气喘吁吁地来到四楼,在麦当劳旁边停下。他把脸贴在窗户上,盯着一对吃着玉米棒的老夫妇,还把装着可能是－兔子的盒子带到窗户边,以为她也想看看他们。一根玉米棒从女人嘴边掉下来,她丈夫冲过来,恐吓地挥手要赶阿尔文走。他迅速跑开了,跳上另一段楼梯,发现自己正好在一片小小的圣诞树林中。树林中间有几张桌子,上面摆满了五颜六色的圣诞装饰品和胖乎乎的圣诞老人雕像。他把手伸向其中一棵树,触摸它尖尖的叶片。叶子扎扎的,同时又很柔软。他想知道树叶会不会感到疼痛。他从一棵小树上摘下一片叶子,用另一只手打开塑料盒,把叶子扔了进去。叶子落到了那只可能是－兔子的头上。她表现得完全漠然,连头都没抬一抬。

"哟,瘦杆儿,你在那儿干什么?"售货员喊道,"不买东西就滚开。"

阿尔文逃走了，眼睛盯着脏兮兮的地砖。他到了公用电话那里时，才觉得自己终于脱离了危险。他靠在墙上，把左手放在胸前，确认心脏还在跳动。他举起盒子，注视着这只可能是－兔子，直到看到她还在呼吸，他心里才踏实下来。然后，他又继续逛了逛，在唱片店关门前几分钟突然走了进去。

"有披头狮乐队的光盘吗？"他问女店员，并从口袋里掏出他从那个胡子－下巴－高个儿－女人那里收到的钞票。

"没有这样的乐队。"女店员一边嚼着一团灰色的泡泡糖一边应答。

"披尔斯。披德斯。披尔贝兹，"阿尔文说，"哦，他妈的。你知道我在说什么，对吧？"

"说话注意点。"女店员训斥他。阿尔文瑟缩了。她转过身来，把一张《艾比路》[①]的刻录盘扔到桌子上。

"披头士乐队。"她说着一把从他手中夺走了钞票，举在灯前。

封面上的照片褪色了。乔治·哈里森的身体被从中间裁掉。他费劲地同时拿着盒子和光盘，决定把光盘扔进盒子里。那只可能是－兔子没有表示反对。她跳上光盘，把头靠在麦卡特尼赤裸的脚上睡着了。

[①] 英国摇滚乐队披头士的第 11 张录音室专辑，曾获得第 11 届格莱美奖的"年度专辑"提名，还被《滚石》杂志评为"史上最伟大的 500 张专辑之一"。篇名中的"列侬"和后文的"乔治·哈里森""麦卡特尼"都是乐队成员。

大电子板上的时钟闪烁着九点,阿尔文蹦蹦跳跳地跑向他妈妈普鲁登斯工作的珠宝柜台。他在药店门口停下来,远远地看到了她的仿金耳环。她的黑发紧紧地绾成一个发髻,红色的毛衣贴着她火柴似的身形。柜台的另一边站着一对年轻的厄立特里亚[①]夫妇,正在细看展示柜中的戒指。这位皮肤黝黑的女士穿着一件白色刺绣连衣裙,额头上有个褪色的十字架状文身。她注意到阿尔文在盯着她,笑了笑。阿尔文脸红了,然后给她取了"头上画画-女人"的绰号。他总是给喜欢的人起绰号,给那些他不希望被车站的人潮吞没的人。

这对夫妇离开后,普鲁登斯用一块蓝布盖住柜台。阿尔文向她跑来。他出现在柜台的另一边,踮起脚,想要用一只手拉那块厚重的布,但不知怎么的被它缠住了。

"别动!"普鲁登斯命令道。阿尔文立即停住了。他闭上眼睛,感受到有两只手来解放他。然后感受到一小阵爱抚。然后就什么也没有了。

"你想干什么?"普鲁登斯略带怒气地低声说道,然后继续整理柜台。

阿尔文不敢看她。他盯着仍在熟睡的那只可能是-兔子。他猛地摇了盒子两下。她的头撞到塑料内壁上。她立刻醒了过来,想找点东西靠着。阿尔文笑了。

"好了,咱们走吧。"普鲁登斯说。她提着两个红色的袋子

[①] 位于非洲东北部的国家,西临苏丹共和国,南部与埃塞俄比亚接壤。

离开了柜台，瞥了一眼可能是－兔子。

"那是什么，仓鼠？"她问道，没等他回答。阿尔文看着他的宠物。他也不清楚。

"也许吧。"他说。

他俩走到六楼的美食广场，穿过金属门，站在了一些绿色的大垃圾箱前。堆放在房间角落里的战利品相对较少——五把雨伞、两只水壶、几个电脑键盘，还有一台坏了的电视机。普鲁登斯仔细检查了这些物品，最后拿起一个黑色水壶，认真地看了看。

"咱们拿走它。"她对他说道，把水壶放进她的一个袋子里。"好了，"她说，"咱们要回家了。"

他们自售货亭旁边走下楼梯，经过臭气熏天的卫生间，然后经过周六会被用作临时教堂的封闭办公室。阿尔文喜欢去教堂。他喜欢那些歌曲，喜欢布道结束时他们会分发的饼干，喜欢盯着那个总是坐在前排的头巾－女孩。他从不跟她说话，但一直盯着她，只有当他们的目光相遇时，他才会别过脸去。普鲁登斯曾弄倒椅子，冲着牧师叫嚷道，就连上帝都知道，最好别教她该如何抚养她自己的孩子。自那之后，他们就不去教堂了。他喜欢回忆那幅场景，妈妈把他抱在怀里，每个人都盯着他们看。甚至包括那个头巾－女孩。阿尔文掩饰不住脸上的笑意。

他们走到了三楼的尽头，那里空无一人。在通往楼下的宽阔走廊前，他们停下了脚步。

"那里只有流浪汉和毒品。"有个清洁工突然出现在他们身后，这样说道。清洁工身穿荧光橙背心，戴黑色犹太小帽。他看着阿尔文的盒子说:"得弄个大点的笼子,义人①。"

阿尔文想问问这个男人,她是兔子还是仓鼠,但妈妈已经在拉他走了。他们朝着售货亭的方向往回走,等看不到清洁工了,又回到宽阔的走廊。他们紧紧抓住灰色扶手,冲下楼梯。一盏荧光灯苍白的光照亮了废弃的商店。他们下楼时,尿臊味更刺鼻了。他们路过一张袒胸露乳的女人的海报,普鲁登斯赶紧捂住阿尔文的眼睛,尽管他还继续从她的手指缝间偷看。楼上顾客们的巨大剪影在地砖上舞动。阿尔文试图躲开这些影子,担心要是自己踩到了其中一个,会让楼上的人绊倒。

他们溜进一条外廊,在三扇用破纸板封起来的大窗户前停下了。普鲁登斯开始在包里翻找钥匙。阿尔文侧身靠在她的腿上。一个穿着军夹克和黑色洞洞鞋的大胡子男人摇摇晃晃地向他们走来,伸出手,好像要抚摸他的仓鼠-兔子。阿尔文抓紧塑料盒,背对着他。普鲁登斯开门后才注意到那个人。她想尖叫,但没发出声音。阿尔文迅速把她推入黑暗的房间,关上了身后的门,差点没能锁上。红色的袋子从普鲁登斯手中掉下来。他们一动不动地站着,缩小身形,在漆黑的房间里尽量小声地呼吸。仓鼠-兔子开始发出叫声。阿尔文打开盖子,试着抚摸她,但这只动物一直在躲他。几分钟后,普鲁登斯转过身来,提起了挂在窗户上的一块纸板,然后往走廊里偷看。直到确信那个男人已经离开,她才开了灯,房间被染成一片昏黄。普鲁

---

① 犹太语境下指正直、正义之人,体现宗教理想的人,日常中也被用来形容某人具有非常好的品质。

登斯靠在墙上，手抱住脑袋，身子滑到了地板上。在堆满地板的一批物品——鞋子、挂钟、破椅子和旧报纸旁边，水壶找到了自己适宜的位置。普鲁登斯从车站对面收集来了这数百件物品，希望有朝一日能为每一件都找到用武之地。

阿尔文开出一条道，向房间角落的床垫走过去。他放下盒子，但不去看仓鼠－兔子，心中仍满怀怨怼。

"天啊，"普鲁登斯低声说道，用力在胸口画着圈，"天啊。他们终究会找到我们的。你明白这有多危险吗？"

阿尔文点了点头，尽管他实际上并不明白。他不知道到底是谁在找他们。之前，普鲁登斯曾提过想把他们赶出这个国家的警察。她解释说，正是出于这个原因，他们才留在车站，因为只有在这里他们才不敢逮捕他们。随着时间推移，她嘴里的警察变成流浪汉、妓女和罪犯，又变成坏人，最终成了模糊、无名、身份不明的形象。阿尔文已经开始怀疑车站里是否真有人在寻找他们，或者甚至是否有人知道他们的存在。但他不敢问普鲁登斯，因为比起其他所有事，他最害怕的就是让妈妈被迫面对她回答不了的问题。

普鲁登斯从地板上站起来，大声地叹了一口气。她迈着小步穿过房间，走到摆放着马桶的角落，那上面悬挂着一根绿色软管。她拉过一把小椅子，转身面对墙壁，开始脱衣服，把脱下的衣服堆在椅子上。

"别看。"她对阿尔文说道，然后打开了冷水。阿尔文迅速转移视线，躺在床垫上，开始盯着天花板。打火机从他口袋里滑了出来。阿尔文盯着那个裸体女人看了一会儿，然后轻转了几下滚轮。他试了几次，直到微弱的火焰出现。

他侧身躺着，把火焰引到盒子里。空气中弥漫开一股烧焦的塑料味。他偷偷瞥了一眼妈妈，她还背对着他在洗澡。然后，他又把火焰引到盒子里。火在塑料上烧出一个小洞。仓鼠－兔子抬头看了看火星，匆忙跑到另一边，挤在内壁上。阿尔文轻轻地把盒子转过来，再一次把火焰引到塑料内壁上。仓鼠－兔子又一次逃到对面的角落，僵住了。

"白痴。"阿尔文说道，把火焰引到他的宠物身上。她试图逃跑，但他阻止了她。她开始发出那种恼人的尖厉叫声。她的细毛一根一根地被烧掉，再次露出粉色的皮肤。当火焰开始在她的皮肤上歌唱，她停止了挣扎。她在盒子的角落里蜷缩成一团。安静了。

"是什么味道？"普鲁登斯喊道，关上了水龙头，"这里怎么那么臭？"

打火机从阿尔文手中掉下来，撞上了光盘的封面。他一句话也没说。普鲁登斯又打开了水龙头。他看着仓鼠－兔子，心里感到惭愧。他开始抚摸她，惊讶于她这么快又顺从他的抚摸了。她用小鼻孔对着他的手指。阿尔文从她脚下的生菜上撕了一小块，她急切地咬住了。

3.

普鲁登斯关掉了水龙头，用毛巾裹住身体，坐在阿尔文旁边。小水珠从她的黑发丝滴落到床垫上。她凝视着挂在墙上的三幅镀金耶稣画，然后问阿尔文觉得她漂亮吗。他说漂亮，而后她抚摸着他的后背，让他打开冰箱，吃昨天剩下的咖喱角。他提议他俩分着吃，但她没有答话。她看着他慢慢地吃起冰凉的面点，捡着他撒在床上的芝麻。

"我给你买了一份礼物。"他边吃边说。

"我们要庆祝什么？"她问。他很快把光盘从仓鼠－兔子的盒子里拿出来，双手微微颤抖。

普鲁登斯的手从封面上滑过，有一刻，阿尔文觉得他看到了笑容。这很罕见，通常只会在他们上到七楼，站在大玻璃窗旁，晒着温暖的太阳时出现。

"不错。"她说。

"是披勒斯乐队，"他回答，"你的名字，是因为他们。"[①]

她一句话也没说，只是使劲地眨了眨眼睛。阿尔文从床上跳下来，从那堆垃圾里扯出了几个月前他们捡来的一个破音响。他把音响放在小冰箱的顶部，然后插上插座。

普鲁登斯伸出胳膊，搂住阿尔文的肩膀。

"别弄出动静来。"她说。阿尔文坚持，他们只听一小会儿。普鲁登斯说不行。但最终还是妥协了。

"你可以播放，"她说，"但不能开声音。"

阿尔文立马拿过光盘，小心地打开外壳，将它插入音响，

---

① 披头士乐队有一首歌名为《亲爱的普鲁登斯》。

确保没有声音传出来，他担心妈妈会改变主意。他坐回妈妈身边。他俩肩并肩地坐着，注视着显示屏上变化的蓝色字符。光盘一直在跳碟。普鲁登斯用手拂过阿尔文的头发，他坐直了。最后他累了，躺在床上。他一直盯着卧在他旁边的仓鼠－兔子，直到闭上眼睛睡着。

阿尔文醒来时，她已经不在了。他尝试重新入睡。没睡着，他睁开眼睛，看到仓鼠－兔子的盒子给放到了音响顶上。他从床上跳起来，朝盒子冲去。盒子洗干净了。里面是空的。空气滞留在他的鼻尖，拒绝被吸入他的身体。他在冰箱后面寻找，但那儿除了碎玻璃和一块融化了又重新凝固的巧克力之外什么也没有。然后他开始仔细搜查房间，翻箱倒柜，把衣服和平底锅扔到一边，露出肮脏的地砖。他在地上跺了跺脚，踢了踢水壶。然后他转过身来，接着才看到他妈妈。她坐在门边的一张塑料椅子上，趴在两个方纸板之间的小缝后，向外张望。他朝她走过去。"在哪里？"他问。

普鲁登斯没有回答。

"在哪里？"他又问道，使劲拽着她的裤子，"你为什么把她拿走？"他哭喊着。她甚至没注意到他。

阿尔文走出门，站在她面前。他看到她注视着他，眼里充满了恐惧，然后她伸出手，把方纸板拉到一起，直到完全遮住了她。他在那儿等了几分钟，就放弃了。

4.

他四处寻找：一楼的公用电话后面，5号公交车站的长椅下，四楼卖手机的展示柜之间。他问遍了他认识的每个人，从拎包－男人到橙色围巾－老太太。他觉得这些词在他的舌尖上溶化了。没人明白他在说什么。一只仓鼠－兔子？那是什么东西？而在这一整段绝望的寻找中，他始终不知道自己想找到仓鼠－兔子究竟是因为担心她，还是因为想要惩罚她。

几个小时过去了，失踪的仓鼠－兔子不愿让他找到。阿尔文慢慢地接受了现实，他失去了自己的第一只也是唯一一只宠物。他向自己保证，到晚上他就会忘记她的。第三次路过超市时，他发现了她。她正沿着自动扶梯上四楼，嗅闻着扶手。阿尔文迅速跑了起来。尽管妈妈说过他应该耐心等待，但他还是在自动扶梯上从三个人旁边插了过去。他向左转，看到仓鼠－兔子躲在比萨店的桌子下面，躲躲闪闪地从那个儿子死于战争－安保－男人的两腿之间穿过，又从门口溜出了车站。

公交车和出租车上散发出汽油和柴油的刺鼻气味，正是这气味让他意识到自己在外面。阿尔文咳嗽了一声，环顾四周。他认识的字词只能描述或定义他所看到的一部分事物。从他身边飞快走过的人们。车辆的鸣笛声，高楼大厦。问题是，这些事物与他所知的颇为相似，但并不完全相同。公交车看起来特别小，每辆车的颜色和形状也略有不同。红、黄、绿三色的标志牌照亮了街道。树木也比他在车站里见过的任何一棵都大得多，它们生枝发芽，盘旋着伸向天空。天空也大为不同。清晰度不同。仿佛这片蓝色比他透过车站窗户看到的更加干净。但还没来得及思量这一切，他就感到恐惧向他扑来。他正凝视着一片未知的世界。

在嘈杂的背景噪音中，他听到了仓鼠－兔子的尖厉叫声，然后看到了不远处的她，她正试图从周围人潮的脚下逃离。一个带着大行李袋的胖士兵不小心踢了她一脚，把她撞到了路边。他弯下腰，想确认她没事，但仓鼠－兔子已经穿过了马路，阿尔文赶紧追了上去。

"傻孩子。"一个差点撞到他的司机喊道。阿尔文继续奔跑，远离了主街的喧嚣，来到了一个形状奇特的大型停车场。他看不见仓鼠－兔子，但她尖厉的叫声仍在耳边萦绕。他趴在冰冷的沥青路上，扫视周围的东西。过了一会儿他又看到了她。她就站在他面前，旁边是一双棕色凉鞋，里面露出干裂的脚。然后，一只胖乎乎的手伸了出来，抱起仓鼠－兔子，把她带出了阿尔文的视野。他从地上爬起来，缓缓贴上一辆小型巴士，透过前挡风玻璃偷看。离他不远处站着一个矮矮胖胖的女人，她穿一件超大的黑色衬衫，有一头深色鬈发，双下巴，鼻尖戴着小圆眼镜。他绕过小型巴士站到她面前。他看着她表情严肃地盯着仓鼠－兔子，用宽阔的双手抱着她，打着圈抚摸她，动作很大。女人低声对动物说了几句。她的个头和他妈妈差不多，但年纪显然更大。

当看到阿尔文就站在身边时，她身子摇晃了一下，差点把仓鼠－兔子摔下来。她脸红了。她开始叫嚷，阿尔文花了一些时间才明白她在说什么。"这是你的吗？……我是说……对不起……我刚看到她……真的很抱歉。"

她把仓鼠－兔子递给了他，但他没有拿，只是一直听着这只小动物的叫声。轻轻的，很平静，不像他抱她时她发出的那种噪音。

"她不是我的，"他说道，然后问，"你叫什么名字？"

"沙卜泰。我是说，安妮塔。"她回答，"对不起，我今天脑子不太清醒。"她说完陷入了沉默。

"也许你知道这是什么动物？"

女人把眼镜推到鼻梁上，然后盯着这只动物看，贴近了观察它。"我想这是一只荷兰猪。"她告诉阿尔文，声音响亮而清晰。

他觉得这个名字很有趣。荷兰猪。"你要带她回家？"他问。

沙卜泰－我是说－安妮塔犹豫了一下，咯咯地笑了。"我是这么想的。我的意思是，为什么不呢？我有地方养它。有个伴儿会是件好事，"她喃喃道，然后立即补了一句，"当然，除非你想要她。"

阿尔文举起手要抚摸仓鼠－兔子，又改变了主意。"我不想要。"他回答道，然后转身朝车站跑去。他觉得他听到了沙卜泰－我是说－安妮塔在喊些什么，但他不太确定。

穿过马路后，他放慢了脚步，在入口处的大垃圾箱旁停下。他很好奇车站里的树最终会不会长得和外面的树一样高。然后他看着车站里的人。他决定要数出十个穿绿色衬衫的人，不然就不离开现在的位置。他在那儿站了将近一个小时。在发现第八个穿着绿色衬衫的人之后，他注意到他妈妈正经过。她拿着包，走得很快，撞上了推着一辆大金属车的橙色背心清洁工。一堆电脑键盘和雨伞散落在地上。普鲁登斯弯下腰，试图捡起这些战利品，一群群人从四面八方向她围来。阿尔文进了车站，朝她跑去。

苍蝇和豪猪

约纳坦,从你入伍的那天起,我一直在努力抓住时间。字面意义上地抓住它。我伸出双手,等几分钟从我手指间经过,然后迅速握紧拳头,想抓住尽可能多的时间块。起初我什么都没抓住,因为要抓住时间真的很棘手。毕竟,比这笨拙得多的苍蝇,我也从来没有抓到过一只。

我记得我告诉你这件事的那天。那是一个星期五。两周的警卫任务后,你筋疲力尽地回到家。我们都坐在餐桌旁,等你狼吞虎咽地吃了整整两份饭之后,爸妈才看向他们自己的盘子。晚饭后,我们坐在客厅里,你开始给我们讲那些故事。讲到伊泰轮班期间都在打电话,讲到指挥官罗茨纳,还讲到你和罗伊是怎么整天捉弄他的。你一直在说,基地里什么都没发生,真的什么事都没有,甚至比在北方的家里还要安全。

那天晚些时候，你在房子里转来转去，而我像影子一样跟着你。为了和伙伴们出去玩一晚上，你刮了胡子，但实际上你是为了梅塔尔，她不喜欢自己像在抚摸一只豪猪的感觉。然后，听到爸妈卧室里的开关关上后，你走近我小声说现在你可以告诉我了。伊泰值班的时候，有个人差点潜进了前哨基地，罗茨纳当时恰好在巡逻，抓住了他，这纯属好运。还有，两周后你可能会被派往加沙，因为那里正进行着一场混战。你让我什么都别对他们说，因为妈妈现在压力够大了，这对爸爸的血压也不好。但我需要听一下，因为几年后可能会轮到我。

我试着将一切都熟记于心。每条建议和警告，你新学的军队行话里的每个字。我甚至还记得你对罗茨纳耍的花招。最后，你在要出门的时候问我，我和跟你提过的那个女孩有没有什么进展，我解释说我一直很忙。当你问我在忙什么时，我站在你面前尴尬地嘟囔着，我在试着抓住时间。

"十岁的孩子最不需要的就是时间，"你说，"你能用它做什么？"

因为我确实不知道，所以我说本来我就打算停下来了，但这让你更加恼火。你立即要我向你展示，我是如何尝试抓住它的。于是我伸出手，张开手指，而你检查了我双手之间的距离、抓的速度和力度。

"好吧，难怪你抓不到，你没有耐心。"你说。尽管你早该出发了，但你还是用你的大手展示了如何等待时间在手指间沉淀下来。当你抓住一大块时间时,你冲我喊,要我拿一个瓶子过来。我跑去厨房,而你继续与那块时间搏斗,它几乎从你手指上滑落。直到最后一刻,我们才将它推入了瓶子。我们气喘吁吁,汗流浃背,我们看着瓶子,看到里面大块的时间像鱼缸里的孔雀鱼一样旋转着。然后你告诉我你得走了,还说我不必担心。"因为那些警卫轮值任务,我手上有好多的时间,我会为你留一些的。"

然后就是那一天,妈妈不停地看着新闻,爸爸沉默地坐在客厅里。而我呢,有点无聊,瞎摆弄着时间,想做你教给我的事情。过了一会儿,我感觉到了。它差点从我的手指间滑落,基本上看不见,但我马上就知道自己手中正握着一大块时间。我把它拉近一点,以免它逃跑。爸爸不知道我在做什么,开始冲我大喊大叫,让我别再像个孩子一样。妈妈走过来说,他不是故意的,但我知道他就是故意的。

从那一刻起,我不断地抓住时间,撕下越来越大的时间块。我想时间不喜欢我偷他的东西。我试着向他解释,他是无限的,而我只需要一些小片段,但他不听。他为每一小点时间与我搏斗。到了晚上,这些大的时间块会行动起来,试图逃离瓶子,但我会用力按住瓶盖,不让它们出来。在你的整个七日服丧期里,我不停地把瓶子装满。每个人都在那儿。你们那伙人和罗伊一起来了。罗茨纳也来了一下,甚至还哭了一会儿。梅塔尔没能来,但别担心,我相信她之后会来的。不管你怎么想,我知道她一直都爱你,即使她感觉自己像在抚摸一只豪猪。

每个人都来表达他们的哀悼之情,我想表现得成熟而严肃,但实际上我并没有关注他们,只是一直在努力抓住时间。甚至是在七日服丧期结束后。等我把最后一块时间塞进瓶子里,我去了你的房间。一个多月都没人进入过的房间。我从这些东西旁边走过:你的吉他,地板上那堆平克·弗洛伊德的唱片,还有躺在你床头柜上的那本《魔戒》,书签插在离结尾还有几页的地方。我走到妈妈为你的生日而做的照片栏前。我走近看它,每张照片都端详了一千遍。我摸了摸照片栏,用手指划过每一张,相互比较,寻找着合适的照片。最后我选择了你生日那天我们在海滩上拍的那张。每个人都在里面。爸爸妈妈在中间,你一只胳膊搂着梅塔尔,另一只胳膊伸来拍我的背。我们都笑得前仰后合,因为拍照的那个戴棒球帽的美国人不太明白该按哪个按钮。

我小心翼翼地把它从照片栏上取下来,放在床上。我轻轻地打开瓶子,慢慢地将所有时间都倒在照片上。有那么三秒钟,我回到了那里。

说实话,我记不得你那一掌拍得有多重了。

从那以后,我改进了我的策略,每天装满三瓶(我已经可以用一只手抓住苍蝇了,但我总会放开它们)。我还在实行一个新计划。是的,这影响了我的成绩,我也没什么时间去交朋友,而且这儿的每个人都认为我把这些瓶子、箱子拖进你的房间里很愚蠢。要是他们还有心思,他们会这样对我说的,但他们没有。可是你，如果你能来一下，你马上就会明白。我想用时间填满整座房子。能持续我的一生那么多的时间。不仅是我的，还有爸爸的一生，因为他的血压情况不太好，以及妈妈的，因为她太累了，什么都做不了。有了我们和你在一起的所有那些时间，也许我们终于可以开始生活了，而不是永远被困在一个凝固的时刻。

客服培训手册

附录七：关于不常见对话主题的处理

尊敬的客服代表，

在与顾客沟通时，您会经常遇到与技术支持无关的话题。以下是一些对话录音的转写：

通话编号：20437654

日期：3/5/2015

时间：12:37

时长：05:37

客服代表：感谢您致电（插入公司名称），我叫纳塔莉，今天有什么我可以帮到您的吗？

顾客：嗨，纳塔莉，我是安妮塔。我是想确认下你们公司上个月收了我多少话费。

客服代表：没问题，我来看看。可以告诉我您的电话号码吗？

顾客：054-659-8676。

客服代表：最后是6吗？

顾客：是的。

客服代表：安妮塔·沙卜泰？

顾客：是的，是的。

客服代表：好的，请稍等。查到了。二月份您的话费是六十九谢克尔。这是您月租套餐的固定价格。

顾客：哦，好的，我想也是这样。非常感谢你。

客服代表：很乐意帮忙。还有别的问题吗？

顾客：实际上，有的，如果你不介意的话，我想了解一下你们有没有新的套餐。

客服代表：当然可以，请稍等。我看到您两周前才改用了这个六十九谢克尔的套餐。

顾客：是的，没错。只是你们每天都宣传说有新的特价，所以我想也许还有更好的套餐。

客服代表：明白了。事实上，现在没有。您目前的套餐是我们性价比最高的。

顾客：哦，好吧。

客服代表：当然，除非您想升级。我看到您有一台诺基亚1616，这个型号相当老了。我们这里可以以优惠的价格为您提供一部三星Galaxy S4，还送一年的3G流量套餐。

顾客：哦，你太贴心了，谢谢，但还是不用了。我还没太搞明白怎么用现在的这部手机呢。

客服代表：我明白了。那么我认为您应该继续使用目前的套餐。这真的是我们公司最好的价格。

顾客：你都这么说了，那我相信你，亲爱的。请再说一下你的名字？

客服代表：纳塔莉。

顾客：这个名字很好听。你真是个亲切的人，纳塔莉，谢谢你。

客服代表：很乐意帮忙。祝您今天愉快，再见。

顾客：事实上，等等，纳塔莉，等一下。

客服代表：怎么了？

顾客：听着，我有一个奇怪的请求。

客服代表：好的，我能帮上什么忙呢？随时为您服务。

顾客：是的，我知道，所以我才打电话来，你们在电话里总是很友好，我只是想……嗯……

客服代表：不管怎样，我很乐意帮忙。

顾客：噢，你真是个亲切的人。告诉我，你们那儿有免费的互联网吗？

客服代表：免费？

顾客：我的意思是说，你那里可以搜索各种各样的东西，对吗？

客服代表：你是说在谷歌上搜索？是的，我可以。

顾客：啊，很好，很好。我只是家里没有网络，而我在想……

客服代表：嗯？

顾客：也许你可以帮我查一些东西，就是在你说的那个谷歌上。

客服代表：查您的手机账单之类的？

顾客：其实不是。

客服代表：哦，我明白了。只是这里现在有点忙，女士。有二十三个人在等着与客服代表通话。

顾客：好的，当然了，我有时会像个白痴。老实说，我甚至不知道为什么要问。算了。

客服代表：很抱歉，真的，要是能有更多时间的话，我很乐意——

顾客：不，请不要道歉，亲爱的，你当然没什么需要道歉的，你说得很对。是我添麻烦了。很感谢你的服务，真的，谢谢你。再见了。

客服代表：再见。等等，其实，女士，等等。

顾客：怎么了？

客服代表：您到底要查什么呢？

顾客：不用担心我，真的。我会想办法的，亲爱的，没事。

客服代表：如果是不会花很长时间的事，我可以帮忙。只需告诉我您要找什么，我们马上就能找到。

顾客：墓碑的电话号码。如果可以的话。

客服代表：墓碑？

顾客：是的。我是说，做墓碑的公司。你明白我的意思。墓地里会看到的那些。只是我在黄页上找不到，而且我没有互联网。

客服代表：女士，您家里有人过世了吗？请节哀顺变。

顾客：哦，天哪，不是的，没有人去世。这是为我准备的。

客服代表：为您？

顾客：是的。不，我只是想确保我离去时，一切都办好了，如果你明白我的意思。

客服代表：女士，我不明白。您有过自杀的念头吗？如果有，您可能想要拨打热线电话或联系心理健康专家。我的意思是，他们比我更能帮到您。我是说——

顾客：哦，你真的是个亲切的人，但不用了，一切都很好。即使我想自杀，我也没有勇气去做，相信我。

客服代表：女士，您确定吗？我的意思是，如果您不想谈论这件事，我理解，但——

顾客：你真贴心。相信我。一切都十全十美，我只是想现在就搞定。如果我不做，我不确定会不会有人来做，明白吗？

客服代表：您没有孩子吗？抱歉，我是说，如果您愿意分享的话。

顾客：很不幸，我没有孩子。

客服代表：其他亲属呢？兄弟姐妹？朋友？我肯定您身边有这样的人。我的意思是——重申一遍，我知道这不关我的事，但是——我不知道，我只是觉得到时候您最好让他们来处理。

顾客：亲爱的，我没有。老实说，没有这样的人。

客服代表：我……很抱歉听到这个消息。

顾客：没什么可抱歉的，亲爱的。如果我不难过，你当然也不该抱歉。

客服代表：是的，我想您是对的。好的，等一下，我给您找那个号码。

顾客：亲爱的，谢谢你，真的。非常感谢。

客服代表：这里，找到一个。巴尔卡特墓碑。您住在哪里呢？

顾客：特拉维夫，夏皮拉街区。

客服代表：很好，那离您很近。您能把它记下来吗？

顾客：等等，我拿支笔。等我两秒钟。你还在吗？这儿，我找来了一支笔。你还在吗？喂？

客服代表：我在。好的，听好了，这家公司叫巴尔卡特墓碑，电话号码是03-5428837。

顾客：3后面是5吗？

客服代表：是的。

顾客：最后是7？

客服代表：没错。

顾客：好，我记下了。非常感谢，你真是帮了我大忙。请再说一遍你叫什么名字？

客服代表：纳塔莉。

顾客：纳塔莉，你真是个体贴的人。非常感谢。我会考虑一下你们向我提议的那部新手机的。如果我决定买它，可以再给你打电话吗？

客服代表：当然可以。

顾客：太好了，谢谢。真的，非常感激。

客服代表：乐意效劳。而且我真的认为您应该考虑给谁打个电话。

顾客：我会考虑的，亲爱的，我会。祝你一切顺利。

客服代表：再见。

通话编号：20438862

日期：3/8/2015

时间：09:14

时长：04:48

客服代表：感谢您致电（插入公司名称），我叫安奈特，今天有什么我可以帮到您的吗？

顾客：你好，我需要帮助。一周以来一直有人想给我打电话，但一直打不通。

客服代表：可以告诉我您的电话号码吗？

顾客：054-683-4404。

客服代表：请稍等，我来看看。这里，我查到了，尼古拉？尼古拉·古罗夫？

顾客：是的，是我。尼古拉。

客服代表： 您能再说明一下您的问题吗？

顾客： 有个女孩，她说她会打给我。一周前。那以后，我一次也没有接到她的电话。我觉得我手机有问题。

客服代表： 您试过给她打电话吗？

顾客： 不，没有，我没有她的号码。

客服代表： 您确定她打电话给您了吗？

顾客： 是的，我当然确定。她说她一两天内就打来，你明白吗？

客服代表： 先生，您希望我帮您转接到俄语的技术支持部门吗？

顾客： 不用。我在这里九年了，赞美上帝。我只是不明白为什么我没接到任何电话。

客服代表： 您有其他能联系到她的办法吗？

顾客： 我希望有。没有。我们在酒吧遇见的，明白吗？柏林沙龙。我通常不会去搭讪，但她很特别。很不一样。

客服代表： 听着，我不知道该怎么帮您。也许您有她的个人信息？

顾客： 我知道她喜欢塔伦蒂诺[①]的电影，尤其是《落水狗》。我也知道她在南部的集体农场待了四个月，但我记不得那儿的名字。哦，她想当兽医，但现在她在一家银行工作。我们聊了这些东西，你懂吗？深入的东西。

---

① 昆汀·塔伦蒂诺（1963— ），意大利裔美国导演、制片人、编剧、演员，出生于美国田纳西州。代表作有《落水狗》《低俗小说》《杀死比尔》等。

客服代表：尼古拉？

顾客：我怕她停下来不说了，所以我什么也没问。我不知道她的名字，不知道她的脸书，甚至连住在哪里都不知道。你看，通常我都没有冗气接近女孩。

客服代表：冗气？

顾客：勇气，我是说勇气。明白吗？光是谈论她就让我感到很困惑。你知道她有爱丽丝的猫的文身吗？

客服代表：爱丽丝的猫？

顾客：梦游仙境的爱丽丝。她跟我说这是她最喜欢的书。每个人都知道那部迪士尼的电影，但这本书要好得多。我昨天买了一本，很快就读了，看看她说得对不对。你知道刘易斯·卡罗尔是数学家吗？

客服代表：不。我竟然不知道。

顾客：是的，我也很惊讶。

客服代表：尼古拉？

顾客：嗯？

客服代表：听着，我不确定我能否帮到您。如果您愿意，我们可以检查您的手机，看看是否有问题。我看到您家附近就有一个维修中心，在迪岑哥夫中心。但老实说——

顾客：就告诉我，你觉得她会不会打电话。

客服代表：什么？

顾客：如果你和某人谈到爱丽丝和成为兽医的事，聊了至少半个小时，你不会打电话？你可以说不会，没关系，真的，我只是想知道。

客服代表：我想我会的，但这不——

顾客：真的吗？

客服代表：您看，我真的不知道，但按照您的描述，我想我会打给您。但尼古拉，听着……

顾客：你看吧？我的朋友们说我被迷住了，对她念念不忘。但我只是不想因为一些愚蠢的事情，比如手机坏了，就错过我的梦中女孩。这个念头很可怕，你知道吗？你有在酒吧里和这样的人谈过半小时吗？

客服代表：如果我们能不讨论我的个人生活，我将不胜感激。

顾客：对不起，对不起，我不是故意吵闹的（可能是想说多管闲事）。① 我只是试图理解，因为我觉得我们之间有一种特殊的感觉。你知道吗，我今天在报纸上看到，人们的爱持续不过四年。我的意思是，这都是化学和生物学的作用，四年后，它不再是爱情，而是其他东西，不再那么好了。剑桥的一些教授是这么说的。这是个问题，因为这意味着爱丽丝和我，我们俩只剩下四年减去一周的时间了。

客服代表：爱丽丝？尼古拉，听着。

顾客：爱丽丝不是她的真名，我只是这么叫她，直到我找到她。总之，你知道有趣的是什么吗？

---

① 此处顾客将发音相近的两词混淆了。

客服代表：什么？

顾客：我在网上查了一下那个教授，发现他已经结婚二十年了，与同一个女人。有趣吧？和同一个女人在一起了二十年，还说爱不会长久。你不觉得这很奇怪吗？

客服代表：我觉得这很奇怪。

顾客：我也这么觉得。

客服代表：尼古拉？尼古拉？您在听我说话吗？

顾客：不是尼古拉，是尼古莱。你们以色列人啊，有时候说话真有趣。无意冒犯，好吗？只是……

客服代表：没事，我不介意。听着，很遗憾，我不得不转接其他来电者了。我们现在很忙，有二十三个人在等着与客服代表通话。

顾客：哦。是的，当然，我理解。女士，请告诉我，这是最后一个问题。你觉得我该去吗？

客服代表：去哪里？

顾客：柏林沙龙。酒吧。你觉得如果我去那里，会见到她吗？

客服代表：说实话，可能不会。我认为让您有了希望又落空是很遗憾的。

顾客：哦，好的。你说得对。这不明智。

客服代表：是的，也许这样最好。

顾客：是的，当然，最好。不管怎样，我想我应该把手机拿去维修中心，我知道它在哪里。

客服代表：好的，听起来不错。祝您愉快，先生。

顾客：谢谢。

客服代表：不客气，乐意帮忙。再见。

顾客：嗯，等等，女士，女士。

客服代表：我现在真的得挂电话了。

顾客：好的，不，当然，我理解。我只想说，如果她给你打电话，说她的手机也坏了，告诉她我在找她，好吗？

客服代表：没问题。再见。

顾客：再见。

通话编号：20439002

日期：3/12/2015

时间：17:54

时长：01:58

客服代表：感谢您致电（插入公司名称），我叫尤里，有什么我可以——

顾客：我哥哥给我留了一条语音信息。你知道他在哪里吗？

客服代表：对不起，我没听懂。您能重复一遍吗？

顾客：我哥哥刚刚给我留言了。在我的手机上。哎，我得弄清楚他在哪里。你能查一下吗？

客服代表：您试过给他回电话吗？

顾客：他的手机关机了。

客服代表：那就给他留言吧，他也许很快就会给您回复。

顾客：他不会了。他死了。

客服代表：对不起，您说什么？

顾客：他死了。一年前。在军队里。但现在我收到了他的留言。他说他有两个瓶子要给我。他会在星期六带过来。

客服代表：您确定是他吗？

顾客：我确定。是他，我知道。我试着给他打回去，打了六次，但他的手机关机了。请问你能帮我查一下吗？这真的很重要。

客服代表：听着……

顾客：可以吗？

客服代表：您不能就——

顾客：喂？喂？我听不见你说话。你在吗？

客服代表：是的，我……孩子，我不知道该怎么跟你说，但我认为这是某种技术故障。

顾客：不是，我确定他给我留了言。你得看看他是从哪里打来的，我必须知道。

客服代表：孩子，这是个小故障。如果你当时没打开语音信箱，消息就可能会在一年后弹出来。再播放一次吧，听一下它的时间。这可能是条旧留言。喂？孩子？你能听见我说话吗？

顾客：所以他没有打电话来？

客服代表：我想他没有。很抱歉，只是，事情不是那样的。

顾客：哦，我明白了。好的。

客服代表：还有什么我能帮你的吗？想换新手机吗？真的，不管你想要什么，只需告诉我。

顾客：不用了，谢谢。

客服代表：你确定没有其他事了吗？说实话，孩子，告诉我你需要什么……

顾客：你确定他没有……

客服代表：再听一遍留言，孩子，我相当确定这是技术故障。真的很抱歉为你带来不便。这真的不是你应该处理的事。

顾客：好吧，再见。

客服代表：再见。要坚强啊。请节哀顺变。

通话编号：20439006
日期：3/12/2015
时间：18:01
时长：10:48

客服代表：感谢您致电（插入公司名称），我叫尤里。

顾客：你好，纳塔莉在吗？

客服代表：纳塔莉是谁？

顾客：在你们客服中心工作的女孩。我想，是个年轻人。如果我没弄错的话，几天前我和她交谈过。

客服代表：我不知道您在说什么。您需要什么？

顾客：哦，只是她建议我换一部新手机，我有些问题想问她。但没关系，改天吧。

客服代表：好的。再见。

顾客：你知道吗，实际上，既然我们已经在谈了，我想看看新的套餐，也许你有更好的价格。

客服代表：您的电话号码是多少？

顾客：054-659-8676。

客服代表：稍等一下。我看到您几周前刚刚购买了六十九谢克尔的套餐。

顾客：是的，只是你知道的，我想也许有什么变化，你们公司有了更好的报价。

客服代表：没什么变化。

顾客：你确定吗？你们总是宣传说有新的——

客服代表：什么都没有。没。

顾客：哦，好的。好吧，谢谢。再说一下你的名字？

客服代表：尤里。

顾客：非常感谢你，尤里，你是个很好的小伙子。在这里工作多久了？

客服代表：一个月。

顾客：啊，没多久。做得很好，你听起来很专业。你打算在这个行业继续干下去吗？

客服代表：废话少说。

顾客：你说什么？

客服代表：够了。你们这些老问怪问题的人。这里不是心理健康热线。如果你手机有问题，那当然可以打来，但如果你没有，帮我个忙，打电话给心理医生之类的吧。

顾客：对不起。真的，我无意打扰你。我不会再打过来了。再见。

客服代表：等等，等一下。

顾客：什么？

客服代表：我不该这么说的，这不合适。我是说，我很抱歉。我不该像那样发大火的。

顾客：真的不合适。没有这样跟顾客说话的。你知道吗？不只是对顾客，对任何人都没有这样说话的。

客服代表：是的，您说得对，我是说，这并不好。我知道。

顾客：不，我只是不明白你怎么会冲我那样大喊大叫。这真的很不合适。我不知道该为此做些什么，我得想想。

客服代表：您说得很对。只是，今天很难熬。

顾客：那不是借口，年轻人。相信我，我知道你们忙于接电话，但即使如此，你竟然那样跟一个年龄足以做你妈妈的人说话？

客服代表：不，不是工作量的问题。只是，有个孩子打来电话。说他哥哥死了。

顾客：好吧，那很不幸，但是——

客服代表：而他刚刚注意到，他从哥哥那儿收到了一条留言。

顾客：哦，太糟糕了。

客服代表：是的。最糟糕的是，他认为这意味着他哥哥可能还活着。

顾客：可怜的孩子。上帝保佑。他真的这么想？太糟糕了。真是糟透了。告诉我，在这种事情发生时，你会对孩子说些什么？

客服代表：就是这样。我不知道该说什么。我真的不知道。我告诉他这是个误会。像个白痴一样。我甚至都没问他过得怎么样。我的意思是，我只告诉他这是一个技术故障，不是他想的那样的。

顾客：嗯，这不是你的错，没人帮你为这种情况做好准备。他们应该给你一本手册，上面写有在这种情况下该如何应对。

客服代表：你说得对。但是——我的意思是——尽管如此，我不明白，我真的不明白。不管怎样，我很抱歉冲您大喊大叫了。我不是故意的。您看，今天真是糟透了。真的很糟糕。

顾客：完全没关系，你很好。

客服代表：女士，谢谢您。

顾客：我只希望你能坚持到下班。这听起来像一场可怕的精神创伤。

客服代表：是的，我也希望如此。

顾客：我相信你会没事的。你听起来像个坚强的人。

客服代表：谢谢。

顾客：不客气。好，那我就不打扰你了。坚持住。

客服代表：等等。

顾客：什么？

客服代表：等等。等一下。我知道这是一个奇怪的请求，但是……

顾客：怎么了？

客服代表：也许，我不知道，也许您能和我再聊一段时间吗？我是说，我现在不想再接另一个电话。老实说，如果那个孩子再打电话来，我会朝自己的脑袋开枪。

顾客：没问题，我就在这里，一点问题都没有。

客服代表：谢谢您。真的，就几分钟。

顾客：不管你需要多长时间都可以。

客服代表：谢谢您，真的。您住在哪里？

顾客：成圣之道[①]。

客服代表：那是南部的一个集体农场，对吧？

顾客：不是，这是特拉维夫的一条街道，靠近中央车站。

客服代表：听起来不错。

顾客：是的，嗯，虽然这里有点乱，但也不错，我的意思是……

客服代表：我不能呼吸了。

顾客：什么？

客服代表：我不能呼吸了。

顾客：那就别说话了。专注在呼吸上。

[①] 与犹太民族的文字经典、道德文本同名，该作品直译为《正直者之路》，由颇具影响力的拉比摩西·哈伊姆·卢扎托（1707—1746）所作。

客服代表：好的，好，我试试。

（通话安静了几分钟）

顾客：你在呼吸吗？

客服代表：我觉得我在。你能在电话里再陪我等一会儿吗？就一会儿。

顾客：好的。我就在这里，别担心。

客服代表：真的谢谢你。

顾客：别担心，我在这里。你只需继续呼吸。帮我个忙，呼吸。

图书在版编目（CIP）数据

耶路撒冷没有海滩 /（以）伊多·格芬著；郑晓阳
译. -- 海口：南海出版公司，2025.1. -- ISBN 978
-7-5735-1058-7

Ⅰ．I382.45
中国国家版本馆CIP数据核字第2024MM3446号

耶路撒冷没有海滩
〔以〕伊多·格芬 著
郑晓阳 译

出　　版	南海出版公司　（0898）66568511
	海口市海秀中路51号星华大厦五楼　邮编 570206
发　　行	新经典发行有限公司
	电话(010)68423599　邮箱 editor@readinglife.com
经　　销	新华书店
责任编辑	侯明明
特邀编辑	殷秋娟子　冯文欣　刘丛琪
营销编辑	梁圣煊　游艳青
装帧设计	汐　和　几　迟 at compus studio
内文制作	张　典
封面插画	河野尾
印　　刷	河北鹏润印刷有限公司
开　　本	850毫米×1168毫米　1/32
印　　张	11.5
字　　数	229千
版　　次	2025年1月第1版
印　　次	2025年1月第1次印刷
书　　号	ISBN 978-7-5735-1058-7
定　　价	59.00元

版权所有，侵权必究
如有印装质量问题，请发邮件至 zhiliang@readinglife.com

著作权合同登记号 图字：30-2024-164

JERUSALEM BEACH
Copyright © 2017 by Iddo Gefen
Published by arrangement with The Deborah Harris Agency,
through The Grayhawk Agency Ltd.